レジェンドノベルス
LEGEND NOVELS

ソシャゲダンジョン 1

レア度Rの反逆

contents

レジェンドノベルス
LEGEND NOVELS

ソシャゲダンジョン 1

レア度Rの反逆

Ⅰ／『エリア１：始まりの洞窟』

――汝、友と手を取り迷宮を踏破するべし。


意識のどこかでそんな幻聴を聞いたような気がした。

「痛ッ……あー」

意識が覚醒する。身体がビシビシとして痛い。岩場で寝てるからなんだろうが、もうちっと寝やすくならんものか。

三ヵ月経っても慣れない現状に不満を抱きながら、身体に掛けていた学ランを片手に起きあがる。

「『ステータス』」

呟くのは魔法の言葉だ。誰かが発見した『ステータス』という命令。

それを用いてここに来てから日課となっている朝の確認をする。

名称【新井忠次】　レアリティ【R】
ジョブ【戦士】　レベル【16／40】

HP【2000／2000】　ATK【1000】
リーダースキル：『戦士の誉れ』
効果：戦士のHPを上昇（小）させる。
スキル1：『勇猛』《クール：6ターン》
効果：パーティー全体の攻撃力上昇（小）。
必殺技：『大斬撃』《消費マナ3》《クール：3ターン》
効果：通常攻撃の2倍の威力で敵1体に攻撃する。

「ちッ、変化はねぇかァ」

はぁ、と変化がないことにため息をつく。

寝て起きればステータスの数値が増えている、なんてことはない。俺が強くなるにはきちんと工程を経る必要がある。

もっとも心底から願っているのは、このクソみてぇなステータス表示が消えてなくなることだが。

変わらぬ岩場。『ステータス』なんて命令が通じてしまう現実。

相も変わらず目が覚めても現状は変わらない。

——俺がこの悪夢から覚めることはない。

「あぁぁ。クソったれめ。憂鬱だ」

周囲を見る。ここは天井まで岩に覆われた岩場だ。そこそこに広い。それこそ何百人単位で人が横になれる程度には。

そして、ここに来た当初よりは少なくなったが、地面には俺と同じく岩場に直接寝ている人間の姿があちこちに見える。

彼ら彼女らは少年少女だ。それは同じ学校に通っていた生徒たち、俺と同じ境遇の人間たちだ。その多くが男女混合の四人の小集団。

男子は男子、女子は女子で固まっていたのは最初の辺りで、この悪夢的状況が進んでいくにつれてそんなこともなくなっていった。余裕がなくなったともいうべきか。

そして、よくよく観察してみれば岩場の出入り口近くには四人組が多く、出入り口から離れていくにつれ集団は三人や二人になっていく。最終的に壁際にまでいけば一人がたくさんだ。集団に見えて集団ではない。ただの有象無象の集まり。

四人。四人が重要だ。俺も早く四人に加わらないといけない。

「クソが。畜生め。パーティーだ。パーティーを探さねぇとな……」

小声で呟き、昨日のことを思い出して憂鬱な気分になる。俺も昨日まであれら四人組に加わっていたのだ。

『始まりの洞窟』の突破。そのためにここで仲良くなった連中と。

だが、それも昨日までのことだ。

「やりようはあるが……あいつらじゃダメだ……」

やる気がねぇのはわかる。ここで燻っているのはそういう連中だ。

俺だってそうだ。やる気はそこまでない。連中と同じ問題を抱えてるからだ。

（それでも、あいつらよりはマシだ）

『ステータス』のレベル部分を見て自分に言い聞かせる。

『16／40』。まだ俺は成長できる。伸びしろが残っている。だから、マシである。

（おいおい、何がマシなんだ？）

思考から目を逸らす。マシだと思いたいだけなのかもしれないなんて考えない。考えたくない。

そうだ、自分の限界が近いことはわかっていても、せめてこの『始まりの洞窟』を突破したい。

だからこそ、こんな岩場で寝ていられるかよ。

（『N』はダメだ。せめて『HN』以上のレアリティの高い連中とパーティーを組まねぇと）

そのために俺はあいつらと決別したのだ。

昨日の夕方。気弱な視線で縋るように俺を見ていた連中を思い出す。記憶を振り払うように俺はぐっと拳を握った。

あの視線。畜生。嫌だな。嫌な目だったな。

（なぁ、俺もあんな目をしてたのか？）

心の中で俺を置いていった連中に問いかける。

置いていかないでくれ。俺をここに残さないでくれ。そんな目だ。

そう、優秀な連中はことごとく俺たちを置いて進んでいってしまった。

この『始まりの洞窟』に残っているのはすべてがどん詰まっている奴ばかりだ。

レベル。ステータス。スキル。この場にいるものたちが共通して持っていないもの。優等と劣等をわける格差。

『レアリティ』。

ステータスに厳然と存在するそれを見て俺は小さく呟く。

「どうにかしねぇと、な」

*

【負け犬】始まりの洞窟攻略スレその1021【せめてゴーレム倒したい】

50　名前：名無しの生徒さん
いまだに洞窟抜けられねぇっす　ノーマルレアリティのレベル限界到達　絶望w

51　名前：名無しの生徒さん
同上　当方僧侶だがノーマルの限界値のレベル20じゃカスみたいな量しか回復できない　仲間の戦士に文句言われる　殺したい

52　名前：名無しの生徒さん
ああ、地球に帰りてぇ……

53　名前：名無しの生徒さん
質問なんだけど洞窟の装備品ってマジで見習い以上でないの？　見習い短剣とか見習い短弓じゃボス倒せないんだけど

54　名前：名無しの生徒さん
>>53　短剣と短弓ってことは低レア盗賊か？　まぁここで燻（くすぶ）ってるってことは使えるスキルはもってねぇんだろうな
諦めろ。俺たちと一緒にここで腐っていこうぜ

55　名前：名無しの生徒さん
ここって慣れると案外住みやすいよな　岩って冷たくてひんやりしてるし

56　名前：名無しの生徒さん
デイリーやっときゃ食料にも困らないし　慣れてきたんで野外で寝ても平気になってきた

57　名前：名無しの生徒さん
攻略はLRとかSSRに任せて俺たちはここでのんびりしてよーぜ　どーせ誰かがラスダンクリアすりゃ解放されんだからよ

58　名前：名無しの生徒さん
＞＞57　その情報　いまだにソースわかんねぇんだけど　誰が言ってたんだ？

＊

『ステータス』から『ガチャ』を選び、さらにその中から『フレンドポイントガチャ』を選び、一日一回の無料分を回す。

「日課終了ー。相変わらず出てくるアイテム糞だけど」

出てきたNレアリティアイテムの『薬草』を『アイテムボックス』にぶち込み、俺はフレンドポイントを見て軽く首をかしげた。

「相変わらず誰か俺を使ってくれてるのな」

ステータス画面には様々な機能があり、その中には武器や薬草などの便利道具の手に入る『フレンドポイントガチャ』というものがある。

回すのに一回１００ポイントが必要で、運が良ければ『Ｒ』レアリティ以上のアイテムも手に入るガチャだ（もっとも日用品ばかりで使えるアイテムは少ないが）。

俺が言っている「俺を使ってくれてる」というのは、俺と『フレンド』になっている誰かが毎日俺を使ってくれているという意味だ。

『フレンド』はエリアの攻略に関わる重要ごとなのだが、まぁその辺りは一旦置いておく。

とにかくポイントが増えている。これが結構かなりすごく嬉しいことなのだ。

増えてるポイントは毎日きっかり20ポイント。誰かが一日一回は俺の幻影をフレンドとして召喚してくれている。その事実を噛み締めるように堪能する。

ちなみに同じ人物を何度使ってもポイントの付与は一度だけである。

俺はここに飛ばされてきた当初に誰彼かまわずフレンド交換しまくったリストを眺めて呟いた。

「あのころはよかったなァ」

そう、高レアリティの人間も最初は戸惑っていたのか誰とでもフレンド登録を交わしてくれたのだ。しかし、日数が進むごとにだんだんとフレンド登録を解除され（登録できる人数に限界があるのだ。そのため、先に進むために強いフレンドが必要なら弱いフレンドは必要がなくなる。フレンドポイント稼ぎのためにわざと弱い奴を残す奴もいるらしいが）、今残っている高ランクはＬＲが一人だけだ。

「御衣木さん。かなり進んでるんだろうなァ」

御衣木さん。御衣木栞さん。俺の友人の幼馴染の美少女だ。日本人離れしたスタイルと顔面係数の持ち主で学園のマドンナと言っても過言ではないお人である。俺が知り合いなのも、奇跡的な偶然の産物であった。

フレンドリストに表示されている顔写真を見ながら、御衣木さんはかわいいなぁと呟く。フレンドリストを開いて御衣木さんの顔写真を見るのがこのクソみたいな環境での唯一の癒やしだった。

御衣木さんのレベルを見れば60レベルに到達していた。俺が16レベルだというのにこの差。やはり最前線は効率が違うのだろう。

とはいえ、完璧な御衣木さんにお願いしたいことは一応存在した。これ一つで俺の問題がすっぱり完全に解決するのだが……。

「御衣木さんが戦士か魔法使いだったらいいんだけどなぁ。あー、無理かぁぁ」

ジョブを転職できたなんて話は聞いたことがない。できたらいいのに。というか、できれば多くの問題が解決する。

ジョブには様々な特色がある。御衣木さんのジョブはパーティーを回復させられる唯一無二の存在『僧侶』だが、この職にはものすごい欠点があるのだ。

『ジョブ【僧侶】』はモンスターにダメージを与えられない。攻撃ができない。仲間の回復だけしか彼ら彼女らにはできない。

LRフレンドを持ちながら俺が始まりの洞窟なんてとこに踏みとどまっているのもそれが理由だ。

（フレンド。そう、フレンドだ）

高レベルの戦士がフレンドにいれば、どんなパーティーでも『始まりの洞窟』のボスを攻略できる、らしいのだ。

　正攻法で突破した連中もいたらしいが、俺より低レアリティで洞窟をクリアした連中の多くは、高レアリティのフレンドが育つまでフレンドを切られてなかった運の良い奴らだ。

　もっともそういう幸運に恵まれなかった人間はかなり多い。この洞窟には、そういう不幸な有象無象がごろごろしている。

　あー、と岩場の天井を見上げる。岩だ。この場は謎のヒカリゴケで結構明るいが、洞窟なのだ。さんざん見慣れた光景だ。

　考えすぎている。さっさと行動しなけりゃならんのに。

「……デイリーすっか」

　合成画面を開き、昨日の探索で拾った装備を合成していく。合成にはモンスターを倒して手に入るゴールドが必要だが、カス装備の合成にはそれほど使わない。溜まっていくばかりのゴールド。洞窟が突破できれば湯水のように使えるようになるのだろうか？

　装備を選択し、素材を選択する。それを五回ほど繰り返し、デイリーミッションの表示されている画面を見る。

『フレンドガチャを1回回せ』『武器合成を5回せよ』『モンスターを10体倒せ』

　毎日午前四時（システムメニューに時間なんかは表示されている）に更新されるこれらミッションをクリアすれば、この岩しかない場所でもミッション報酬として水とパンが合計三食分もらえるのだ。

「とりま飯にすっかな」

宙空に浮かぶミッション完了画面から受取ボタンをポチっと押した俺は、空中に出現したパンと水の入ったペットボトルをキャッチした。

＊

四月某日。とある高校の全校生徒約四百名が授業中に突然全員消失した、という大事件が日本全土のお茶の間を騒がせた。

「うわぁ」「なんだこれ」「真っ暗だぞ」「どこだここ?」「ステータスオープン!」「鑑定!!」「おい誰だ俺の足踏んだの」「携帯圏外だぞここ」「何が起こってんだよ畜生」

もっとも、消えた四百名の生徒たちであるところの俺たちにはそんな元の世界の状況など欠片たりともわかっておらず、謎の洞窟の中に突然放り出され、右往左往するしかなかったのだが。

やがて誰かが『ステータス』という奇妙な単語を叫べば『自分のステータス』が見られることに気づき、『ステータス』から使える『パーティー』機能で『最大4人のパーティー』を作って『始まりの洞窟』を踏破すればその先に進めることに気づいた(ステータスさえ足りていれば一人でもクリアできるらしいが、パーティー結成にはデメリットがないので四人でのクリアが推奨される)。

そして、ここには水場など存在しないのだが『デイリーミッション』さえクリアすれば毎日三食分の水とパンがもらえ、また『フレンドガチャ』という機能を使えば役に立つ道具のほか、ごくたまにだが嗜好品の類いも手に入ることもわかってきた。

スマホは当然のごとく圏外だったが『ステータス』より選べる『掲示板』機能を用いることで、情報の収集が始まり、少しずつこの空間の『攻略』は進んでいくのであった。

＊

一般的に『戦士』は体力が高く壁となって敵の攻撃を受け、『魔法使い』は貧弱だが攻撃力と範囲火力に優れ、『盗賊』は探索に必要な特殊能力を持ち、『僧侶』は回復や蘇生（リスポーン）ができる。

ただし魔法使いと僧侶、使える盗賊の数は少ない。

そして、どういう理由か戦士ジョブは掃いて捨てるほどいる。

なので最初のころは戦士だけでパーティーを組む連中もいたが、パーティー戦術が浸透し始めた今ではパーティーに戦士は一人ぐらいいればいいかな？　みたいな扱いのことも多く、結構あぶれぎみになっている。

そういうパーティーを組めない連中や攻略を諦めた連中は岩場の隅に固まって何がしかしているらしい。まぁ小人閑居（しょうじんかんきょ）してなんとやらだ。気にするだけ無駄だろう。

「どっか人数の少ないパーティーに組み込んでもらうのが一番なんだがな」

最高なのは『R』以上の魔法使いか僧侶のいるパーティーだ。

そこに元からいる戦士を追い出せれば一番いい。

「そいつのスキルかレアリティが俺より劣っていりゃ一番だが……」

多少性格が良かろうと、繋がりが濃かろうとステータスの性能がそれらを駆逐する。

（現状、この『始まりの洞窟』ではレアリティ『R』も少ねぇ。片っ端から未攻略パーティーに当たればどうとでもなるはずだが……）

レアリティ。ステータスに表示されているこのアルファベットは『LR』『SSR』『SR』『R』『HN』『N』が存在している。Nはノーマル。一番低いレアリティだ。一番性能の高いLRというレアリティはレジェンドレア、と言われている。実のところ誰かが言いだしたものを使っているだけでどちらも正式名称はよく知らないのだが。

名前はどうでもいい。問題はその性能だ。

レアリティ。こいつが高ければ高いほどレベルの最大値が高くなる。ちなみに『R』の限界は40レベル。『N』は20だ。『LR』は100。

このよくわかんねぇ世界ではこいつの影響がかなりでかい。

レベルの上昇で上がるステータスの値はどのレアリティでも変わらず、ジョブによってその上昇幅は変わるのだが、レベルの最大値が高いということはつまりそれだけステータスが上がるということだ。それだけでこの世界の生きやすさが変わってくる。

そしてスキルだ。こいつはクールタイムがそこそこ長いが、戦闘で重要な役割を持つ能力である。

レアリティの高さはそこにも関係してくる。スキルの最大枠は三つなんだが、レアリティで所持しているスキルの数と性能が変わる。

『R』レアリティである俺なら所持スキルは一つだし、『N』レアリティの奴なんかはまったくスキルを持っていない。低レア連中は『必殺技』がない奴も多い。いわゆる詰みって奴だ。

で、これが実際にどれだけの違いを出すのかって言ゃぁ『N』ランクでパーティーを組んでも『始まりの洞窟』すら突破できないが、鍛えた『SR』は一人で『始まりの洞窟』をクリアできちまうのだ（数値の話であって実際にやったという話は聞かないが）。


――レアリティは神だ。


レアリティが高けりゃどこでもやっていけるが、レアリティが低けりゃ地を這うしかない。

なんでパーティー集めも気合を入れなきゃ前回の二の舞三の舞、なんだが……。

「とりあえず、出遅れねぇうちにパーティー回ってみるか」

周囲を見れば起き出した連中がぞろぞろと『始まりの洞窟』に向かい始めていた。

前回のパーティーからは衝動的に出ちまったが、よくよく考えてみれば次の移籍先をギリギリまで探してから出ればよかったかな、なんて考えて。

(今の楽な状態のほうが、ずっとあいつらと居続けるストレスよりマシか？)

我慢して俺のレベルが最大値までいけばもしかしたら始まりの洞窟はクリアできたのかもしれない。それでも、俺はあの連中とずっと組み続けることに耐えられなかったのだ。

＊

つい昨日のことを思い出す。

「わりぃ、俺抜けるわ」

エリア『始まりの洞窟』から蘇生地点である岩場に戻ってきた俺は、パーティーメンバーである三人の男女に向かってそう告げた。

「はい？　新井氏、突然何を言っているんですか？」

ノーマルランクの魔法使い座古助三が俺を見て信じられない、というような顔をした。

「馬鹿なこと言うな。新井がいなくなったら誰が壁やるんだよ」

同じくノーマルランクの僧侶、茂部沢弱が困ったように杖で肩を叩く。本人からすれば様になっているつもりかもしれないが、俺からすれば別に様にはなっていない。クソダサだ。

「こ、こまるよぉ。忠次くんがうちのエースなんだよ？」

図々しそうなニキビ女子、無作育がふっとりとした身体を揺すって俺へハグしようとしてくるのでさっと躱す。

彼らの態度に俺は内心の苦々しさを圧し殺した。

（『R』レアリティの俺ごときがエースとかやべぇだろ。どう考えても）

ちなみに無作はノーマルランクの盗賊だ。スキル持ちではない。茂部沢の幼馴染らしいが、それにしたって無能の極みであるノーマルレアリティの盗賊がどうしてうちのパーティーに居続けているのかは本当に理解不能である。

盗賊ジョブは敵を弱体化させるスキルやモンスターからアイテムを『盗む』効果のある必殺技が

なければステータスの上昇幅が低いだけの劣化戦士で、ただのお荷物である。

『R』未満の盗賊が地雷と呼ばれるのはそれが理由なのだが……。

「新井。どういうことか説明しろよ」

ふんすと鼻息も荒く茂部沢が俺を睨む。茂部沢。今回の探索でレベルが20になった僧侶だ。なっていいっいいてしまった僧侶だ。ノーマルレアリティのレベル限界に到達してしまった男だ。

俺がいまだにレベル16なことを考えると低レアリティは成長しやすいというのは本当なのだろう。しかし今回の探索でこいつの能力は頭打ちになった。これ以上の成長の余地はない。必殺技はなく、スキルもなく、一度の回復で低レベルの俺の体力を半分も回復できない僧侶。

レベルカンストまで付き合ってやったが――本当にもう、こいつらには付き合いきれねぇ。

「新井くん。本当に説明をお願いしますよぉ」

弱気な顔で座古が皮脂のついた糞汚ネェメガネを上げ下げしている。

座古。ノーマルレアリティのレベルカンスト魔法使い。見習いの魔法使いの杖を持ってはいるが本当に頼りない。火力職だが必殺技のない糞ザコさんだ。いや、このパーティーでは俺の次にマシに戦える人材ではあるのだが……。やはりノーマルレアリティはノーマルレアリティだ。使えなさは俺とどっこいどっこい。

「このパーティーじゃ、どうやってもボスは倒せないからだ」

壁役の俺がボスの攻撃を受け止め続け、こいつの攻撃で『始まりの洞窟』のボスを倒す予定ではあったが、こいつの魔法では相性が悪くボスのヒットポイントゲージを微少にしか削れない。正直

『必殺技』持ちの俺が殴ったほうが強いぐらいだ。だがボスの攻撃はタンクである俺が受け続けなければならず、攻撃には参加できない。無理に攻撃しようとすれば俺が死亡する。

始まりの洞窟のボスは強い。

『攻撃』コマンドを諦めて『防御』コマンドで耐えても一撃で俺の体力が六割近く削られる。そのくせ茂部沢では回復が追いつかねぇ。フレンドシャドウでLRの御衣木さんを呼べば回復は賄えるが、ボスのクリティカルが出ればどのみち俺は一撃死だ。マナが溜まってれば御衣木さんの『必殺技』の蘇生で一度はなんとかなるだろう。だが、必殺技の再使用には長期間のクールタイムが必要なため、クリティカルが連発した場合はどうにもならない。

ボス削り役の座古の魔法攻撃力の低さからするとクリティカルが連発するのはあり得ない話ではないのだ。というかクリティカルが連発して『死に戻った』のがさっきのことだった。

このパーティーは詰んでいる。ノーマルレアリティが三人。その中には地雷の盗賊までいる。せめて座古に必殺技。茂部沢に防御力を上げるバフスキル。無作に敵の攻撃力を下げるデバフスキル。そのどれかがあれば今のパーティーでもどうにかなったかもしれない。しれないが……。

「も～。忠次くんったら～。冗談きっついよ～」

何が嬉しいのか。俺へとにやけ面でどたどた近寄ってくる無作のハグを躱し、茂部沢を睨む。

「無作を抜いて新しい僧侶を入れる予定はねぇのか？　最悪Nレアリティでもかまわねぇ。そうすれば茂部沢と合わせて俺の体力回復が多少マシになる。それなら御衣木さんじゃなく俺のリストにいる高火力スキル持ちの『R』魔法使いをフレンドに組み込むことで何度も何度も挑戦すればいつかはボスをどうにかできる、かもしれねぇ……」

俺の提案に茂部沢が怒髪天を衝いたように怒鳴り声を上げた。

「はぁぁ？　何言ってんだよ。馬鹿かおめーは。育は仲間だぜ？　追い出せるわけねぇだろうが」

「忠次くんひっどぉぉい！　私が何をしたっていうのよぉおおお!!」

「無能が悪いんだよクソがッ。理解しろよ、バカども!!　僧侶じゃなくて魔法使いでもかまわねぇよ！　とにかく手数を増やして事故要因を減らすんだよ!!　スキルも必殺もねぇ盗賊なんざ足手まといだ。早く追い出せ!!」

ひどいひどい、何いってんだ馬鹿かてめぇ、などとぎゃんぎゃんと騒ぐこいつらを見ながら俺は罵倒という名の指摘を重ねていく。

交渉は決裂した。もっとも決裂するとわかっていたから抜けると最初に宣言したのではあるが。

「俺はもう先に進みたいんだよ！　こんなところにずっといられるかよぉ！　最初にパーティーを組んだから流れでダラダラと付き合ってきちまったが、そろそろ潮時だ。ここまで付き合ってきたのも、お前らが奇跡的にレベル20で何か変わるかもと思ったからだが、結局てめぇらは何も変わらなかった!!　最初っから最後までクソ無能のままだ!!　ゴミどもが!!」

人によってはレベルカンストでスキルが芽生えたとか必殺技を覚えたなんて話があるらしいが、やっぱり根拠のねぇデマだったか……。無念そうに不満たらたらの三人を睨む。

――レアリティの壁はどうやっても越えることはできない。

無能は、どう足掻(あが)こうが無能のままなのだ。

「つーかな。これ以上スキルも必殺技も覚えてねぇ盗賊を抱えたパーティーと一緒にやってられっかよってことだよ。糞がッ」

むぎぃぃぃ、と顔を赤くした二人を見下しながら言うと、座古がメガネを上げ下げしながら俺を睨みつけてくる。こいつらは幼馴染同士でなんか親友みたいな感じらしい。罵倒した俺を許さないという強い視線。しかしこいつの戦闘力を知っている俺には怖くもなんともない。

俺よりレベルが高かろうが所詮はNレアリティだ。成長が止まってしまった悲しい連中。

「あ、新井くん、言い方というものがあるのでは……？」

そもそもがパーティーに入ってからこいつらとは奇妙な壁があった。

その壁は一ヵ月の共同生活じゃ取り払えなかったもので、今俺がこいつらと対立してるのも、それが原因なのか？　多少は小知恵の回る座古は俺と同じ意見になってくれるかと期待したが……。

敵意を込めて睨みつければ座古はもごもごと口を動かして沈黙する。

レアリティ『HN』にもなれねぇグズども。それがこいつらだ。

だが逆に言えば、余り物の戦士という存在は、『R』レアリティであろうとも、この程度のパーティーにしか滑り込めないことを示している。

（戦士の数が多いのが悪(わり)ィんだよ……）

頭が良く、冷静な奴は『魔法使い』。頭が良く、優しい奴は『僧侶』。力強く、スポーツが得意な奴は『戦士』。小器用（こぎよう）だったり小賢（こざか）しいのは『盗賊』。噂（うわさ）だがジョブはそういう篩分（ふるいわ）け、らしい。

ただし俺のように特に該当するものがなかったり、能力が平均的な奴は自動的に『戦士』に組み入れられる。戦士が多いのはそのせいだ。

もっともLRレアリティには戦士、魔法使い、僧侶、盗賊の基本四種以外の『勇者』なんて特別なジョブもあったが、あれは本当に『特別』な奴だけだ。

俺に、そんな特別はない。

内心を隠すように俺は連中を睨みつけ告げる。

「とにかく、俺は抜けるぜ」

『R』レアリティの威圧にビビってるグズどもを尻目にその場を後にする俺。

三人がかりで俺ごときに何もできねぇ。だからグズなんだてめぇらは。

「勝手にしろ！　戦士なんざいくらでもいるんだからな‼」

この岩場に残っている、始まりの洞窟のボスであるゴーレムの一撃を食らっても平気な前衛を俺は思い浮かべ冷笑を浮かべるのだった。

俺以上の戦士がいるパーティーなら、とっくに洞窟から抜けているだろう。こんな初期の初期地点でフレンドリストにLRがいる戦士も俺ぐらいなものだろう。

あの三人組が三人でいることにこだわるなら、それはもう突破できないことは確定された未来だった。

＊

昨日の出来事を思い出して俺はヘッ、と口角を歪(ゆが)ませた。

実のところ、始まりの洞窟というだけあって、本当は……。本当はここのボスは最適なメンツを集めれば『N』レアリティ込みのパーティーでも突破は可能だ。

情報収集ツール『掲示板』ではゴーレムの攻撃力の解析結果も貼(は)られているし、行動パターンもほぼ解析済みだった。

ゴーレムは糞強い。だが攻撃は単発だし、強いと言っても『R』や『HN』レアリティの戦士であればなんとか防御で耐えられる程度の威力だ。

だから俺だって倒す算段ぐらいは立っている。

立たなければパーティーから抜けることはなかった。

あの三人にこだわっていたのは途中から戦士の飽和によってパーティーを新しく組むのが困難になってきたからで、パーティーが組みやすければ別にあの三人にこだわる必要はなかったんだよ。

あとはそうだな。個人的な感傷もあったかもしれない。岩場に来たときのことを思い出しかけて首をふる。もう終わったことだ。俺を置いていった奴らのことなんて……。

フレンド登録すらしてくれなかった奴らを思い出して歯噛(はが)みする。

あの混乱の中、フレンド登録してくれた高レアな知り合いは御衣木さんだけだった。

だから俺にとって、心から信じられるのは、御衣木さんだけなのだ。

（とにかく作戦を立てよう。フレンドシャドウに御衣木さんがいるから優秀な僧侶はいらねぇ。スキル持ちの盗賊はもうここにはいねぇだろうから、魔法使いが三人必要だ。もしくは戦士）

額を押さえた。ここに残ってる魔法使いはNレアリティでも運の悪かったミソッカスどもだらけだ。HNや見込みのありそうな連中はさっさと見切りをつけてパーティーを組んで出てっちまった。

ここにはクズしかいない。『転移』が起きてから三ヵ月も経っている。時間が経ちすぎている。

――俺が悪かったんだ。

Nレアリティの集団にいるRレアリティの自分に酔っていた。最初の洞窟ぐらいお荷物がいてもなんとかなるだろう、なんて浅い考えで己の立場に胡座(あぐら)をかいていたいままでの自分を殴りたい気分になる。俺は置いてかれた鬱憤をグズの上に立って晴らしていただけの阿呆(あほう)だった。

俺だって他人より上ってわけじゃねぇんだ。

俺が強くなればいい、なんて考えずにもっと人がいる時期に必死になればよかった。

（今だ。今しかねぇ。これ以上状況が悪くなる前になんとかするしかねぇ……）

最適のパーティーであれば突破できる。じゃねぇ。突破できちまうんだ。Nのあいつらがカンストしたってことは、そろそろ残ってるHN連中もカンストし始める。そうすりゃ突破は容易。つまり、ここに残ってるメンツも減って、もっとひどくなっていく。

「とにかく早く動き始めねぇと……」

『システム』の都合上、前衛に配置できる戦士は三人。あとは後衛配置だ。僧侶はフレンドシャドウで埋める。盗賊はいらねぇ。つまり残りは魔法使いが一名だ。

『HN』でなくてもいい。属性相性の良い『N』レアリティでいい。ゴーレムの弱点属性である『風魔法』使いを探すんだ。

「パーティーに潜り込むのは奴らが帰還する夕方からにして、とりあえずドロップアウト連中から勧誘してみるか」

俺は四人組の連中がぞろぞろと『洞窟』へ出かけ始めるのを尻目に壁際にゴロゴロと寝転がっているいる奴らを眺めるのだった。

＊

【新井のあーは】始まりの洞窟攻略スレその1023【アホのあ】

235　名前：名無しの生徒さん
レアリティRの新井忠次くんがパーティーアウトした件について

236　名前：名無しの生徒さん
アホがドロップアウト組を回って戦士と魔法使い勧誘してるぞ

237　名前：名無しの生徒さん
Nのゴミ連中のパーティーで王様やってた奴だろ　誰が行くかっつーの

238　名前：名無しの生徒さん
いや、だけど　奴の言ってることってかなり勝算あるぞ？　条件のHN以上の戦士はダブつい
てるし
レベル上げすれば試行回数10回ぐらいで突破可能じゃ？
なんで気づかなかったんだろ。俺行ってこよっかな……

239　名前：洞窟のドン
新井の味方する奴はハブる

240　名前：名無しの生徒さん
ハブるっても洞窟突破すりゃここにいる必要ねーんだし関係ないんじゃ？
＞＞238　なんで気づかなかったって、そりゃ俺たちがNレアのクズだからだよｗｗｗ
つか計算してみたら結構シビアだけどN戦士でもギリギリいけるくせーんだよな

新井は安全マージンとりすぎ　やっぱあいつあほだ

241　名前：名無しの生徒さん
洞窟のドンって誰だよｗｗｗ

242　名前：名無しの生徒さん
洞窟のドンさんちーーっすｗｗｗ　俺、新井の提案乗ってくるわｗｗｗ
洞窟抜け決定おっすおっすｗｗｗ

243　名前：洞窟のドン
新井の味方する奴は殺す　死に戻っても殺す　何度でも殺す

244　名前：名無しの生徒さん
うわぁ　マジだこいつ　怖い

245　名前：名無しの生徒さん
まぁ洞窟突破しなくても問題ないしね　新井の提案乗らなくてもいいよね

２４６　名前：名無しの生徒さん
なんでここ匿名性なんだよ　洞窟のドンって誰なんだよ　不気味だなぁ
正体わかれば逆に殺せるのに

２４７　名前：洞窟のドン
新井の味方する奴は殺すから

２４８　名前：２４２
よく考えたら新井いなくても新井の提案戦法でゴーレム突破できるなこれ
蘇生持ち高レアリティ僧侶がフレンドにいる奴募集スレに募集書いとくから参加よろしく
新井戦法はぶっちゃけ魔法使い抜きの戦士３人でも可能なんでフレンドに僧侶いるなら誰でも
それこそＮ盗賊でも１人だけなら参加可

２４９　名前：名無しの生徒さん
＞＞２４８　Ｎ盗賊参加可能とかぐう聖　新井じゃなくて２４８に参加するわ　よろしく

２５０　名前：名無しの生徒さん
＞＞２４８　俺も同じことするわ　募集スレ久々に活用　おほっ

251　名前：洞窟のドン
新井の味方する奴は殺すから

252　名前：名無しの生徒さん
>>251　クソレズさんいつまで洞窟にいるんですか？　そろそろ先に行かないと愛(いと)しの先輩に追いつけませんよ？

＊

「新井くんちーっす」

「新井のあーはアホのあー」

「戦法ありがと。N戦士の俺だけど来週ぐらいにはゴーレム倒してくるよ」

早朝の勧誘は戦士を二人確保した辺りで暗礁に乗っていた。

回りの連中にそんな言葉を投げかけられたのはその辺りで、慌てて『掲示板』から攻略スレを開いたときには時すでに遅し。

掲示板での洞窟のドンとやらの脅しと俺の評判も相まって、魔法使いの人材は加入せず、確保していた戦士二人にも逃げられてしまったのだった。

茂部沢たち相手に偉そうにしていたNパーティー時代の悪評が響いていた。昨日の乱暴な別れ方もだ。退屈な閉鎖空間だ。人の目のある岩場であんなことやってりゃそりゃ広まるだろう。

「つか誰だよ。洞窟のドンってのは……。いや、いやいや、それよりも」

ドロップアウト組がにわかに活気づいていた。それがやばい。

勧誘時に提案した戦法が広まっていて、ドロップアウト組から使える戦士が軒並み消失していた。残っているのはNレアリティの連中だ。それもろくなフレンドも登録してないマジで使えない連中だけで、その中からも『戦士』が消え始めている。

俺は安全マージンとりすぎなのか？　N戦士でもいけるか？　いけるのか？　いけちゃうのか？

（戦士の流れがはぇぇよ。くそッ、さすがに暇してるドロップアウト連中なだけはある。さっさとパーティー組み始めやがった。暇すぎて掲示板に常時張り付いてる糞どもめ）

呆然（ぼうぜん）としたまま、俺は洞窟の天井を見る。

状況が詰んでいた。どうにもならないと感じていた。というかどうにもならなかった。俺がドロップアウトし諦（あきら）めそうだった。

戦士を勧誘しようとして断られ、俺と同じく消沈している座古たちが視界の端に見えた。

落ち込む座古を励ます茂部沢。そんな二人にミッション報酬だろう食事を渡している無作。

雰囲気は暗いが、そこに絶望の臭いはない。

（俺がいなけりゃああなんだよなあいつらは……）

楽しそうなんだよな。本当に。

最初に声をかけたのは俺からだったか。なんかあいつらが楽しそうで、だから俺もあいつらとならうまくやってけるかな、とか考えて……。

それは、置いてかれた俺の唯一の抵抗だったのか？　やっぱり、今からでもあいつらの元に戻れば——。

「今更戻れるわけもねぇよな」

俺から捨てておいて、いざ自分が困ったら助けてくださいい、なんて無様。あり得ねぇ。

だが、今のザマじゃあ既存のパーティーに潜り込むことも難しいだろう。

「あー、畜生。晩飯、確保しにいくか……」

『パン』と『水』の備蓄はある。満腹度の低下には対応できる。それでも、余裕のあるうちに動くべきだった。

やばくなってから動くのはもうやめる。

それでも一人で『始まりの洞窟』に侵入するのはかなり厳しいんだが、飯を食わなきゃ腹が減るし『空腹』の状態異常はステータスを低下させる。あと腹が減りすぎて何も考えられなくなる。めちゃめちゃ苦しい『餓死』は勘弁してほしい。

「顕現。見習いの剣」

手の中に現れる無骨な剣。

モンスターと戦うための武器をステータス画面から呼び出した俺は『始まりの洞窟』の入り口に向けて岩場を歩いていくのだった。

＊

エリア『始まりの洞窟』。そこは五戦の『通常戦闘』を抜けると『ボス戦闘：ゴーレム』にたどり着くエリアだ。

ボスがめちゃんこ強い以外は出現するモンスターも弱い初心者用エリア……なのだと思う。

「っと、パーティー確認しとかないとな」

パーティーを解散してからそちらの画面は弄っていない。『ステータス』と呟き現れた画面を操作していく。

パーティーリーダーは新井忠次。俺だ。メンバーはいないので『なし』。フレンドはＬＲ僧侶の御衣木栞さんを呼び出しておく。

「あー。クソが……。まー、御衣木さんいるし、ボス以外はなんとかなるだろ」

個人的には道中一戦目で切り上げたいところだが、道中四戦目のドロップ品はそこそこに経験値効率の良い合成アイテムだ。一人じゃきついがなんとかがんばってそこまで行きたいところだった。

「効率良いって言ってもこのエリアでの話だし、ああ、嫌だなぁ。マジでここのシステムがターン制じゃなきゃな……」

ついでに戦闘がアクション系だったらよかったのに。俺は愚痴りながら『始まりの洞窟』と岩場を分ける境目を乗り越えた。

――空気が変わる。

この感覚を表現するのは難しい。今までの岩場はのんびりした、リラックスできる雰囲気が漂っていたのに、エリアに一歩踏み込んだ瞬間、肌がひりつくような雰囲気に変わるというのは。

あの岩場が皆から休憩所と呼ばれ、居着くのに抵抗がなくなるのは、きっとこのためなんだろう。

特に意味はないけれど手の中の『見習いの剣』を試しに振るった。ちなみに『顕現』させなくても装備スロットに入れた『武器』はエリアに入った瞬間に手の中に現れるのだが、なんとなくかっこいいので『顕現』させてしまうのは男の子のサガという奴だろうな。

ちなみに『装備』は誰でも初期に持たされている。『折れた』シリーズと呼ばれる初期装備だ。

俺の剣は現在『折れた』より2ランク上の『見習い』シリーズだ。

「ふッ、とこんなもんか。まぁ意味はないけど」

ぶん、っと剣を振って呟く。

俺の剣は三ヵ月の間、強化素材をぶち込み続けて鍛えた一品だ。といってもそこまで強くはない。『見習いの剣』は限界まで鍛えたところでせいぜいがＡＴＫ（こうげきりょく）を１００プラスしてくれるぐらいのもので、特殊能力などもまったくない。

本当に見習いの品なんだろうな。ろくなもんじゃない。とはいえこれより下のランク品である

『折れた剣』や『粗末な剣』よりマシな品であることは確かなのだが。

「じゃあ、頼む。御衣木さん」

エリアに入った瞬間、俺の背後に出現した黒い影（フレンドシャドウ）がこくりと頷（うなず）いた、ような気がした。


――フレンドシャドウ。


戦闘エリアに侵入した際、パーティーに『設定』した『フレンド』を呼び出すシステムだ。

もっとも本人ではない。名前のとおり影のようなもので、喋（しゃべ）ったりはしないが戦闘時は自己判断（オート）で戦ってくれるだけの存在だ。

賢くはないが馬鹿でもなく、レアリティが高ければ下手な味方より頼りになる存在。

名称【御衣木栞】　レアリティ【LR】
ジョブ【僧侶】　レベル【60／100】
HP【5800／5800】　ATK【4000】
リーダースキル：『聖女の理（レキシンティア・シンティリラ）』
効果　：自分のターン開始時、パーティー全員のHPを1割回復する。
スキル1　：『天の恵み』《常時》
効果　：回復魔法の効果を単体からパーティー全体に変更する。

スキル2　：『三対神徳(さんたいしんとく)【慈愛】』《クール：6ターン》
効果　　：パーティー全体の状態異常を治療し、HPを小回復する。
スキル3　：『マナの奔流』《常時》
効果　　：ターン経過で補充されるマナを＋2する。
必殺技　：『月光聖樹(せいじゅ)』《消費マナ10》《クール：8ターン》
効果　　：パーティー全体の戦闘不能者を蘇生し、HPを全回復する。

ちなみにこれが彼女のステータスである。

俺のカスみたいなステータスとは比べ物にならないものだろう。ちなみに『クール』とはクールタイムの略であり、一度使ったら設定されたターンが経過しないと再使用できない、というものだ。

そうして俺は「あー、くそ。いやだなぁ」なんて呟きながら洞窟のある一定の地点より先へ踏み出し、

「おらぁ！　いくぞ!!」

気合の雄叫(おたけ)びをあげた。


――バトル、スタート。

勝手に表示されたステータス画面に、そんな言葉が表示される。

そして俺の目の前に出現する人型の怪物（モンスター）が三体。

それぞれゴブリンA、ゴブリンB、ゴブリンCと頭上に表示が出ている。足元にある赤色の横棒は奴らのヒットポイントバー。『攻撃』をして、あれを削りきらなければならない。


――そうしなければ終わらない。


ターン開始の文字がステータスウィンドウに表示され、俺の身体を回復魔法が包み込む。御衣木さんのスキル『聖女の理』だ。自分のターン開始時、パーティー全員のＨＰを一割回復する効果。

パーティーリーダーが持つリーダースキルとフレンドシャドウのリーダースキルは同時に機能する。故に呼び出すフレンドは重要だった。

その点御衣木さんのリーダースキルは破格と言ってよい。これだけで俺が死ぬ確率が激減する。

「おらぁ！」

とりあえず、と手近のゴブリンに俺は剣を振り下ろした。俺の一撃を受けたゴブリンのヒットポイントバーが砕け散ってゴブリンは消滅する。さすがに一戦目だ。16レベルまで鍛えた『Ｒ』レアリティの戦士の一撃を耐える体力は奴らにはない。

俺の行動が終わる。そして背後の御衣木さんに行動順が移る。

「みんなに癒やしを」

設定された『定型文』を呟き、手に持った杖を振り上げた御衣木さんによって、パーティー全員の体力が回復する（もっともいまだなんのダメージも食らってはいないので無駄行動だが）。『僧侶は攻撃ができない』。この空間でのルールの一つだ。正確には攻撃はできるのだが、僧侶は杖で殴ったり拳で殴りかかったりしても相手にダメージが入らない。

この世界に詳しい奴が言うところの仕様（システム）という奴だった。

そして『エネミーターン』という文字がステータスウィンドウに表示される。

「ぐ」

目を瞑（つぶ）る。こればかりは慣れない。ゴブリンが近づいてきて俺に棍棒で殴りかかる（こうげき）。がつんと腹に痛み。ステータスのヒットポイントの表示が１００ぐらい削れる。「てめぇ」睨みつける。身体は動かない。自分のターンに『攻撃』してしまったら『回避』も『防御』もできない。そういう仕様（システム）。

別のゴブリンが近づいてきて俺に棍棒（こんぼう）で殴りかかる。激痛。ヒットポイントが削れる。糞。

倒したゴブリンは一体。攻撃してきたゴブリンは二体。よし、俺たちのターンだ。

ステータスウィンドウに『パーティーターン』という表示。御衣木さんのリーダースキルによって俺の体力が回復する。そうして俺に手番が回ってくる。身体が動くようになる。

「『勇猛』」

俺はスキルを発動した。スキルの発動に手番は消費されない。俺の攻撃力が上昇する。同時にスキルコマンドの『勇猛』に『再使用まで６ターン』という表示が出る。一度使えば二度目の使用までにターン経過を必要とするのがスキルなのだ。

もちろんゴブリン程度スキルを使わなくても倒せる。それでも使ったのは腹いせもあっての行動だった。俺は俺を殴ったゴブリンの一体に向かって走り出し、剣を振り上げる。

「痛かったぞてめぇこら！」

剣を振り下ろす。機械みたいに悲鳴も上げずに倒れるゴブリンB。砕け散るヒットポイントバー。

「みんなに癒やしを」

『定型文』を呟いた御衣木さんが俺と自分の体力を魔法で回復し（全体回復魔法なのでダメージを食らってない御衣木さんも回復されるのだ）、ターンが終了。

そして『エネミーターン』だ。ゴブリンが突っ込んできて棍棒で強く俺の身体が殴られる。

「ぐぬぬ」

この攻撃を食らうとわかっているのに動けないもどかしい感覚が嫌いだ。まるで処刑場でギロチンの刃が落ちるのを待つ死刑囚の気分である。

もっともどう受けたところでダメージ量は変わらないのでおそらくは身体に受けなくてもゴブリンが棍棒を振り下ろせば俺のヒットポイントは自動で削られるのだろうとは思う（敵のターンではまともに動くことはできないのでそういう状況に遭遇したことはないが）。

そしてゴブリンCが行動を終了したので俺たちのターンだ。御衣木さんのリーダースキルで俺のヒットポイントが回復し、俺の手番。俺の身体が動くようになる。

「これで終わりだな」

ゴブリンCは終わっていた。俺が攻撃すれば死ぬ。だというのになんの感情もその表情には浮かんでいない。逃げる様子もない。

ターン制なのでこうして状況が詰んでいても俺が行動を終了するまでゴブリンは動けないのだ。機械みたいな無表情で、ぴくりとも動かない敵は俺をじっと見ている。

俺はステータス表示を見る。御衣木さんのスキルのおかげか『マナ』が溜まっている。

「必殺技で締めるか」

『マナ』。1ターンに1だけ溜まるなんかよくわからない数値だ。御衣木さんはこれを1ターンに追加で2増やす破格のスキルを持っている。マナを消費して使える『必殺技』はRレアリティ以上の人間が持つ強力な技で、これのチャージ時間を減らすスキルを持っている御衣木さんはさすがのLRレアリティだと言っていいだろう。

ちなみに最大値は10で3ターン目の現在、マナは九つ溜まっていた。

「必殺‼」

叫ぶ。叫ばなくても『使う』と念じれば使えるのだが、なんとなく叫びたくなるのが必殺技である。

通常の攻撃コマンドと違い、俺の身体が勝手に剣を高く振り上げた。剣が光を放ち、俺の身体が勝手にゴブリンに向かって走り出す。

「大、斬撃‼」

どん！　と派手な光と衝撃。ゴブリンが吹っ飛び消滅。ついでに派手な演出の巻き添えでヒットポイントバーも砕け散る。

ぱんぱかぱーん、なんてめでたい音楽がどこからともなく鳴り響く。

『コングラッチレーション』とステータスに表示が出る。続いてアイテムとゴールドを取得したとの表示も。経験値はない。この世界ではモンスターを倒してもレベルは上がらない。

ドロップアイテムは『折れた剣』『折れた剣』『ゴブリンの魂』だった。『折れた剣』は戦士の武器だが『見習いの剣』があるので今の俺にはいらない装備だ。

とはいえ装備としてはいらないのであって、素材に換算すれば無用のものというわけでもない。ステータスから開ける『合成』コマンドで折れた剣を見習いの剣に合成すれば見習いの剣のレベルが上がり、攻撃力が上昇するのだ。いまだ見習いの剣はレベルマックスというわけではないので、地道だがやらないわけにはいかない作業の一つだった。

そして『ゴブリンの魂』だ。売値もレアリティもカスみたいな素材だが、重要といえば重要なアイテムだった。

こっちは『強化』から俺のステータスに合成することで微々たるものだが俺の経験値となり、ステータスに表記されるレベル上昇の助けとなる。

そしてゴールド。『始まりの洞窟』の通常ステージ1程度ではゴールドなんか雀（すずめ）の涙ぐらいしか手に入らないのだが、ゴールドは『合成』と『強化』を行うのに必要な資源（リソース）なので、こんなカスみたいな量でも収集をおろそかにしてはいけないのだ。

取得品を確認してアイテムボックスに入れた俺は剣を片手に先の通路を見る。

『戦闘』に突入すればもう『戦闘』するしか行動ができないのだが、こうして『戦闘』が終われば先の道に進むこともできるのがこの空間の特徴だった。

「よし行くか。御衣木さん、いつもありがと」

意味のないお礼だ。だが一人でずっと戦ってると息が詰まるので積極的に話しかけてみる。

真っ黒な御衣木さんはシャドウなので知能はない。返答はなく、自動で行動するただの影。

それでもこくりと頷いたような気がするのは寂しすぎて見えてしまっている幻覚なのだろうか。

「地味に一人だとしんどいよな」

グズども三人。あれはあれで仲良すぎて部外者だった俺はたまに寂しい想いをしたが、なんだかんだで話はできたしそんな悪いもんでもなかった気がする。グズじゃなけりゃもうちっと付き合ってもよかったんだが……。

「ま、もう手遅れなんだけどな」

今日は通常ステージ4まで行って帰るを繰り返そう。人の募集は噂が消えるのを祈るしかねぇが、無理かなぁ……。

とはいえ、俺が噂を払拭してどっかに加入させてもらうにはとにかくレベルを上げて俺の価値を上げなきゃ話にならないのだが。

＊

「大斬撃!!」

ステージ4のボスにして『始まりの洞窟』の中ボス的存在『ハイゴブリンソルジャー』が派手なエフェクトを喰らい、ヒットポイントバーと共に吹っ飛んで消滅する。

騒々しいファンファーレが鳴り響き、宙空のウィンドウが武器や素材がドロップしたことを教えてくれるも、俺はぐぎぎと歯を噛み締めながら肩を押さえていた。

死にはしなかったが何度も何度も棍棒や剣で殴られ斬られれば痛みで呻くのは当然のことだ。

なにしろハイゴブリンソルジャー自体のヒットポイントが高い。パーティーにもう一人攻撃役がいればターンもかからず倒せただろうが、俺一人じゃかなり手数を必要としたのだ。

それに同時に出現した取り巻きもきつかった。叩かれ殴られ斬られまくり、そのうえにハイゴブリンソルジャーの攻撃の一発一発がかなり痛かった。感覚がおかしくなりそうだ。

「これからずっとこうなのかよ……」

やはりパーティーメンバーの勧誘が先、なのか？　考えて首を振る。どうやっても俺自身が強くならない限りは仲間は見つからない。悪評が広まってしまっているのだ。親しい友人でもない奴らが俺と組んでくれる理由なんてない。

それに、これだけ痛くたってゴーレムの攻撃よりはマシだった。

あんな身体が叩き潰される痛みよりは、万倍マシ。そう思いたい。

「っと、さっさと合成しちまうか……」

強くなりたい、そんな気分で『ステータス』から『強化』を呼び出す。

『ハイゴブリンソルジャーの魂』を一つ。『ゴブリンの魂』を二つ、『ゴブリンソルジャーの魂』を二つ使い自身の強化を行う。もっとも『始まりの洞窟』で手に入る素材の経験値は雀の涙だ。経験値バーが微かに動き、俺の口からため息が漏れる。

「レベル、上がんねーか」

同レベルのNレアリティならもうちょっとマシなんだろうが、Rレアリティの俺だともう少しばかり経験値が必要になる。成長限界が高いのは良いことだが必要経験値も多いのでしんどさが段違いだ。

「今日は何回できっかな……」

エリアへの侵入に回数制限はないが、戦闘で削られる俺自身の精神に限界はある。

ぶっちゃけ何度も何度も殴られれば痛い。だから何度も行きたいとは思わない。

とはいえ現状を考えればさっさとレベルを上げたいのはやまやまなのだが、うーむ。

「今日はこの辺にしておくかな」

言って苦笑する。いや、わかってる。俺が甘いんだ。甘ったれてるんだよな……。

三ヵ月かかってレベルがこれだけしか上がっていないのもこの甘ったれが原因に決まってる。

俺ももう少しやる気を出すべきだった。

「ならゴーレム、やってみるか？」

計算上、俺と御衣木さんの二人パーティーでも運が良ければ、倒せるはず。

考えて、んん？　と唸る。妙な気づきだった。だから、それに気づいたとき、うわぁという声が自然と漏れる。

「ん？　あれ？　あれ？　あ……うわぁ」

　パーティー欄を開いて、フレンドリストを見て、うわ、うわぁ、と声を上げる俺。

「もしかして俺って馬鹿だったんじゃ……」

　さっきまでの四戦全部でやっていた行為に頭を抱える。こういう抜けているところがあるから俺はRレアリティなのか？　もっと察しがよけりゃもっと早く気づけたんじゃなかったのか？

「あああ、なんつー、アホな……」

　僧侶は攻撃はできないが前衛に置くことはできる。それはNレアリティだろうが、LRレアリティだろうが変わらない仕様（システム）だ。

　それはフレンドシャドウでも可能な仕様である。

　それで、この『始まりの洞窟』のボスの知能は単純で、こっちのパーティーに前衛がいる場合、前衛に必ず攻撃をしてくる。

　だからつまり、前衛に御衣木さんを配置すれば相手の攻撃は分散されて俺は痛い思いをそんなにしなくてもよかったんじゃ？

　フレンドシャドウの御衣木さんを見る。シャドウはシャドウだ。俺と違って痛覚なんてない。前衛に置いたところで文句なんて言わない。

　しかしシャドウの御衣木さんにダメージを受けさせるのはなんか良心が……。

（この無駄にカッコつけ癖がなけりゃ……もっと俺は……）

ちなみに今までのパーティーの場合、通常戦闘はフレンドリストからＲレアリティの戦士を呼ぶことで前衛の不足を補い、俺の痛みを分散していた。ちなみに無作は後衛でカスみたいなダメージの弓を射る係だ。グズめ。最後まで微妙な奴だったなあれは。

ゴーレム戦ならともかく通常エリアはそういうやり方で十分だったのだ。

（てか今日の戦闘、フレンドの戦士呼べば四戦目以外はターン短縮できたんじゃ……）

さすがに僧侶のいない戦士二人では四戦目は全滅するからしょうがないとしても三戦目まではフレンドの戦士の二人前衛でなんとかなったはずだ。通常戦闘と通常戦闘の合間でフレンドシャドウは入れ替えができるのだから、やらない理由はなかった。

それに気づかず御衣木さんを呼んでしまったのは、ひとえに俺の心の弱さだ。一人でいることに耐えられなかった俺の心が問題だったのだ。

どうせシャドウなのだから、御衣木さんじゃなくてもよかったのに……。

へたり込んで天井を見上げる。洞窟らしい岩の天井。ここを出たらどうなってんだろうな。

エリアごとに独立しているのか、それともこの始まりの洞窟が終われば元の世界に帰れるのか、『掲示板』に先に進んでいった者たちの書き込みはない。

（元の世界はないか。御衣木さん(フレンド)のレベルが上がってるし……エリアごとに掲示板が独立してんのかな？）

いつのまにか誰かがラスボスを倒せば家に帰れるなんて噂が蔓延(まんえん)しているのが俺たちカス連中の現状だ。だから痛みに耐えかねた連中の中には戦闘行為をドロップアウト(あきらめる)する奴も出てくるし、食料を稼ぐためだけにだらだらと洞窟に挑むだけのパーティーが作られたりする。

Nはｎだ。やる気がないからNなのだ。だからRの俺は諦めねぇ。

意地を張らなけりゃ、自尊心が保てねぇんだよ。

「……進むか」

心が折れれば先には進めない。俺はパーティー編成から御衣木さんを前衛に移動させるとゴーレムのいる部屋に続く扉の前に立つのだった。

先に進めば何かが変わるかもしれない。そんな期待があった。俺を見捨てた奴らに追いついて文句の一つでも言ってやりたかった。

あとは、そうだな。

今回だって、運が良ければ突破できる。そう、思う。

思いたかった。

＊

見上げるほどに巨大な岩の怪物(ゴーレム)の一撃で死亡し、ぺしゃんこになった俺の死体。その背後に霊体化した俺がいる。

「やっぱダメだったかー‼」

大声で叫ぶ。やっぱりか。やっぱりダメだったか！　そもそも運とかよくねぇんだ俺はよぉ。

「そんな……私は……」

そんな俺の前では御衣木さんのフレンドシャドウが『定型文』を呟き、特定ターンに必ず放たれるゴーレムの『必殺技』を食らって消滅するところであった。

いかにHPが高くても彼女は僧侶だ。自身を回復する術はあってもゴーレムのヒットポイントを削る手段はない。俺が死に、蘇生必殺技で俺が蘇生され、必殺技のクールタイムが終わる前にまた俺が死に、当然蘇生させる手段はなく、そんな中、ゴーレムの攻撃を喰らい続ければLRレアリティの膨大なHPであっても死亡するのは当然だった。

いや、そうではない。彼女はゴーレムの『必殺技』以外ではどうあっても死なない。今回は運が悪かった。御衣木さんは通常攻撃ならばクリティカルを喰らおうとも平然と次のターンにHPを全回復できる。彼女のステータスはその領域(レベル)にいる。

今回はただ単純に運が悪かったのだ。

「あとちょっとだったよな！　なぁ‼」

そう、御衣木さんはただの『必殺技』は耐えられる。だがさすがに『必殺技』を『クリティカル』で食らえば御衣木さんであろうとも死亡するしかない。死亡するしかないのだが、それがなければきっと勝っていたはずなのだ。

『ステータス』画面に『戦闘終了。リスタート地点に戻ります』なんて表示を見ながら俺はゴーレムのヒットポイントバーを注視する。

この戦法でなんとか敵のHPの八割は削れたのだ。蘇生技のクールタイム終了をたった一人で三回も粘ったシャドウ御衣木さんの功績でもあった。普段だったら前衛の俺が落ちた時点でダメージを食らうのが嫌な茂部沢たちが『降参』コマンドを選ぶから、ここまで削れたのは初めてのことでもあった。

「次こそはいける。いけるよね？」

俺の作戦。俺と御衣木さんの二人で前衛をやって……。いや、待て。そもそも始めっから御衣木さんを後衛に置かずにいれば——。

「あ……」

今更ながら気づく。俺は、なんて失敗をしていたのか。

これが携帯ゲームであったなら即座に気づけた。だが、変に現実的すぎる現状が俺の目を、いや、俺たち全員の目を曇らせていた、のか？　俺が提案した誰でも思いつくような作戦に今まで誰も気づかなかったのも、Nレアリティがグズなだけでなく、この妙な現実感が邪魔をしていた、のか？

『痛み』『空腹』『疲労』『劣等感』『倦怠(けんたい)感』『厭戦(えんせん)』。思考を邪魔する要素は大量にあった。真面目にやってなかったのはグズどもだけでなく、俺も、だった。

嫌な感覚と共に、今までの俺たちを思い出す。心底、非効率的な、馬鹿なことを俺たちはしていた。こうやって俺と御衣木さんの二人でゴーレムの体力を八割削ったのだ。だったら今回、座古や無作がいたなら、絶対に勝っていた。

「掲示板じゃ、僧侶は後衛に置けってのがセオリー……」

呟く。前衛の設置制限は三名までだが、後衛の制限は特にない。だからセオリーどおり、今までのゴーレム戦では俺が一人ゴーレムの攻撃を耐えて後衛に全員がいた。二人の僧侶で回復をしていた。セオリーを馬鹿正直に守っていた。柔軟に考えられなかった。

「俺は、馬鹿だ……三ヵ月も、何をしていたんだ……？」

愚かさに背筋が寒くなる。心が苦しくなる。ゴーレムに挑み始めたのは最近だったからとはいえ、短絡的すぎた。

畜生畜生畜生畜生。ちゃんと考えればあのメンバーでも先に進めたんだ。Nレアリティの盗賊がいても大丈夫だった。

俺が、グズなのか？　馬鹿は俺もだった？　畜生。くそ。後悔しても遅い、のか？

（くそ。くそ。くそくそくそくそくそ。――畜生。謝ろう……俺が間違っていた……もっと考えるべきだった。もっと、もっと、もっと――）

俺が悪かったと、奴らに言おう。もう一度パーティーに入れてもらおう。

俺が馬鹿だった。考えなしだった。痛みがなんだってんだ。俺一人がダメージを受ける現状に不満があったからって、もっと柔軟に考えるべきだった。

（……いや、やっぱ俺一人がダメージ受けるのはねーわ……どう考えても不公平だろ……）

『条件を達成しました。特別エリアに転移します』

最後にちょっと冷静になった俺の後悔をよそに、システムはきっちりと俺の死体を消滅させ、俺の霊魂はリスタート地点である最初の岩場へと戻る——

——はずだった。

そして、その場所で、俺は、あれと出会ったのだ。

Ⅱ／『取るに足らない些細な願望』

彼女は目を開いた。肉体は正常だというのに、口から漏れるのは幽鬼のようなかすれ声だ。疲弊している。それは肉体ではなく精神だった。

彼女の精神は極限にまで磨り減っていた。

彼女は習慣で手首の腕時計を見た。『餓死』から『復活』までにラグはない。一秒前、彼女は確かに極限の『飢餓』状態にあり、そのまま『餓死』した。死んだのだ。

その瞬間は覚えている。お腹が減って、減って、減って、どうやってもお腹は膨れなくて、そして死んだことを。動いているものが腕時計の針しかなかったから、彼女は腕時計の針を見ながら自分が死ぬまでの数を数えて死んだのだ。

――すでにして、彼女は狂っていた。

彼女は『死』んだ。だのに『生』きている。彼女は不条理に泣きたくなる。死ぬなら死にきりたかった。『蘇生』なんてしたくなかった。

だって、生き返ったなら、二十四時間後に再び自分は死ぬのだ。

極限の『飢餓』に気が狂いそうになりながら、死ぬのだ。

「…………」

へたり込む。彼女の艶やかな黒髪が地面に広がる。埃や土がつくだろうに彼女は気にしない。

そうしてぼうっと天井を見る。岩場。岩。岩。岩。岩。岩しかない。水もないしキノコもない。ただヒカリゴケが手も届かない天井に生えているだけ。虫すらいない殺風景すぎる岩場。

にへら、と彼女は笑う。現実に絶望した嗤いだった。この世のすべてを、自分の境遇を、どうにもならない現状を、この岩場を、すべてを嘲笑うような笑み。

「…………」

言葉はでない。助けを求めたって、泣いたって、どうにもならないことは知っていた。彼女はどん詰まりにいた。彼女には『ステータス』と叫ぶような知識はなかった。

彼女が陥っている問題は、同じ境遇の仲間たちが気づいたそれを実行すればそれだけで解決する極めて簡単なことだ。だが、その発想に至る下地を彼女は持っていない。

彼女はここに来るまでのことを回想した。この場所では、それしかできることがなかった。

「…………」

あの日、学校で授業を受け、気づけば彼女は同じ学校の生徒たちと妙な岩場にいた。

神様も黒幕もいなかった。

誰も何も説明しなかった。

ただ彼女たちはそこに『転移』としかいいようのない現象で連れてこられた。

そして、それだけだった。

誰もなにも説明できなかった。ただ混乱だけがあった。そのうちに誰かと誰かが殴り合うようになった。混乱だった。暴動だった。暴力だった。狂気だった。

彼女は逃げた。回りの生徒たちと一緒に、逃げるようにして唯一開いていた出入り口のような場所に逃げ込んだ。

そこは洞窟のような岩の通路だった。だけれど何かが変わったような間があった。見渡せば一緒に逃げていたはずの生徒はいなくなっていた。周囲から人が消えていた。代わりに手に『折れた枝』を持っていた。

それが、『エリア』への侵入だと彼女は気づけない。

怖くなって元の場所に戻ろうとした。だけれど、見えない壁があるかのように元の場所には戻れなかった。一定の位置から先にどうしても足が進まなかった。

だから、仕方なく先に進んだ。

そうして、妙な化け物に遭遇した。頭の上に日本語でゴブリンと表示の出ている化け物たちだ。

人型の、緑色の皮膚をした、武装した生き物。

悲鳴を上げた。へたり込みそうになった。どうしようもなくて怖くなって枝を振り回した。そうしたらなぜかゴブリンたちは風に切り刻まれて死んだ。

動かない身体(からだ)が動くようになって、彼女は先に進めるようになった。さらに三回、ゴブリンに遭遇した。最後の『ハイゴブリンソルジャー』は枝を振り回しても一度じゃ消えなかった。そして分厚い剣で二回も彼女は叩き斬られた。激痛に泣き出した。誰も助けてくれなかった。

だから三回だ。その戦いでは合計三回枝を振るった。彼女が枝を振るう。ハイゴブリンソルジャーが剣で斬りつける。彼女が枝を振るう。ハイゴブリンソルジャーが剣で斬りつける。ハイゴブリンソルジャーは彼女を一度斬りつける。不思議なことに、彼女は隙だらけだったのにハイゴブリンソルジャーは彼女を一度斬りつけると出現した場所に律儀に戻っていくのだ。だから彼女は枝を振るえた。下着はとうに恐怖でもらした尿でぐしょぐしょになっていた。

彼女は困惑しながらも、激痛でまとまらない思考のまま助けを呼んだ。だけれど、誰も助けてくれなかった。だって誰も側にはいなかったから。

そして、焦燥感に急き立てられるかのように、泣きながら先に進んだ。


——誰にも出会わなかった。誰も助けてはくれなかった。


扉があった。戻ることもできず、がんばって開いた。そこには巨大な、見上げるほどに巨大な人型の岩がいた。ゴーレムという名前がついていた。

彼女はおびえ、戻ろうとしたが、踏み込むしかなかった。戻れなかったからだ。泣きそうになりながらぐずぐずと鼻をすすって進んだ。学校で和風美女、大和撫子なんて呼ばれて得意げになったこともあった。家のこともあり、意識的にそうしようと努めていた。そんな記憶は吹き飛んでいた。ただただ逃げ出したくて、逃げ出す場所なんてなくて、とぼとぼと死刑執行を待つ死刑囚のようにおずおずと彼女は中に入った。

枝を振るえばなんとかなると信じていた。それしかないのだから、それだけに縋っていた。

だから、それは戦いとは言えなかった。

泣きながら、ぐずぐずと顔を伏せた彼女が枝を振るう。岩の巨人は風に切り刻まれ、ヒットポイントバーが微少に削れる。

ゴーレムが歩きだす、人を軽く潰せるほどに巨大な拳を大きく振りかぶる。落ちてくる岩の塊を見ながら彼女の顔が恐怖に歪む。

出し切ったはずの尿が再び太ももを濡らすのを、妙に冷静な思考が把握していた。

その一撃で彼女は頭から轢き潰されて死んだ。


――自分のミンチ肉を、霊魂となった彼女は呆然としながら見ている。

自分の死体の側には何か板のようなものが浮いていた。『戦闘終了。リスタート地点に戻ります』という文字が表示されていた。呆然と呟く。リスタート？　疑問には誰も答えてくれない。もう一度？　もう一度なの？　彼女はこれまでのことを呆然としながら呟く。もう一度あの岩で潰されるの？　あのゴブリンにもう一度痛めつけられなきゃいけないの？　呆然としながら叫ぶ。嫌だ。嫌だと叫ぶ。だけれど誰も答えてくれなかった。誰も助けてくれなかった。自分がこれだけ助けを求めているのに誰も、誰も答えてくれない。

彼女は気づかない。

ただリスタートするだけのほうが万倍幸せだったことに。

『条件を達成しました。特別エリアに転移します』

その言葉の意味を、彼女は知らない。そうして彼女は『転移』する。

その先こそ三ヵ月経っても誰も見つけられない、存在すら知られていない『隠しエリア』だ。

メインパーティー一人でゴーレムに挑戦し、敗北することが『転移条件』のエリアだ。

特殊な装備と特殊なボスが存在する『超お得な』攻略組垂涎のエリアだ。

だけれど彼女にはそんなことは関係がない。

だって彼女は知らない。

『ステータス』を知らない。『装備』を知らない。『パーティー』を知らない。『掲示板』を知らない。『ジョブ』を知らない。『必殺技』も『スキル』も何もかも知らない。『フレンド』すらいない。

なんにも、なにも知らないまま。彼女はただ呆然としたまま『転移』させられる。

ただリスタートしたなら、きっとほかの生徒たちと一緒に最前線まで進めただろう『LR』魔法使い、神園華は、そうして隠しエリア『朱雀の養鶏場』へとたった一人で転移させられたのだった。

*

この空間は狂っている。華はそう信じて疑わない。

地面に寝転がったまま腕時計の針を見つめ続ける華。最初は違った。泣き叫んだ。助けを呼んだ。何もなかったけれどこの場を隅から隅まで探索した。前の岩場と同じように存在した岩場から外に出てみた。後悔した。二度と先には進まなかった。

―朱雀の雛鳥(ひなどり)のリーダースキル『奇襲』が発動しています。エネミーターンから開始します―

空中に浮いた窓にそんな表示が出たと同時に出現した赤い炎のような猛禽類(もうきんるい)五羽(わ)に身体を滅多刺しにされたからだ。華が杖(つえ)を振ることはなかった。レベルが1の華のヒットポイントではLRレアリティであるとはいえ、その猛撃に1ターンとて耐えられなかったからだ。

痛いのは嫌だった。無理だった。だからこうして岩場で横になって腕時計を眺めている。

三ヵ月だ。気が遠くなるような時間だった。たった一人で腕時計を眺めて自分が蘇生して死ぬまでの時間をずっと見ている。それだけが華の日常だった。頭の中は空っぽだった。何かを考えようという気にはならなかった。

それに、どうせ、すぐに、何も考えられなくなる。

この空間での自分の身体の変化について、華はきちんと、身をもって、覚えたのだから。

「…………あは…………」

かすれた嗤い。あと一分だ。あと一分で始まる。諦めたように肉体から力を抜く。だらりと目が時計の針だけを見つめ続ける。

蘇生して最初の八時間は何もない。だけれど八時間が経過すれば、肉体に変化が訪れる。

ああ、きたぞ、と華は思った。

『空腹』が始まる。お腹が減るのだ。身体の動きがほんの少し鈍くなって、ただお腹が減る。華は知らないが、それは『状態異常【空腹】』の症状だった。

『空腹』。それは一日に一回だけ無料で引けるフレンドガチャを回せばクリアできる『デイリーミッション』報酬のパン一つとペットボトルの水一つで回復する症状だ。

だけれど、華は『ステータス』なんて言葉を知らない。ステータスなんて呟く日常生活を送ってこなかったからだ。生粋（きっすい）のお嬢様である華はそんなものが頻出するライトノベルを一度も読んだことがなかったからだ。だから、そんな発想には至れない。彼女の思考材料にそんなものはない。

だから横たわって、『空腹』に耐える。ただじっと、動かずに、腕時計の針を見続ける。

最初の一ヵ月は助けを呼び続けていたような気がする。誰かが来て助けてくれることをじっと望んでいたような気がする。そんな思考すらもう放棄して、ただただ腕時計を眺め続ける毎日だけれど、華は最初は助けを呼び続けていたのだ。

親の顔が浮かんだのはいつまでだっただろうか。顔も思い出せない婚約者の名を呼んだのはいつまでだっただろうか。淡い想（おも）いを抱いていた一学年下の少年の名を呼んだのはいつまでだっただろうか。一緒に笑いあった友達の名を呼んだのは。同じ学校に通う侍従（じじゅう）の少年の名を呼んだのは。

誰でもいいから助けてと求め続け、絶望したのはいつだっただろうか。

腕時計の針が進むのを見つめ続ける。ああ、と絶望したように吐息が漏れる。始まる。

『空腹』のまま八時間が経過した。症状が進行する。たった一秒前までは耐えられる程度の『空腹』だったのにそれが耐えられなくなる。死を希うようになる。

『状態異常【飢餓】』。空腹の次の症状だ。肉体が極限の飢餓状態に陥り、身体能力が九割低下する。戦闘行為などもってのほかで、ほぼ動けなくなる詰みの状況だ。

これも『ミッション』でパンと水を入手し、口にすることで『空腹』に症状を戻すことができる。

もっとも、華はそんなことはまったく知らないのだけれど。

だからただ横になり、極限の飢餓。それこそ気が狂うほどの飢餓感に襲われながらただ腕時計の表示を見るだけだ。

こうなると思考は消え失せる。大和撫子なんて言われたこともある美少女が岩場に横たわりながら目だけを大きく見開いてギョロギョロと腕時計の文字盤を不気味に眺め続けるようになる。脳には何かを食べることしか存在しなくなる。

もっともこの場に食べるものは何一つ存在しない。

最初は、解決方法を探そうとしたのだ。地面の岩を口にしたことがある。無意味だった。自分の腕にかぶりついたこともある。無意味だった。足を食べたこともある。無意味だった。服を食べた。無意味だった。嚙みちぎった指をしゃぶり、飲み込んだこともある。無意味だった。

エリア『朱雀の養鶏場』の『朱雀の雛鳥』を倒せない華がこの症状を回復させるためには、『アイテム【パンと水】』を得ることしかないなんて脳裏にも浮かばない。

だから、最初の華は無意味に自傷し、無意味に自分を食べた。

目玉を食べた。頬を、唇を、腹を、内臓をえぐり出して口に入れた。噛み締めた。血と肉の味がした。飲み下した。だけれど無意味だった。『アイテム』でない以上、華の肉には華の飢餓を回復させる効果はなかった。だから空腹感すら和らがない。飢餓は治まらない。

そして最悪なことに華は死ねなかった。目をえぐり、腹をえぐり、内臓を引きずり出す程度の自傷ではLRレアリティの華のヒットポイントを削りきれなかったのだ。

Nレアリティなら、いやレベル1ならRレアリティであっても死ねただろう。

だけれどそんな仮想は無意味だ。現実として華は自傷では死ねなかったのだから。

そして、そのときの華は、激痛と飢餓の中、自分が死ねることを熱心に願い続けた。

死ねばすべて終わるのだと信じて。『飢餓』状態のまま八時間が経過して『餓死』した。

華の頭上のステータスウィンドウが『餓死しました。リスタートします』と表示した。霊魂の華は絶望しながらその表示を見て、悲鳴を上げながらこのエリアで生き返る。

どうやっても、何をやっても、解決にはたどり着けなかった。

華は、三ヵ月の間、寂しい岩場で、たった一人『餓死』と『蘇生』を繰り返し続けてきた。

涙は枯れ果てている。今日も腕時計を見ている。

カチカチと機械的に時を刻み続ける時計を見続けている。自分が死ぬ時間を見続けている。

「…………」

今日も助けは来ない。ずっと助けは来ない。華を助けてくれる人はいない。華は空腹と飢餓を繰り返して、お腹がへって、心をかきむしって、餓死して蘇生してただただ気が狂いそうな中で腕時計の文字盤だけを見ている。

自分を食べるのはもうやめていた。だって痛いだけでお腹なんて膨れないから。おなかがへって、くるしくて、たすけてほしくて。

華は声にならない声で、心の中だけで、無意識に「たすけて」と呟く。

「うわ」という声が聞こえた。華は顔を動かすのも億劫だった。幻聴だと無視をした。

「どこだよここ。『ステータス』！　あ？　隠しエリア？　朱雀の養鶏場？　えぇ？　やばいか？　詰んだか？　ゴーレムクラスがごろごろしてたら死ぬぞ俺。ってシャドウの御衣木さんいねぇし、独り言かよ恥ずかしッ」

声は聞こえ続けていた。まだぶつぶつと誰かが何かを呟いていた。華は顔を動かした。視線の先に誰かがいた。

力の入らない腕に力を入れた。這いずるようにしてその誰かの元に向かう。もう文字盤は見ていなかった。ただ、その誰かだけを見続けていた。

「おー？　誰かいる？　どもーっす。つか、なんかどっかで見たような……っていうか明らかにヤバそうな状態異常食らってるみたいなんだけど……パーティーメンバー以外がいるってことは安全地帯だろ？　なんで死にかけてんだよあんた？」

誰かも華に気づき、歩いてくる。ゆっくりだった。走ってほしかった。声は出なかった。早く伝えたかった。助けてって。助けてくださいって伝えたかった。

だから、がんばって、がんばって這いずって、ようやく近づけたその人の顔が引き攣っているなんて気づかなくて、それでも一生懸命足にすがりついて華は精一杯の声で伝えたのだ。

「おねがいします。どうかわたしをたすけてください」

お、おう、なんて彼は華の状態を怖がっていたけれど、すぐさま彼は気づいたのか、華にパンと水を渡してくれて。

それで華は、心の底から安心して。

安心して。

貪るように、パンと水に獣のように喰らいついて。

絶対に。絶対に。絶対に。絶対に。

――この人から『絶対に離れない』と誓った。

『神園華は特殊ステータス【崇拝】を取得しました』

『神園華はエピソード1【出会い】を取得しました』

Ⅲ／『隠しエリア：朱雀(すざく)の養鶏場』

俺は困惑していた。

初対面ではないが、親しいわけでもない相手が親しげな雰囲気を出していたからだ。

「神園華(かみぞのはな)と申します。何もわからぬ身ですが、これからどうぞよろしくおねがいします」

神園華。俺たちの学校に多額の寄付金を出している企業の娘らしい。詳しい話は知らない。

俺が知っているのは、この人が俺の幼馴染(おさななじみ)とかなり親しい仲だったってことぐらいだ。俺が先輩を知っていたのは、その関係で顔をあわせたことがあるからだった。

もっともそのときの先輩は俺なんか眼中になく、少しの挨拶をしてあとは幼馴染と楽しく会話をしていた、のだが――。

ぺこりと先輩は地面に額をこすりつけるようにして俺に頭を下げている。

お互い地面に直接座っている身ではあるが、先輩に頭を下げられては、さすがに恐縮するばかりだ。俺は慌てて先輩の肩を摑(つか)むようにして頭を上げてもらうように頼みこむ。

「いや、よろしくしてもらうのは俺も同じだからさ。頭ァ上げてくれよ先輩」

情報がないエリアだ。この先輩は一人で死にかけてたってことはゴーレムを倒して順当に進める場所ではないだろう。ゴーレムすら倒せない俺だ。Rレアリティで調子に乗ったら確実に詰む。

なので、脱出するための仲間は一人でも多いほうがいい。

ひゃー、しかし、やわらけぇなこの人。肩ぷにぷにしてるぞおい。

触ってから嫌がられないかと心配して慌てて手を離す。うっかり触っちまったが、迂闊だったかもしれない。これで機嫌悪くしてたら切腹もんだぜ俺。

女子の扱いを間違える人生は詰むのだ。それこそ細心の注意を払わないといけないんだが……。

先輩はあまり気にした様子も見せず、俺に向かって小首をかしげているばかりだ。

「そう、ですか？　わかりました、忠次様」

「様ぁ!?　いや、様って」

「何かおかしかったでしょうか？　あの、気に障りましたか？」

こんな、人だったか？　幼馴染の奴とはどんな会話してた？　思い出そうとするもそもそもが俺には出歯亀の趣味はない。いちいち他人の会話なんか気にした覚えがねぇからこの人がどんな人だったか思い出せねぇ。仕方ねぇと言えば仕方ねぇがそもそも接点がろくになかったんだよな。

不安そうに問われ、当たり前に良心が痛む。俺は言い訳するように言葉を継いでいく。

「お、おかしいだろ？　俺、下級生だぜ？　まぁなんだ。普通にしてくれよ先輩。様付けとか堅苦しいのはいいからさ」

「そうですか」

そうだよ、と言いながら俺はずずいと距離を詰めてきた先輩からそっと距離をとる。近い。なんか近いなこの人。

(というか、微妙に怖いんだよな。この人)

薄っすらとだが、前の岩場で嗅ぎ慣れた臭いがする。

それはドロップアウト組の多くから漂っていた臭いだ。俺の戦法が広まってなお、動こうとしなかった連中が持っていた臭いだ。


――死臭。


それは、乾いた、埃みたいな臭いだ。

先輩自身からは臭わないが、先輩の衣服にそれがべったりと染み付いている、ような気がする。

にっこりと俺を見て微笑む先輩。彼女自身におかしいところは何もない、と思う。彼女は先ほどまで『飢餓』の状態異常にかかっていたが、パンと水を渡し、異常は完治している。

渡した直後は飢えた犬みたいにがっついていたが、今は落ち着いている。

(大丈夫。大丈夫だよな？　何が大丈夫なのかはわからんが、この人、大丈夫だよな？)

自分に言い聞かせるようにして、俺は先輩を見つめてみる。

何がご機嫌なのか、俺をにこにこと見ている先輩。俺は視線をそっと逸らして、その服を失礼にならない程度に凝視する。

先輩の衣服は、最上級生の着る、赤いスカーフのついた黒いセーラー服だ。

(戦闘で制服は壊れないはずだが、ところどころ破れてるな。で、噛みちぎった感じ。『飢餓』か)

飢餓。初期の岩場でよくあった症状だ。ステータスを開くという行為を誰もができなかったとき、人が人を喰らう修羅場が一時形成された。そのときに制服を食っていた連中もいた。無駄だったが、やらないわけにはいかない飢餓感が俺たちを襲ったのだ。それはもう仕方がない。『飢餓』ってのはそういうものだ。

それ自体はおかしくない。先輩だって飢えれば自分の制服食いたくなるときもあっただろうさ。だけれど、そんな飢餓を今でもやってるというのが、よくわからない。この謎の状況に叩き込まれてから三ヵ月だぜ？　わっかんねーな。飢えて楽しいことでもあるのか？

どうにも先輩は不可解だった。

「あの。わたしが何か？」

「いや、何も……」

そうですか、と先輩は俺に向かってすすすと近づいてくる。

普通に距離感が怖いのでそっと離れる。すすす。離れる。すすす。離れる。すすす。離れる。

「先輩」

「はい？」

「あの、なんで近づいてくるんすかね。なんか落ち着かないんで離れて離れて」

「はぁ。でもこれからのことをお話ししませんと」

「いや、話すは話すけどさ。そんな近づく必要、ありますかね？」

肩と肩が触れそうなほどの距離。息遣いが聞こえる距離。体温がわかるような距離。体臭がわかる距離。先輩が近づこうとしてるのは、そういう距離だ。

「それはもう。これからごいっしょするのですから」

にっこりと微笑む先輩。

それは、いつか見た大和撫子の笑みだ。控えめで、それでいて陽の光のする彼女の笑み。多くの男子生徒が憧れた、そういう笑顔。だったはずだ。


――笑顔なのに、なんとも表現のしにくい深い陰が見える。


なんだかよくわからないが、どこか歪な、そんな感情が宿っているような？

（気のせいか？　俺ァ馬鹿だからよくわかんねぇ。でも、そんなヤバめのなんかが先輩にはある、ような……？）

勘の鈍い俺のことだ。気のせいなのかもしれない。だけれど、奇妙な不安感が先輩からは漂っている。致命的にどこかがずれている。そんな感覚だ。

美人が側にいて緊張してんのか俺は？　それともこのよくわかんねぇ隠しエリアに叩き落とされて混乱してんのか？

そもそもまだこのエリアの敵を見てねぇんだよな俺。とりあえずここのことを知ってるはずの先輩とパーティー組んで探索してみるか？

（つか俺、先輩のステータスを確認してねぇな……）

レアリティ、いくつだろ。この人は美人だからR以下ってことはないはずだ。

レアリティにはその人間の能力に加えて、容姿なども反映される。血統もだ。そんな話を『掲示板』で見たことがあった。

そこから考えると茶道部部長にして金持ちで美人で大和撫子でいいとこのお嬢さんの先輩は役満だ。凡庸な俺と違って低いわけがない。高レアリティ型の人物の典型だ。

最低でもSR以上。このよくわかんねぇ状況での光明となるに違いない。そしてできればここを脱出してからゴーレムを倒す間まで一緒のパーティーを組んでほしい。

(なんだけどなぁ……)

俺が視線を向けるとにこにこと笑顔を返してくる先輩に不安になってくる。

(不気味だ。不気味すぎるぜ。なんでこの人にっこにこ笑って近寄ってくるんだ?)

少なくとも、俺と先輩に深い接点はない。顔見知り程度だし。そもそも先輩は俺の名前を覚えていなかった。だから俺じゃなくて先輩が不審がってもおかしくないはずなんだが。

「どうしました?」

「いや、なんでもないです。まぁ、なんつーんですか。距離とってもらっていいですか?」

「はぁ?　どうしてですか?」

得体が知れないし、怖い。つか餓死するまでここで一人で何やってたんだこの人。最低でもディリーミッション消化すりゃ飢えるなんて状況にはならんだろ。

そういうことを正直に言いたいが、言ってもめたらまずいので口を噤む。悪評で仲間集めに苦労したのだ。俺とてさすがにこの程度の学習はする。

人間関係大事。そういうことだよな。そもそも俺の状況を聞かれたら引かれる気がするので俺もここに来るまでの状況聞かれたら詳しいこと言えないし。

「先輩が、その、美人なんで、俺も緊張するんですよ。だから、その、離れてもらっていいですか？」

精一杯考えた俺の言葉にはい、と先輩は微笑んで、そっと俺の側に近寄ってくる。

――話が通じていない（ただただこわい）。


「それで忠次様は――」

「待って。待って。先輩。先輩ほんとなんで近寄ってくるんですか？」

罠（わな）？　噂（うわさ）で聞いた美人局（つつもたせ）か？　周囲に誰か控えてて俺が心折れるまで殺し続けるとか？　あんな無駄なことやってる奴まだいるのかよ。慌てて立ち上がって先輩から距離をとって周囲を窺（うかが）う。

開けた岩場だ。エリアへの侵入口以外何もない。誰かいる様子もない。『掲示板』を開く。記事（スレッド）一つ立っていない。マジで誰もここを利用していない。

俺と先輩以外誰もいないのだ。アナウンスの『特別エリア』ってのは本当のようだった。

警戒した様子の俺をきょとんとした顔で先輩は見ている。

「……なんなんですか。先輩」

「はぁ、なんなんですかと言われても、わたしはなんと答えていいものか」

先輩は小首をかしげながら近づいてくる。俺は慌てて手を突き出して先輩から距離をとる。

「待て！　待て！　止まれ！　ストップ！　そこから動くな‼」

顕現、と叫び見習いの剣を呼び出し構える。俺に剣を突きつけられているというのに先輩はにこにこと微笑んだままだ。

なんだこいつ。怖い。怖いぞ。というか、俺、勝てんのか？　この人に……。

最低でも『ＳＲ』。いや、先輩のスペックなら『ＳＳＲ』の可能性がある。『ＬＲ』ではないと思いたい。だが、どう考えても俺ではステータス差で瞬殺される未来しか思い浮かばない。いや『僧侶』相手なら勝てる？　勝てるよな？　だけど、いやいや、僧侶じゃないと思う。僧侶なら武器を突きつけられて、こんな余裕の表情はしないはずだ。

「忠次様。どうかされましたか？」

「どうかもクソもッ。なんだアンタ。なんなんだアンタ‼　なんで、俺に近づいてくる‼　なんで今更餓死してたんだ⁉　そういう趣味かアンタ‼」

小首をかしげた先輩の目尻に涙が浮かび、強烈な罪悪感が俺の心に湧き上がってくる。美人の涙だ。糞（くそ）、俺だって別に泣かせたいわけじゃない。ただ、こいつの正体を知りたいだけだ。

（畜生、俺が悪いってのかぁ⁉　いや、いや、いやいやちげぇよ。俺じゃねぇ。俺が悪いんじゃねぇよ。この女、この女がやべぇんだよ）

そっと目尻を拭った先輩は両手を上げた。敵意がないと示すような、降参、のようなポーズ。

「すみません。警戒させてしまいましたね。では、今から忠次様に、わたしに敵意がないことを証明します」

　このとおり、と先輩は突然制服を脱いでいく。ぅぇ、と俺の口から悲鳴のような声が漏れる。なんだ!?　なんで脱いでんだこの人!?

　剣を突きつける俺の前で、制服、下着、靴、靴下と遠くにぽいぽいと投げていく先輩。唖然(あぜん)とする俺は止める暇すらない。

　美しい裸体を男の前に晒(さら)してなお堂々とした姿。敵意がないことを証明するという言葉どおりに隠す素振りなどまったく見せない。

　剣を突きつけられたままの先輩が両手を上げたまま俺に向かってくる。怖い。助けて。

「う、うぅ、うわぁぁぁぁッ!?」

　先輩があまりに無防備に近づいてくるので、剣を突きつけた側の俺が、大きく飛び跳ねるようにして後退してしまう。強い衝撃が背中に走る。びっくりして振り返る。岩の壁があった。

(しまった!　いつのまにか壁際に!?)

　先輩とのやり取りのうちにここまで追い込まれていたのだ。

　これ以上下がれない。やばい。まずい。どうなってんだ。なんで脅してる側の俺が脅されてんだ。なんでこいつ全裸になってんだ。こ、ここ、この女!?　あったまおかしいんじゃねーのか!?

　心の動揺が治まらない。だから俺がRなのか!?　LRだったらここでなんかできたのか!?　わからん!　わからんぞ!!

「このとおりです。本当に、敵意なんてないんです。信じてください」

先輩は言葉を重ねながらさらに踏み込んでくる。剣が先輩に触れそうになり、俺は慌てて刃を離す。脅しちゃいるが先輩を傷つけるつもりはさすがに……。いや、でも、どうすんだ俺は⁉

「うぅ……なんなんだよぉお。あんたなんで近づいてくるんだよぉぉぉ」

岩に張り付くようにして顔を背ける俺に先輩は吐息がかかるような距離まで顔を近づけてくる。

(こぇぇよぉ。なんなんだよぉ。なんで全裸なんだよぉ。怖いよぉ。うぁぁぁ、助けてぇ御衣木(みそぎ)さぁぁあん)

心の中で俺の女神に救援を求めるも俺も御衣木さんもエスパーなんかじゃないので当然のごとく助けになんて来るわけがない。

「本当に、敵意なんてないんです。信じてください」

とうとう俺に抱きついてきた先輩が耳元で囁(ささや)いてくる。胸が当たっているし、先輩の足が俺の足に絡んできている。助けて‼

ミロのヴィーナスがごとき黄金率を誇る先輩の裸体だが、こうして正体もわからない人に堂々と裸体で接近されると興奮するより不気味でしかなかった。俺の精神が、性的興奮を感じるよりも先に相手の持つ威厳(カリスマ)のようなものに自然と屈服しようとしていた。

(どうにかしなけりゃならねぇ！　どうすりゃいいのかわかんねぇが‼)

敵意の有無の証明。証明ってどうすりゃいいんだ。俺はどうすりゃこの人を信じられるんだ。混乱したまま涙がでそうな心を抑えて俺は考える。

じぃっと見られている。息のかかる距離にいる先輩が、俺を見ている。なんだかよくわからないが漏らしそうなほどに怖くて仕方がなかった。何考えてるかわかんない人にくっつかれてるんだ。それが美人だろうが不細工だろうが恐怖であることに変わりはなかった。

「ぐ……ぐぐぐ……ぐぐ……ステータス、だ」

悩み。悩み。俺は言葉を吐き出す。すていたす？　と耳元で疑問が音色となって届く。先輩の疑問顔。なんで疑問顔なんだよ。

ここに来ていてステータスを知らないわけがねぇんだ。俺は叫ぶように先輩に命令する。

「そうだ！　アンタのステータスを見せてみろ‼　ステータスって命じて！　ウィンドウを俺に見せてみろ‼」

「すてぇたす」

先輩の口から戸惑いなく言葉が発せられると同時に俺の視界に先輩のウィンドウが表示される。ウィンドウ。文字の書かれた透明な、宙に浮かぶ青い光の板。

「これが、あんたのステータス、か？　う……」

「忠次様。これは一体なんですか？　触ることは、できるみたいですね」

ぺたぺたとウィンドウに触っている先輩。ウィンドウは、開けば誰の目にも見えるものだ（触るのは本人にしかできないが）。だからステータスを開くときは周囲に注意しなければならない。誰も彼もが味方になるわけではないのだから。生徒の共通理解として、自身のステータスは秘すべきものに該当する。もちろん、フレンドの関係もあるので秘すといっても限界はあるのだが、それでも無闇やたらと公開するものではないのだ。

それを開くということは少なくとも敵意がないことを示すには、最適だと思ったのだが……。

先輩のステータスを見た俺の口から自然と呻(うめ)きが漏れる。

(これは……なん、だ……『崇拝』?)

まぁ、なんて頬を赤く染めた先輩が、俺にくっついている。

身震いするほどの美女。だけれど、俺はこの人が怖い。

宙空に浮かぶ青い板。それが、本当に怖くて……。俺は――。

名称【神園華】　レアリティ【LR】
ジョブ【魔法使い】　レベル【1／100】
HP【1000／1000】　ATK【500】
リーダースキル：『風神の守護』
効果　：パーティー全体が受けるダメージを3割減少させる。
スキル1　：『神ノ風』《常時》
効果　：通常攻撃がATK2・5倍の全体対象風魔法攻撃になる。
スキル2　：『三対神徳【信仰】』《クール：6ターン》
効果　：パーティー全体に1ターン『無敵』を付与する。
スキル3　：『マナの奔流』《常時》

効果　：ターン経過で補充されるマナを＋2する。
必殺技：『風神乱舞』《消費マナ5》《クール：5ターン》
効果　：敵1体に風属性魔法でATK3倍の値で5回攻撃する。

特殊ステータス

『崇拝』：離れない絶対に離れない。

『エピソード1【出会い】』

効果：『新井(あらい)忠次』と同一パーティーの際、『神園華』のステータスを1・2倍にする。

その表示に、俺は。

ただ、恐怖に震えることしか、できない。

＊

先輩の吐息が頬に当たる。先輩の身体が俺に絡みついている。性的興奮よりも強く感じるのは、蛇に捕喰される小動物的な恐怖だ。

じぃっと先輩は、先輩のステータスを見ている俺を見ている。先輩の頬が赤く染まっている。まるで見てはならない秘密を見ているような気持ちになる。

（ステータスは、そんなエロいもんじゃないよ先輩……）

俺はぐっと目を瞑る。『崇拝』の離れないなんていう怖い文言。それは『エピソード1』と現在の状況を絡めれば誰に対してなのかなんてはっきりしている。

特殊ステータス。聞いたことのない単語だ。誰も知らない要素なのか、誰かはもう持っていて、秘しているだけなのか。

ふぅ、と先輩が俺の耳元で息を吐く。「忠次様、あい――」震える俺を見ながら先輩が何かを囁こうとしている。

聞いてはならないと直感していた。それを言わせてはならない。聞いてはならない。

好きとか嫌いとか、得とか損とか、恐れ多いとか、釣り合いがとれないとか、なんで俺がとか、そういうよくわかんねぇことじゃねぇ。

美人が相手なら付き合ってもいいかなとか、ＬＲレアリティが俺に惚れてるなら好き勝手奴隷のようにとか、この美女の身体を好き放題とか、そういうことじゃない。

――ただ、ただただ怖かった。

裸の、よく知らない女が俺に対して気持ち悪いほどの執着を見せている。

たかがパンと水をやって、ちょっと話しただけの女が俺にこんな恐ろしい視線を向けてくる。

怖い。心底から怖い。なんなんだ。なんなんだよぅ。

(神様。俺、何か悪いことしたんですか?)

神は答えてくれない。そりゃそうだ。そもそも俺がどんな神様に祈ったのか、俺すらもわからないのだから。誰へ祈ったかもわからない願いなど、応えてくれるわけがない。

そして、この小胆こそが俺がRレアリティであることの証明なのかもしれなかった。

いろんな奴から好かれる幼馴染との差なのかもしれなかった。


——そんなことはどうでもいい。


「——して——」

まるで時が止まったかのような感覚。その中に沈み込む俺の思考。しかし、それでも先輩の言葉は続いていく。あい、して。その続きはわかっている。わかってしまう。

まるで破滅の音色だ。最後まで聞くのは嫌だった。

「おお! LRか! すごいなぁ先輩!!」

先輩の言葉を遮るかのように俺は叫んだ。叫び、先輩の肩を掴んで、ぐっと彼女を少し遠ざける。手が、おんなのやわらかいからだに触れている。柔らかく、性的で、大和撫子の面影などどこにもない淫乱な女の姿が目の前にある。

俺の大声に、先輩（ばけもの）がしょうがない子ね、とでも言うように吐息を吐く。色っぽく、男ならぐらっとくるような仕草。俺の心が恐怖に染まっていなければそのまま押し倒していたに違いない姿。

（……どうしよう……）

このあとどうしよう。どうすりゃいい？　俺は、この人をどう扱えばいい？

先輩は俺の言葉に微笑むばかりだ。「れじぇんどれあ、ですか」なんてのほほんと言葉の意味も理解していないのか、呟（つぶや）いている。無知に驚く。今まで何をやっていたんだこの人は？　しかし、柔らかい。柔らかいな。この人。そこそこの長身に、豊満な肉体。健全な男なら絶対に放っておかない。そういう理想的な肉体をしている。

（だけれどよぉ、俺はよぉ……）

怖い以外の理由で、この人を受け入れるわけにはいかなかった。

幼馴染（あのクソ）についていった俺の恋人のことを思い出す。恋人同士だからフレンドなんて薄い関係いらないでしょ？　なんて言っていた女。とりあえずで幼馴染や御衣木さんとパーティーを組んだらそのままゴーレムを突破してしまって戻ってこなかった女。ＳＳＲ。高レアリティだった恋人。

（恋人なんて関係でもなかったが……）

俺もなんとなく了承してしまっただけで肉体関係も何もなかった女だ。だって、あいつは、幼馴染のことが好きだったからだ。幼馴染へのあてつけで俺と付き合っていた、そんな女だ。

少しは好きだった。惹かれる部分もあった。だけれど一生付き合っていく、なんて覚悟は欠片もなかった。だから幼馴染とパーティーを組んだあいつを俺はへらへらと笑って見送ったのだ。

——そして、みんな帰ってこなかった。

（そもそも俺が好きなのは御衣木さんなんだよな……）

御衣木栞。幼馴染の幼馴染だ。

甲斐甲斐しく奴を世話する御衣木さんを思い出して俺の心が嫉妬に焼かれる。

あの女と付き合ったのも、あの女が御衣木さんの親友で、接点が少しでも増えるかな、なんていう下心があったからだ。

「忠次様」

（やべッ、ぼうっとして——）

茫洋と過去に思いを馳せていた。その一瞬を目の前の女はまったく見逃していなかった。

にっこりと先輩は俺を見て嗤っている。口の端が釣り上がり、色の失せた瞳で俺を見ている。

「今、わたし以外の人のことを考えていましたか？」

ひゅう、と口から音にならない悲鳴が漏れる。

（こわいよう）

なんで俺がそんなことを言われている？　こんなの、それこそあの糞ハーレム野郎の幼馴染の仕事じゃねぇのか。

「レジェンドレア、とはどういう意味なのですか？」

俺の注意を引きつけるためだろう。先輩が粘ついた水のような声で俺に問うてくる。俺は、先輩の注意を逸らすためにも情報を吐き出していく。

そもそもがなんでこんな初歩的なことを今更俺は教えてるんだ？　なんて疑問もあったけれど。先輩には頼まれれば否とはいえない凄みがあった。

それに、説明するから離れてくれ、なんて言う空気でもなくなっている。

だから引き剝がしたはずの裸の先輩が絡みついてくるに任せるままに、レアリティ、ジョブ、ステータス、フレンドやスキルのこと。そしてデイリーミッションから得られる食料やフレンドガチャによる嗜好品の入手などなど。そういう情報をステータスを開きながら教えていく。

先輩のアイテムボックスに入っていた『ゴブリンの魂』で先輩のレベルを上げると先輩はまぁ、という顔をする。レジェンドレアらしく必要経験値は高いようで、上昇するレベルは少ない。初期ステータスは高いが、成長速度も『魔法使い』のルールどおりだ。1レベルごとにHP＋50、ATK＋100。ステータスの上昇値はレアリティではなくジョブで決まる。

「ステータス。なるほど、便利なものですね」

先輩は俺の拙い説明ですら一度聞くとなるほどと理解していく。レジェンドレア。その片鱗。判断材料さえあれば、恐ろしく察しがよく、恐ろしく知恵が回る。この異常なシステムについてもまったくよどみなく受け入れていく。

まったくステータスについての情報がないからここで死にかけていたなんて目の前の生き物はさらっと言っているが、こんな生き物が、なんでここで餓死しかけていたのか、本気でわからない。

ただ『ステータス』と一言言えばよかっただけなのに……。

（いや、無理か？　そういう発想は……）

俺も多少は混乱している。先輩のいうことは、確かにそう言われればそうだった。

ステータスが周知される前は人が人を喰らう修羅場すら形成されてしまったのだ。俺もそうだったが、オタクな連中と違って、普通の人間はどうやってもそういう発想には至れない。

呼吸を正す。先輩は、化け物のようなステータスを持っているし、レアリティにふさわしい知能と勘を働かせることもあるが、きちんと情報がなければ死ぬ。殺せる。そういう生き物だ。

冷静に考えよう。冷静にだ。恐れることなんてないんだ。

ゴーレムのときと同じだ。あれを倒すことができなかったのはきちんと考えなかったからだ。だから、ちゃんと考えれば、きちんと考えれば、この先輩だってきっとなんとかなる。

「先輩」

はい？　と先輩は首をかしげて俺を見る。

考える。この人は美人だし、そんな美人に張り付かれている状況は役得なんじゃないだろうか？

ポジティブシンキング。無理やり好意的な要素を心のうちより引っ張ってきて、植え付けられようとしていた拒否感と嫌悪感と苦手意識を克服できるように努める。

そう。このエリアの難易度がよくわからない以上、この人をうまく使うしかないのだ。

でなければ……。

——こいつと、一生ここにいるハメになる。


ぞくぞくしてくる。いいじゃあないか。美人と一生過ごせるなんて最高だ。一生エロいことして過ごそうぜ。なんて考えには至らない。『崇拝』が怖いからだ。『レアリティ』が怖いからだ。

何かの拍子にこの女の認識が反転し、『崇拝』とやらが『殺意』とか『憎悪』に変わってしまったらどうなる？　あり得ない話じゃないだろう。人間なんて簡単に心変わりする。それを俺は、幼馴染と一緒にいて十分に知っている。そして、そうなったら俺はどうなる？


——この女と二人きり。何かの要因で死に戻りしなくなるまで、殺され続けることになる。


御衣木さん。御衣木さん。俺に勇気を。

先輩に見えない位置でぐっと拳を握り、俺は明るい表情を作って言う。

めちゃくちゃ近い位置に先輩の顔があるが、もはや気にすることはできなかった。任せるままにすることにした。これがこの人への接し方と考えよう。

「パーティーを組みましょう」

まぁ、と先輩が俺の手を握って「それは素敵なことですね」と微笑む。

とにかくこのエリアをクリアして脱出しよう。ゴーレムを倒して、先に進んで、先に進んだらこの人を幼馴染に押し付けよう。あのハーレム糞野郎の高レアリティ吸引力ならきっとこれを引き剝がしてメロメロにしてくれるに違いないから。

助けて。この人、怖い。本音はけして口に出さないよう気をつけて。あとはそうだな。

——俺、御衣木さんに会ったら告白する。

ここを乗り切るには、そういう勇気が必要だった。

＊

『パーティー』。俺たちの命脈といってもいい、この世界の基本システムの一つだ。

パーティーを組まないとエリアをクリアすることができない。ＬＲレアリティの先輩がたった一人でエリアに侵入し、ゴーレムに轢き潰されたことからもそれは明らかで、ならばＲレアリティである俺なんて当然のごとくにパーティーを組む必要が出てくる。

この世界には『ルール』がある。

りんごが木から落ちる、炭酸飲料を飲めばゲップをする、そういう絶対法則がこの場にはある。

「エリアの攻略にはパーティーを組むことが推奨されてる」

先ほどした説明を再び先輩にしていく。先輩は理解してるし、俺も理解してるが、これは今後の方針を組み立てていくうえでの確認のようなものだった。

「ひっとぽいんとの低い魔法使いではモンスターの攻撃に耐えられない。だから壁（タンク）の役割をする戦士とパーティーを組む。道理ですね」

俺の説明に補足をする先輩。『パーティーを組みましょう』そんな俺の言葉。さらには落ち着いて話したいという俺の説得により、ようやく制服を着てくれた先輩だ。しかし彼女は俺の腹に頬を寄せている。ぎゅっと腰にしがみついている。俺の体温は安心するとか妙なことを言って強引にしがみついてきたのだ。制服を着ることとの交換条件でもあった。くそぅ。

美人でなければぶん殴っていたところではあるし、親しいわけでもない人間に張り付かれている現状は抗議したくもあるが、見下ろせばどこか狂的な光を宿した瞳が俺を見上げてくる。

とりあえず、見なかったことにした。

「エリアにはルールがあります――」

俺の言葉に先輩が頷（うなず）く感触。腰の辺りでもぞもぞすんのやめてくんねぇかなぁ。とはいえ、説明に問題はないと認識して続けていく。

『エリア』とは『始まりの洞窟』のような場所のことを言う。『朱雀の養鶏場』が『始まりの洞窟』と同じルールかはわからないが、たぶん一緒だろう。

違っていてもあとで侵入すればわかることだ。ただ、先輩が一度このエリアで死に戻りしたとのことなので俺たちが全滅しても死に戻れるという保証はある。よかった。これ以上変な場所に飛ばされたら俺の精神が耐えられない可能性があるので非常に助かる情報だ。

話を戻す。『休憩所』たる岩場から『エリア』に侵入する際、『パーティー』を組んでいない人物と共に『エリア』に侵入することはできない。

パーティー登録をしていない人物が同じタイミングで侵入しても、それぞれが別に存在する、だけれど同じ仕様の『エリア』に侵入することになるのだ。

掲示板で議論された推測の一つにこういうものがある。平行世界的に『エリア』は存在し、それは『パーティー』ごとに生成されているというもの。倒したはずのゴブリンが再びエリアに侵入すれば復活しているのはそれぞれ世界が独立しているためだから、とかなんとか。

ならば俺たちは死に戻りしているのではなく、ただ俺たちが生きている無数の平行世界の中に意識を飛ばされているだけなのでは？　なんて推測もあったが、そんなことはどうでもいい。要は『パーティー』を組まないとその人と一緒に『エリア』を攻略することはできないということだ。

「なので『パーティー』を組みます」

そういったことを説明すれば、小顔美人の先輩は俺の膝に顎を乗せてこくりと頷いた。

「別に攻略でなくてもわたしは『パーティー』を組みたいです」

そうですか、と先輩の言葉に適当に返事を返す。いちいち相手をしていては話は進まない。ぎゅっと腰にしがみついてくる先輩の体温。この人、結構胸があって、それが俺の膝に乗ってるんだよな。誰だ和風美人とか言ったのは、性的にすぎんぞこの人。

「パーティーは、『ルール』で前衛が三人まで って決まってます。ただ人数もいないので制限のことは考えません。で、とりあえずですが安全策でフレンドシャドウの御衣木さんと俺で前衛を担当します。後衛は先輩、お願いします」

聞いた話では、この先の敵は奇襲スキルとやらで相手ターンから始まり、そのまま先輩を連続した攻撃で殺した。先輩のＨＰは１０００だ。ダメージは先輩のリーダースキルで三割減。先輩は四羽目の攻撃で死んだらしい。

俺のＨＰなら十分に耐えられるだろう。俺のＨＰは２０００ある。

前衛に御衣木さんを置いて攻撃を分散すりゃもっと確実だ。俺たちのターンに回れば御衣木さんに回復をしてもらえるし。相手が妙なスキルや必殺技を使わなければ余裕で突破は可能だろう。

「ふれんどしゃどう。登録した『フレンド』を呼び出して戦わせるのでしたね」

戦う。不思議な響き、なんて言いながら先輩はステータスを弄っている。そこに表示されるのは早速『フレンド』登録した俺、『新井忠次』の顔写真だ。そのたおやかな指で愛おしそうに俺の写真を撫でる先輩の姿にぞくぞくしながら俺は説明を進めていく。

「そうです。先輩にフレンドがいればたぶんここを抜けることも簡単だったんでしょうが……」

ＬＲのスペックは伊達じゃない。戦士が一人でもいればおそらく先輩なら余裕でここをクリアしていたかもしれない。もっとも難易度がよくわからないので推測でしかないが。

ただ、その場合は俺一人でここを攻略しなければならなかったことを考えると、この人がここで死にかけていたのは俺にとって幸運だったのだろう。

この妙な執着さえなければもっと幸運だったんだろうが。

失礼なことを考えている俺を知ってか知らずか、先輩はそんな俺の言葉に笑顔を浮かべる。

「いいえ、おかげで忠次様に会えましたもの。わたし、『ステータス』を知らなくて、本当によかった……」

正気を失ってるんじゃないか、ってぐらいにわけのわからない発言に俺は一瞬固まる。

しかしかまわず、大事なものを抱えるかのように俺の腰にしがみついている先輩。長い、艶のある黒髪がふるふると揺れていた。

そう。ステータスを説明しながら気づいたことがあった。

ただ俺は詳しく踏み込むことを避けていたから、ちゃんと聞いてはいないのだ。

だけど、ステータスをこの人が知らなかったってことは。

この人が俺が来たときに飢餓状態だったってことは……。

ごくり、と唾を飲み込む。『崇拝』のテキストを思い出す。この人は、三ヵ月の間、ここで餓死と蘇生(そせい)を繰り返していたのでは、なんてことを――。

「そうですか」と俺は言った。先輩に踏み込みすぎないようにして話を進めることにする。

「とりあえず説明はこんな感じで。方針は、先輩のレベルを上げること。どんなボスがいようと先輩がいればなんとかなると思うので！」

逆に言えば、先輩のレベルを上げてもどうにかならない場合。俺たちは詰みである。ここで一生、この狂った女と過ごさなければならないのだ。

（マジでぞっとしねぇよ……どうか弱い敵であってくれよ……）

隠しエリアっても、始まりの洞窟から侵入できてしまう場所だ。この世界に良心が多少でもあれば、きっと倒せるレベルの敵が配置されているに違いない。

ポジティブシンキングポジティブシンキング。

見下ろせば、そんな俺を先輩がじっと見つめていた。不安そうな言葉がその口から漏れる。

「その、わたしは忠次様のお役に立てるでしょうか？　れじぇんどれあ、というものがどういうものかはいまいち実感がわきませんが」

「先輩がいれば楽勝ですよ！　なにしろレジェンドですからね！」

俺の言葉に安心したような先輩はさらに言葉を重ねてくる。

「そうですか。わたしがいて、よかったですか？」

「はい。もちろん」

戸惑わずに肯定をする。そうですか、と先輩は俺の腹に顔を沈める。制服越しに吐息を感じ。俺は特に理由もなく先輩の髪に触れてみた。柔らかい髪だ。相手が相手でなければいつまでも触っていたい感触。艶々としている。黒い。悪魔のように黒い髪。

そういえば説明に費やしたこの一時間で、恋人であるあの女よりも先輩と身体的接触をしてしまったが「まぁいいか」と俺は内心のみで呟いた。

*

エリアに侵入し、ターンが開始されたと同時に、朱雀の雛鳥（ひなどり）のリーダースキル『奇襲』が発動しています。エネミーターンから開始します。との表示が出る。

とはいえ、計算は終了していた。覚悟しながら突っ込んでくる雛鳥の攻撃を受けていく俺と御衣木さんのフレンドシャドウ。

「こんなもんか」

嘴は痛いが、痛いだけだ。死ぬわけではない。一人ならともかく先輩の目もあるので過剰に痛がったりはしない。いや、痛いけどな。

さて、当然というところか。１ターンでは嘴がいくら突き刺さっても前衛に配置された俺とシャドウ御衣木さんのＨＰを削りきることはできなかった。

一体当たりの攻撃が数値にして２８０前後。先輩のリーダースキルでダメージは軽減されているので元のダメージは４００ぐらいだろうか？　モンスターといってもステータスは一律ではなく誤差みたいな数値の個体差があるのでダメージは正確に２８０というわけではない。

（道中一戦目にしては威力が高い。ゴーレムを倒せることが前提のエリアか？）

ゴブリンの与えてくるダメージが１００だ。その四倍。俺一人だとたぶん道中三戦目ぐらいで詰みそう。ボスに関しては考えたくない。たぶんレベルを上げてもＲレアリティ一人じゃどうにもならないボスモンスターだろうな。

軽く絶望している俺をよそに、こちらのパーティーのターンが始まる。そして、あらかじめ設定しておいた行動順どおりに先輩にコマンドが回った。

背中に感じる先輩の戸惑いの視線に、促すように俺が手を振ればいっそかわいらしいと言ってもいい声が聞こえてくる。

「じゃあ、いきます。えっと、えい！」

俺の背後。『後衛』の位置で先輩が『折れた杖』を振るった。

風が巻き起こる。風魔法スキル『神ノ風』だ。ATK2・5倍全体対象風魔法スキル。座古とは比べ物にならない高威力の魔法スキルが敵陣を蹂躙していく。

蹂躙とは言ってもエフェクトは静かなものだ。風の刃が乱舞するだけ。派手さだけなら俺の大斬撃のほうが上だろう。しかしその効果は絶大だった。俺の攻撃なんぞこれに比べればカスみたいなものでしかない。

炎を孕んだ小さな鳥たちが風によってズタズタに引き裂かれていく。次々とヒットポイントバーが消滅していく。それで終わり。戦闘終了。

「やべ……魔法型のLRってすげぇのな……」

戦闘終了のファンファーレと共に、そんな俺の呟きがむなしく響いた。

*

岩場から出てすぐの戦闘域は洞窟のような場所だった。始まりの洞窟と変わりがないようで結構である。そこで俺と先輩は地面に座り込みながら先ほどの戦闘の報酬アイテムを確認していた。

俺のほうは『朱雀の雛鳥の魂』が二つ。あとは戦士用の『朱雀剣』に盗賊用の『朱雀弓』。あとは素材の『朱雀小羽根』。これが今回のドロップだ。

「素材に、武器に、魂か。結構よさげだな。五体もいればドロップもうまいか」

敵一体につきアイテム一個。ゴブリンとルールは変わっていない。先輩も同じだ。魔法使い用の杖は出ていないが盗賊用の『朱雀短剣』と僧侶用の『朱雀錫杖』。素材の『朱雀肉』。『朱雀の雛鳥の魂』は二つ出ている。ん？　え？　朱雀肉？　肉？　思わず先輩に詰め寄ってしまう。

「は？　肉？　肉が出たんですか？」

「ええ、生肉のようですが」

生肉？　生肉でも肉は肉だ。顕現すれば肉が出るだろう。先輩のステータスウィンドウを覗いて素材説明を読む。

名称【朱雀肉】　レアリティ【HN】
効果：最大HP＋100《8時間》空腹度回復
説明：朱雀の肉。食べることで肉体を一時的に強化する効果がある。

「かなり有能な素材だけどアイテムの画像は生肉だよな……」

「火があればですが、簡単ですけれど調理ができますよ？」

言われても火はさすがにない。フレポガチャにライターなんかはあったが、さすがにライターで生肉を焼くことはできないし、肉を燃やし続けられるだけの燃料を俺は持っていない。

生肉を食うという選択肢も、そこまで追い詰められていないから存在しない。

「火。火。――ああ、そうですね」

顕現、と手に朱雀短剣を呼び出す先輩。魔法使いである先輩は、武具を顕現することはできても魔法使い用の『杖』以外を『装備』することはできない。『装備』とは戦闘で使うということだ。持ったり、振ったりはできてもそれを用いて『攻撃』を行うことはできない。

首をかしげて先輩の動きを見ている俺の前で、先輩は顕現、と朱雀肉を手の中に出現させる。

「調味料がないのが惜しいですが」

「ああ、塩胡椒ぐらいならあるよ」

フレンドガチャから出た塩だの胡椒だのを先輩に渡すと、まぁ、と嬉しそうに微笑んだ。

「さすが忠次様です」

先輩の賞賛にどうも、とだけ返す。真面目に取り合ってたら照れ殺されるし、こんなもの毎日フレンドガチャを回していればそれなりに出てくるものの一つだ。パンに塩や砂糖をかけるぐらいの味の変化が楽しめなかった。そういうゴミアイテムという認識しか俺にはなかった。

手のひらの上に置き、『朱雀肉』に塩胡椒をぱっぱとふりかけた先輩はぐにぐにと肉に味を揉み込み、そうして朱雀短剣の刃の上にそっと肉を置く。

「今回は準備ができてなかったのと、とりあえずの実験なので雑で申し訳ありませんが」

朱雀短剣の柄を持った先輩は、刃の上に置いた肉を落とさないように保持し続けている。

俺はそれをじっと見ながら、へぇ、と呟いた。先輩のやりたいことがわかったからだ。

「へぇ……ああ、なるほど」

理解が脳に浸透した辺りで香ばしい、食欲を誘う香りと音が肉から溢れ出す。朱雀剣や朱雀弓は火属性（小）のスキルがついていた。だったら朱雀短剣についていてもおかしくはない。

「焼けてるなぁ」

「うまくいってよかったです」

先輩の言葉に、なるほど、火属性ってのはそういうふうに使えるのか。なんて感心をする。三ヵ月もこの世界に暮らしていた俺よりも、先ほどいろいろなものの存在を知ったばかりの先輩のほうがうまくこの世界に順応している。

いや、人間としての性能だろうな……。

小さな諦めが俺にはある。だから、先輩の行動には、悔しさもあるが、感心も覚えるのだ。

「だけど、焼けたら肉が張り付くよなそれ。箸使う？」

「ありがとうございます」

俺がフレポで出た箸を渡せば、先輩は箸と短剣を手に、鶏肉が焦げたり、短剣に張り付いたりしないよう注意を払う。なんともいえない光景だ。調理というには雑な環境だが、肉から溢れる油がてらてらと短剣の刃を照らしているのはなんとも食欲を誘って仕方がない。

もっとも、戦闘で使う短剣で調理するのは衛生的にどうかと思うが、使っていないからたぶん新品だし、病気になっても死ねば蘇生するしで問題はないだろう。

フレポでフライパンが出ればいいんだけどなぁ。確か始まりの洞窟の岩場には持ってた奴もいたような気がする。ガスコンロとかも。ただし焼いて食べる素材が岩場にはパンしかないけど。

「はい。とりあえずですが、できました」

じゅうじゅうと肉汁を垂れ流す朱雀肉を手のひらに置いた先輩は、今まで熱源代わりに使っていた短剣を用いて手のひらの上で肉を切り分ける。

「え？　あれ？　肉とか、短剣とか熱くないの？」

「愛がありますから」

唖然としながらの言葉に当然とばかりの返答。ステータスを見ると先輩のＨＰが微妙にだが減っている。道中でＨＰが減っても戦闘に突入すれば減ったＨＰはリセットされた状態で戦闘が始まるからそれはいいっちゃいいんだが。やはりその精神性はちょっと怖い。

あーん、と短剣で切り分けた肉を箸で摘んで俺に差し出してくる先輩。その有り様にちょっとどころじゃなくドン引きするが、久しぶりの動物性タンパクを差し出されて喉が唸った。

「はい、あーん」

「……あーん」

口を開け、先輩の焼いた朱雀肉をもぐもぐと噛み締めれば、ほろり、と涙が溢れる。

「うめぇ」

「はい、嬉しいです」

どういう意味で言ってるのかよくわからないが、食欲には抗えず、先輩が差し出す肉をもぐもぐと食べ続けるのだった。

『空腹』じゃなくても食欲はわく。腹が減ってなくても食べることはできるのだ。『過食』という状態異常はないけれど。

＊

ステータスを確認すれば朱雀肉の効果でＨＰが＋１００されていた。

「そういや俺ばっかり食べて悪かったな。先輩は食べなくてよかったのか？」

俺が手渡したフレポから出てきたタオルで手の油を拭いている先輩はにっこりと微笑んで言う。

「はい。わたしは忠次様が食べている姿を見ているだけでお腹がいっぱいになりましたので」

謎すぎて突っ込みようがない返答にそうか、とだけ言葉を返す。顔見て腹が膨れるならデイリーミッションはいらんだろ。つか、敬語っぽい口調が崩れてるのは自覚しているが、先輩にはなんとも敬意が抱けない。思わずざっくばらんな口調で話しかけてしまう。

「ま、結構いいとこじゃんここ。道中戦闘一回目もシャドウを壁にすればダメージなく進めることもわかったし」

いいとこなんですか、という先輩の言葉にいいとこなんですよ、と返す。

とはいえＲ戦士の俺だとＬＲ魔法使いの先輩がいなければ途端に地獄と化しそうな難易度ではあるが、食材と火が手に入るのが純粋に嬉しい。

なにしろ三ヵ月もパンと水だけだぜ？　ちゃんとパンと水消費してりゃ空腹にはならんものの、微妙に残る不満だけはなんともならなかったのだ。

「朱雀剣もいい感じだしな」

手にした剣の説明文を見て、俺はほくそ笑む。

名称【朱雀剣】　レアリティ【HN】　レベル【1／30】
HP【＋30】　ATK【＋50】
スキル：火属性（小）
効果　：攻撃属性を30％火属性に変更する。
説明　：燃える神鳥(しんちょう)の名を冠した片手剣。

朱雀剣。こいつはすごい。レベルを上げ始めれば簡単に見習いの剣を優越するだろう。

いや、この剣に見習いの剣食わせちまうか？　あの剣、結構経験値溜(た)め込(こ)んでるし。食わせればいいんじゃねーの？　と考えて、思いとどまる。

（火属性なんだよなこの剣。このエリアで火属性を吸収する敵とか出てきたらまずいな……）

属性吸収とか反射とか、そういう敵は出てきていないが、こんな世界だ。いずれ出てくるだろう。だから風属性の先輩がいるとはいえ、この閉鎖環境で攻撃手段が減るのは少し不安だった。

『保護指定』してあるか確認し、見習いの剣はアイテムボックスの中に入れておくことにする。

合成はいつでもできるのだ。急ぐ必要はない。

ちなみに『保護指定』とはうっかり合成の素材とかにしないようにアイテムを保護するための指定である。結構使える重要な機能だ。

（ここの『魂』もやべぇしな）

とりあえず、と二つ手に入れた魂で強化した先輩のステータスを見れば、なんと魂二つでレベルが8にまで上がっていたのだ。ゴブリンの魂ではあり得ない経験値量である。

びっくりした俺も自分に強化を試し、レベルが2も上がったことを確認している。

経験値効率が始まりの洞窟とかなり違う。ボーナスダンジョンなんじゃねーのか。と思いながら俺は通路の先を剣で指し示した。

「よし、じゃあ行きましょうか先輩」

はい、と先輩は俺へと微笑むと、先へ先へと急ぐ俺の後ろを静かについてくるのであった。

*

「おー。すげぇな」

洞窟を抜けると巨大な満月が頭上にあった。

「夜ですか」

俺と同じように星が煌(きら)めく夜空を見る先輩。システムメニューに表示されている時間を見れば夜ではないはずなのだが、空は夜空だった。煌々(こうこう)と光る月の光で見にくいが星も出ている。

異世界特有の日の巡りでもあるのかもしれないが、考えても意味のないことだろう。夜は夜だ。

「あと、雪だな」

周囲には雪が積もっていた。気温も低くて体も冷える。寒い。思わず制服越しに腕を擦る。

「雪ですね。……いえ、これはむしろ」

クリスマス？　なんて言葉が先輩の口から溢れる。

俺もそれは感じていたことだった。二人で周囲を見る。

足元を見れば岩ではなく土の地面だ。草も生えている。この先を進めということだろうか。むき出しの土が道の形をし、次の戦闘エリアだろう場所へと続いていた。

未知のエリアだ。少しの不安もあるが、道の脇に生えている草花は岩ばかり見ていた最近からすればなんとなくほっとするもので、嬉しくなってくる。

しかしそれらには白い雪が降り積もっていた。

元の世界じゃ今頃七月だぜ？　なんて思いながら、地面に膝をついて白い塊を手に取ればキンとした冷たさが伝わってくる。ああ、これは雪だなぁ。

そして、道の脇から見える森にはなぜかクリスマス風に飾り付けられた木々が見えて、なんとも奇妙な気持ちにさせられるのだ。

「あら？　こちらはここまでですか」

道から外れて森の方に向かおうとした先輩が途中で止まり、宙空に手を突き出していた。

「そういうルールがあるのかもしれない……ですね」

何か壁でもあるのか、そこから先には手も足も進んでいない。

と、先輩が地面にかがみ込む。手を差し出した先は地面に生えた謎の草花だ。

そしてぷちり、とそこそこ背の高い葉っぱをちぎる先輩。なにやってんですかと声をかけるも、先輩はむしゃりとそれを口にした。

「先輩!?　ちょ、何やってんすか」

「地球の、いえ、元の世界で見たことがある植物に似ていたもので」

舌の上に葉の断片を載せた先輩は「しびれはないですね」と呟いてぺっと吐き出している。

「少しとっておきましょう」

せっせと地面の葉っぱを摘み取った先輩は収穫物をアイテムボックスに入れて首をかしげた。

「アイテム化してますね。朱雀草、ですか」

マジで?　うそぉん、と先輩の横からステータスを覗き込む。

名称【朱雀草】　レアリティ【N】
効果：最大HP＋30《8時間》空腹度回復（微）
説明：野草。微々たる効果だが肉体を強化する。

「えぇ……これアイテムかよ」

野草は料理に使えるのでいろいろ欲しいですね。と道を進んでは脇の草を摘み取っていく先輩。

「料理って、えぇ……」

草食うのか。つか、食わされるの俺か。

「お肉だけじゃ栄養が偏りますからね」

栄養もクソもここじゃ肉体が衰えることはねーんだけどな。

そうして文字どおり道草を食べながら俺たちは道を進み、あら、と先輩が宙空を見た。

表示されるバトル、スタートという文字。自動的に前衛であるフレンドシャドウの御衣木さんが前に出て杖を構え、俺もぴりりとした空気の変動に手の中の剣を強く握った。

現れる五羽の炎の鳥たち。道中戦闘2だ。通常戦闘空間に入ったのだ。

*

目の前で風魔法によって切り刻まれるモンスターたち。

四戦目の戦闘が終了し、俺は小さく息をついた。楽勝であろうとも、戦闘を行ったことで精神に疲労が溜まっていく。

（休みてぇ、でも先輩平気そうだしなぁ）

ドロップ画面を見ている先輩は頬に手をあてながら「見てください。またお肉が落ちました」なんてのんきに言っている。

もう俺は前衛には立っていない。こちらにターンが回ってくれば先輩の攻撃で戦闘は終わってしまう。だから、奇襲で喰らうダメージはシャドウ御衣木さんに任せていた。彼女のＨＰは俺と比べれば倍以上あるから１ターン程度猛攻を受け続けても死ぬことはない。ならば俺が前衛に立つことは痛いだけで無意味だったからだ。

そして、わかったこと。（戦闘型の高レアリティはやべぇ）

本当にやばい。なるほど、『ステータス』が周知されてからあっという間にＳＲレアリティ以上の連中が『始まりの洞窟』から消えた意味がわかってくる。

弱いエリアには留まれないのだ。攻撃するだけで敵が勝手に死んでしまうなら、もはやどうあっても進むことしかできなくなる。留まる理由がないならなおさらだ。

「ほら忠次様『朱雀卵』ですよ」

ドロップアイテムの中から新たな食材アイテムを見つけたのだろう。ほにゃ、っと笑った先輩が素材情報の表示されたウィンドウをこちらに向けてくる。

名称【朱雀卵】　レアリティ【HN】
効果：最大ATK＋100《8時間》空腹度回復
説明：朱雀の卵。食べることで肉体を一時的に強化する効果がある。

先ほどの『大朱雀』か『小朱雀』が落としたものだろうか？　俺のドロップアイテムには入っていない。今回の俺のドロップは『大朱雀の魂』や『朱雀肉』『朱雀剣』などだ。

「戻ったらこれでゆで卵でも作ってみましょうか？」

「鍋がないじゃないですか。先輩」

苦笑して言えば、愛があればなんとかなります。と言う先輩。先輩、それは愛でなんとかなるレベルじゃないと思うなぁ。

さて、四戦目を迎えて、このエリアについてもわかってきた。

出現モンスターや地形、ドロップアイテムで思考の材料が揃ってきたのだ。

もっともアイテムに関しては膨大な種類があるのでまだすべてがドロップしきっている感はない。ただ、二人の取得品を確認してはみたので、傾向は掴めたと言っていいだろう。

（これは、ソーシャルゲームでいうところのイベントエリアって奴だな）

ドロップアイテムからわかったことだった。

まず、装備類が『朱雀剣』『朱雀弓』『朱雀短剣』『朱雀魔杖』『朱雀錫杖』。

ちなみに魔杖は魔法使い用の武器で、ついているスキルは火属性（小）ではなく、火属性強化（小）だった。魔法使いは攻撃魔法をスキルで覚えているから、そのためだろう。

ただそのせいか風属性魔法の使い手である先輩には杖の持つスキルは意味のないものになっている。ちなみに僧侶用の武器である『朱雀錫杖』についているのも『火属性（小）』ではなかった。『火属性強化』でもない。『ヒートヒール』というスキルである。

名称【朱雀錫杖】　レアリティ【HN】　レベル【1／30】
HP【＋30】　ATK【＋50】
スキル：ヒートヒール
効果　：ATK0・8倍単体回復魔法。対象が火属性スキルを所持時、攻撃力を小上昇させる。
説明　：燃える神鳥の名を冠した魔杖。

『僧侶』の回復魔法の最終威力は杖のもつスキルに依存する。

本人のスキル枠を使わないためか、回復魔法に関しては魔法攻撃よりも総じてスキルのATK倍率は低く設定されている。『見習い』シリーズを使っていた茂部沢の回復魔法の威力が糞みたいな回復量だったことを思い出せば、0・8倍というのは結構高めじゃないだろうか？

「ただこれも、先があるんだよなぁ」

先ほどは気づかなかったが、『朱雀』シリーズは進化武器という謎のカテゴリに属している。

いや、謎っつーか。語感でなんとなく意味はわかるし、ここのエリアで手に入る大量の謎素材からもうすうすと感じていることではあるのだが。

「進化する武器、か」

いつのまにかステータスに現れていた『武器進化』の項目にあった『朱雀剣』の必要進化素材を見てむぅ、と唸る。

【『朱雀剣』→『朱雀剣・改』《進化不能：朱雀剣のレベルが最大に達していません》

必要素材：『朱雀小羽根』×10　『朱雀骨』×5　『朱雀嘴』×3　『朱雀冠』×1　『朱雀の雛鳥の魂』×1】

朱雀剣の進化必要素材を見て、まだ進化は無理だなぁと嘆息した。いや、まずは朱雀剣のレベルを最大にする必要もあるんだけどな。

武器から思考を戻す。『朱雀嘴』『朱雀冠』『朱雀小羽根』『朱雀大羽根』『朱雀翼』『朱雀大翼』『朱雀の砥石』。魂や肉、卵、武器とは別に俺と先輩がここで手に入れたアイテムだ。嘴や冠などは進化素材で、砥石については装備用の経験値アイテムとなる。

武器の進化条件がレベル最大ってんなら、ドロップした武器だけ合成しててもいつ進化できるのかわからないからな。武器用の経験値アイテムがあるのは当たり前といえば当たり前だった。

「なにをみてるんですか？」

「アイテム見てたら、なんとなくこのエリアがわかってきたので。ちょっと確認中でした」

ドロップアイテムの素材ステータスを見ていた俺に抱きつこうとしてくる先輩の額を手のひらで押さえ、寄ってこないようにする。ちなみに口調は、意識しないと気安い口調で接してしまうので、改めて敬語を使ってみた。……いや、なんかこの調子だと無駄かもしれないが。

「で、思ったんですがね――」

さっきの推測をそれなりの根拠を交えて話してみる。俺の手のひらにぐりぐりと額をこすりつけてくる和風美人。前進しながら小首をかしげるという器用な真似（まね）。

「いべんとえりあ、ですか」

背景の森がクリスマス仕様なのだ。どう考えてもクリスマスイベント用のエリアだろう。

「ステータスとかゴブリンとか合成とか強化とか掲示板とかからわかってきたことですけど。ゲームにしか思えない、ですよね」

「寡聞（かぶん）にしてそういったげぇむというのはよくわかりませんが、最初の洞窟といささか趣（おもむき）が違うというのはわかります」

あれは本当に道中という感じで、ドロップアイテムもカスみたいなものだった。

こちらはなんとなくお祭り感がある。地面に広がる草にしても、食用のものがあるというのは不思議なことだ。初期エリアで落ちている石なんかはアイテムじゃあなかったしな。

「まぁ、それはそれとして。たぶん次がボスだと思うんですけど。進みますか？　戦うのは先輩なんでどうするかは任せちゃいますが」

視線の先では道がとぎれ、開けた広場のような土地に接続している。そこは雪がしんしんと降る巨大なクリスマスツリーの生えている空間だ。今までの道中という感じの戦闘場所には思えない。ゴーレムと同じように強力なボスが出現する可能性があった。

一応、手に入れた魂で強化を行ってはいるが、勝てるかどうかはわからない。

先輩がいくら強くとも、俺と先輩とシャドウ御衣木さんだけなのだ。俺以外ＬＲパーティーとはいえ三人ではできることの限界がある。五人がパーティー最大なのだから、三人（しかも一人はＲなら）では当然といえば当然だ。先輩が強すぎることで道中は一撃(ワンパン)だったが、ゴーレムと同じくボスが雑魚よりも格段に強い可能性があるならば、挑まないことも選択肢の一つだろう。

そんな俺の迷いを知ってか知らずか、先輩は両の手をあわせ、にっこりと笑う。

「判断は忠次様におまかせします」

「どういう、意味ですかね」

「言葉どおり忠次様におまかせします、という意味ですが」

額を押さえている俺の手をぎゅっと先輩は手で握る。女性にしては長身の先輩はこうして向き合うと俺と背丈がほぼ一緒になる。先輩の強い視線がぐっと俺を真正面から貫いてくる。思わず目を逸らしかけると、先輩がぐっと手を握ってきて、目が離せなくなる。

「わたしもいろいろ考えてみました。広い道。豊富な食料。二人だけしかいない空間。ここでなら、存分に忠次様の『強化』ができると思います」

「……えっと？　『強化』？　俺のレベルのことですかね？」

いいえ、と胸を張るようにして先輩は首を振る。

「ステータスなどというものは所詮ただの数値です。人を鍛え上げるのは才能や努力ではなく、立場ですわ」

何を言っているんだ。この人は。

『強化』なんてステータスに『魂』をぶち込み続けるだけだろ。という俺の意識を、ばっさりとぶった斬るようなことをこの人は言いだしていた。

「つまり、どういうことなんでしょうか？」

「それを実感してもらうためにも忠次様。まずはわたしを使いこなしてみましょう」

頭痛を堪(こら)えるかのように俺は額を押さえた。待てよおい。何を言っているんだ。この女。

Ⅳ／『信仰する魔性』

結論から語る。

――神園華（かみぞのはな）は**壊れている**。

餓死と蘇生（そせい）を繰り返していたあのときに壊れてしまったのか、といえばそういうわけではなく。もとよりすでに壊れていたのだといえばそれが真実だろう。

神園家。その家は、古来その地に根深く住み着いた名家の一つだった。

その名家は企業を経営していた。

一つではない。彼らは多くの企業を所持していた。だが、素晴らしい経営ではなかった。

ただ凡庸でも、やるべきことを粛々とやっている。そんなありきたりなやり方でずっとやってきていた。もっともだ。そんなことでは生き馬の目を抜く経済の世界で生きていけるわけはない。

しかし、神園家は経済界を生き残ってきた。凡庸な者たちが、強者（つわもの）であり続けてきたのだ。

どうやって？

正道ではない。

邪道である。

しかしそれはまた一つの王道でもあった。

経済に明るくないならば、別のところからもってくるだけのこと。

神園家は政財界と深い繋がりを持っていた。


――神園の女には魔性が宿る。


神の園に棲む美しき女たち。男を狂わす異貌の毒花。

神園の家には美しい娘たちがいる。娘たちは一定の年齢になるとどこぞへと連れていかれる。

神園家を知る人々は彼らを女衒が如くに蔑んだ。

だが、娘を売るごとに神園の家は肥え太っていく。蔑み、妬む彼らも神園の娘をあてがわれ、次第に声も小さくなっていく。

男をたぶらかし操ること。それは女が古来持つ力だ。

神園家とは、そういうことをやって肥え太ってきた家なのだ。

神園華という娘も、何事もなければそうなるはずであった。

哀れな神園の贄。己がなんのために生まれたのかを理解してなお家に尽くしてしまうかわいそうな娘。

もっとも彼女はもとより幸福な生を望んだこともなければ、その人生を不幸なのだと思ったこともない。

——助けてと、小さく呟いたことはあったけれど。

神園華もまた、神園の家の従順な家畜であった。

神園の娘とはそういう資質をもって生まれてくる。否、抗してしまう娘は生きてはいけぬ。そういう家なのだ。

華が華になるまでの記憶。もはやどうでもよくなった記憶だけれど、そこに彼女の原点があった。

一つ一つを掬い取るようにして彼女は思い出す。どれもこれも色あせた屑石のような思い出。

——完璧であることを望まれた生だった。

およそ人にできることはなんでもできる。その文言をカタログに載せるためだけにこの十八年の間、努力を強いられてきた。

彼女が女として純潔を保てたのは、ただそのほうが価値が上がるというだけのことで。

彼女が高校へ入学したのは、華を受け取る予定の相手が華は高校を卒業させたほうが愉しめそうだと考えたから、そうしただけのこと。

華は、語ることすらおぞましい教育を生まれたときから施されてきた。なぜ、どうしてなどと聞くことすらおかしなものを見せられてきた。

華は、それが異常であることを知っていたし、道徳的におかしいことも知っていたけれど。

それをどうにかしようとは思わなかった。

だって華は『神園の娘』だったから。男を狂わすためだけに生きることを望まれていたから。

そうして神園に、富を授けるのが、華の役目だと教わり続けてきたのだから。

華はこの世に生を受けたその日に、国政にも参与するとある議員に出荷することが定められた。

彼女の生は、脂ぎった狒狒爺(ひひじじい)の玩具にされるためだけに存在した——


——はずだった。


華は今、幸福の中にいる。四百を超える生徒たちの中で、彼女だけがこの境遇を喜んでいる。

華は、地球とはかけ離れた奇妙な場所で、彼女を異常者として接する後輩を崇拝している。

たすけて、と彼女は訴え続けてきた。

声には出さなかった。顔にも出さなかった。視線にも、動きにも、思考にも何も。

だけれど華はずっと訴え続けてきた。学校生活の中で、ずっとずっと誰にも言えない家の秘密を。自分がこの先どうにかされてしまうことへのタイムリミットにおびえながらずっとずっと助けを求め続けてきた。

誰も助けてはくれなかった。

誰も、誰も、誰も、誰も、誰も。

優しい先生も、頼れる先輩も、慕ってくる後輩も、友人を自称する人々の群れも、親友と名乗る少女も、華に好きだと言ってくる男たちも、誰も彼もただの一つも助けてはくれなかったのだ。

言わなかった華が悪かったのだろうか？　助けてと一言言えば彼らは助けてくれたのだろうか？　国家を動かす巨大な政治的圧力に抗って、中流家庭なら一夜にして破滅させられる経済の化け物を倒してくれたのだろうか？

華には、そういうことはわからない。ただ助けてくれなかった結果だけしか華の記憶には残っていない。

そういえば唯一、期待できそうな子がいたような気もしたけれど。

華はその記憶を即座に消し去った。


――けがらわしい。


忠次の幼馴染の少年。あれは偽物だ。華の救世主ではない。華の神様ではない。華の待ち望んだ人ではない。

ただ思わせぶりで、鈍感なだけの、憎むべき悪だ。

（いけない。変な人のことを思い出してしまったわ）

かつて淡い想いを抱いた少年を名前ごと忘却した華の目の前では、新井忠次が華の言葉を待っていた。華の説明を待っていた。

しかし華の反応がないことでへへっと苦笑を浮かべると。

「使いこなすって、また変なこと言ってますよね先輩」

はいはいスルースルーと呟いた忠次はステータスから『撤退』のコマンドを選ぼうとしている。

ボスを目前にして、小胆を発揮しようとしている。

それをそっと手を出して止める華。


――そうだ。忠次様にご説明をしないと。


「いいえ、忠次様。レアリティなど関係ありません。人は、きちんと過程を踏めば強くなれるのですよ」

それをこれから説明しますね、と華は忠次に、捧げるように言葉を重ねる。

逃げるのは、まだだと。逃げるなら、よく考えて。華は教育を始める。

神へ自身の経験を捧げるのだ。自分が経験してきたすべてを効率化して忠次様に捧げるのだ。

華は信じている。自分のごとき運命の奴隷がLRなどというレアリティを手に入れて、忠次様がRなどという現実は間違っていると。

思い込みである。新井忠次のレアリティは正しくRレアリティである。冷たく正しいこの世界の

『システム』はそう裁定を下している。

新井忠次のレアリティは、Ｒだ。

――だが、華の認識では、忠次こそがＬＲであるべきだった。

否、否だ。レアリティなどというくだらない物差しで忠次を測ってはならない。

しかし現実として忠次のレアリティはＲであり、それはこの世界での価値観ではそれなりに重要ごとであった。

で、あるならば。

華の経験を注いで、忠次を強くすればいい。

この哀れなる脳髄には、運動も学問も武道も政治も、およそ人ができるとされるすべてが詰まっているのだから。


――神園華は壊れていた。

もともと壊れていた。それが餓死と蘇生の繰り返しでさらに壊れた。

神園華という生き物は、闇だった。その精神はすでに限界まで磨り潰されていて、今までは擦り切れた残骸が機械的に華を模して動いていたにすぎない。

華は学校生活で笑顔を作っていた。穏やかで、優しい、癒やされる笑み。そう言われ続けていた。だけれど笑顔の仮面の裏側ではずっと泣いていた。誰もそれに気づくことはなかった。

幸せそうな同級生たちが、とても羨ましかった。くだらないことで一喜一憂して、温かい家族が待つ家に帰れる彼らが羨ましかった。

光の側の高校生活を終えて、闇しかない家に帰る華は、自分が道徳的でない環境で生きていることを思い知らされていた。

家に帰る道中、理由（わけ）もわからぬ涙がこぼれたのはいつだっただろうか。

だけれど、と華は嬉（うれ）しくなって忠次様に微笑（ほほえ）む。

――もう、わたしはそんなくだらないことに思い悩まなくていいのだ。

光が目の前にある。

華の救世主が目の前にいる。

華の神様が華の手を握ってくれている。

華は嬉しくなって忠次様を抱きしめたくなって抱きしめようとして神様に額を押さえられる。

そんな他愛のないことが嬉しくて笑みが自然と溢（あふ）れる。ずっとずっと本当の笑顔でいられる。

華は光の中にいる。自分が正しい信仰を得ていると確信できている。

だって華の記憶には強く強く焼き付いている。

あの瞬間、たすけてくださいと神様にお願いをした瞬間を。

おなかがへってしにそうで、たすけてほしくて、ただただ願って、願って、願って、だけれど誰も助けてくれなかったわたしの人生を。

この人が。新井忠次が。助けてくれたのだ。


——神園華は壊れている。


餓死と蘇生を繰り返すことで破壊され続けていた精神が、救われない生涯と蘇生地獄を結びつけた。

これはただ、それだけのこと。

境遇は救われていないのに、ただ助けられただけで、すべてを勘違いしてしまった。

誰が見ても新井忠次は華の救世主足り得る器などではない。

だけれど、神園華は幸福だった。

そんなことはどうでもいいのだ。

だって、華が決めたのだから。神園華が新井忠次を救世主だと、そう決めたのだから。

だから、彼女は、童女のように、純粋に笑えるのだ。

Ⅴ／『エピソード』

ボスを前にした雪のしんしんと降る小道。そこで俺と先輩は対峙（たいじ）している。

違う。対峙なんてものじゃない。困惑する俺と、俺を見つめてくる先輩がいるだけの話だ。

「レアリティなんて意味がないものだとわたしは思います」

「いや、そいつは……」

先輩が言うのか？　ＬＲレアリティの先輩がそれを、言ってしまうのか？

不満が顔に出ていたのだろう。そんな俺の表情を見て、先輩がぐっと手を握ってくる。

「忠次様（ちゅうじ）。忠次様の素晴らしさはレアリティなどというくだらない物差しで測っていいものではありません」

「はぁ……」

怒りも毒気も抜けていく。この人は、本当によくわからん。何を言っているのだろうか。

レアリティでさんざん俺たちは苦労してきたのだ。三ヵ月も隠しエリアで死に続けていたこの人にはそれはまだ実感できていないのか。糞（くそ）。畜生。先輩の言葉で胸の中に湧き上がるのは失望か。

ああ、違う。違うな。死に続けていたとかは関係がない。レアリティの苦労は高レアリティでは一生理解できない。これは、低レアリティでなければわからないのだ。

だからこの人はこんなことを軽々しく提案してくる。

「そっすね。そうかもしれませんね」

そんな俺の諦めを見て取ってなお、先輩はぐっと手を握り、顔を寄せてくる、って近い近い近い。キスしちゃう距離だろ馬鹿!! 叫べば先輩の顔に唾が飛びかねない。慌てて顔を背けると先輩は摑んでいた手を離して俺の頭をがしっと摑む。無理やり正面に向けられる。ぬぉぉおぉ。触れる触れる触りそう触りそうおい馬鹿先輩。

「いいですか。忠次様」

「う、うっす」

思考が止まる。近い近い近い。っていうか俺より普通に筋力あるよなこの人。連戦してるのに疲れてる様子もないし。茶道部とか嘘だろ。何やってたんだよマジで。

そんな俺にかまわず先輩は言葉を続けていく。

「レアリティに意味はありません。スキルも。ステータスも。それらは所詮今までの積み重ねです。もちろん、素養においてわたしはほかの方たちより多少優越していると思っていますが、正直なところ、聞いた限りにおいてLRレアリティとNレアリティの人間のもともとの能力においては、それほどの絶対的な差があるとは思えません。もちろん、それだけではないことは承知しています。血統や立場、性格に評判、才能、その他の様々な項目。それらで仕分けされていると聞いています。レアリティというものは、仕分けるにあたってある程度の基準があるのでしょう」

正直、顔が近すぎて言っている内容の半分も頭に入ってこないのだが。先輩の威圧に押されて俺はこくこくと頷くしかできない。

ですが、と先輩は断言するように強く言葉を発する。

「いいですか？　忠次様。重ねていいますがレアリティに意味などないのです。あなた様の素晴らしいところをこのレアリティというものはまったくと言っていいほど加味して判断しておりません。わたしの見る限り、このレアリティという指標はまったくの欠陥です。忠次様なら、レジェンドどころかその上に立ってもいいというのに」

愛おしそうに顔を撫でられる。畜生。先輩の言っていることはめちゃくちゃだが勢いだけはある。わけわかんないがとりあえず落ち着くまで頷いておくしかねぇ。

先輩はこくこくと頷く俺を満足そうに見て、もちろん、と言った。

「レアリティに意味はない、と言いましたが、それはこれをまったく無視しよう、というわけではありません。口惜しいことですがステータスとスキルは戦闘において重要な要素です。現在の我々にとって、レアリティがその戦闘を支える根幹であることに変わりがないのも確かです。そこは認めます。ですが、それならそれで鍛えようがあると思いませんか？」

「あー。うん。はー。鍛える、ねぇ……」

俺のやる気のない声にも先輩は動じない。なにやらよくわからない持論をどんどんと展開している。まだ終わらんのかこれは？

「忠次様のレアリティがRなのは、その肉体と知識と心構えがSR以上の者より多少劣っている部分があるからです。もちろんそんなものは忠次様の本当の価値に比べれば些細なものでしかありませんが、要は能力があればSR以上の力を持てるということです」

要するには俺は馬鹿で運動ができねーから弱いと？　はっきりと言われたような気もするが口を出すのもちょっと、と戸惑う。

だが、本当の価値とか言われれば素直に嬉しいんだよな。先輩の言葉を狂人の戯言と切って捨ててもいいのに、これだけで内容に興味を惹かれてしまう。自分の単純さに悔しくなる。認められれば、褒められれば誰だって気分がよくなる。嬉しくなる。

先輩の言葉に俺の自尊心は大いにくすぐられる。

「忠次様。レアリティに意味がない、というのは、現在のステータスは所詮現在のものでしかないということです。わかりますか？　忠次様。現在のステータスは現在のものでしかない。わたしがLRなのは、昔のわたしが多少人よりがんばったからであって、所詮は昔のわたしの情報でしかない。わかりますか忠次様」

目が、ギラギラと光っている。先輩の言葉の意味が脳に浸透していく。言っている意味をなんとなく理解していく。

「つまり、先輩。俺を強化するっていうのは」

「忠次様。要は、今から鍛えればいいのです。忠次様。運動も、勉強も、今から鍛えましょう。わたしはわかっています。忠次様はRレアリティではないと。わたしはしっています。あなた様はそんなものではないと」

先輩。神園華。共に過ごした時間が半日程度しかない女がそう言っている。正直信じていいのかよくわからない言葉だ。しかし、その言葉には確信以上の何かが込められている。

　それでも、ただでは頷けなかった。俺の三ヵ月の経験がそれでいいのか？　と問うてくるからだ。そんなことに意味はあるのかと。この女の提案に乗っていいのかと。

　顔が近い。先輩の息遣いが聞こえるほどの距離だ。頭を摑まれている。先輩の体温が伝わってくる。先輩は身体を寄せてきている。俺の身体に先輩の身体が絡みついてくる。

　この女を信じていいのか？　俺を誑してだらだら過ごそうって腹じゃねぇのか？

俺の恋人のことを思い出す。女という生き物の悪辣さは思い知るまでもなく理解している。

表ではなんでもない顔をしながら、裏ではとてつもなく恐ろしいことを平気でする生き物。

あの糞ハーレム野郎のハーレムが裏ではどんな有り様だったのかを俺は知っているのだ。

外面のきれいな女子がきれいなだけの魔物だってのを俺は知っているのだ。

だから、俺にとって無条件で信じられるのはいつだって御衣木さんだけだった。

「先輩。正直、俺は先輩の言っていることはよくわかんねぇ。証拠はあるのかとか、先輩がステータスについて理解したのはついさっきじゃねぇかとかさ。言いたいことはいっぱいあるんだけどよ」

　じぃっと俺を見つめてくる先輩。ああ、キスしそうな距離だ。くそ、色っぽいなぁ。この人が性格的にヤバそうじゃなきゃ迫ってたのは俺からかもしれなかったのに。なんて残念な美人なんだ。

　小胆を抑えて勇気を振り絞る。傲慢だが小胆。それが俺だ。他人の提案を蹴飛ばすのは、性格的な問題で嫌だった。だけれど先輩の提案は眉唾すぎて俺のメリットもデメリットもよくわからん。

つかよ。ぶっちゃけるとこれって今すべき話なのか？　と俺は思っている。強化なんてことを考えなくとも、俺や先輩にはレベルにおいて伸びしろがまだあるし、進化型武器なんてものも存在している。こんなよくわからない話をしなくても、できることはまだまだあるのだ。

（だけど、なぁ）

そろそろ俺も踏み込むべきだった。この気持ち悪い女の正体を少しでも摑んでおくべきだった。というより、この女とこれから夜を迎えるのだ。それが恐ろしくてならなかった。こいつの腹のうちを探らずに、こいつの前で眠るのを避けたかった。

「つーか。先輩。あんたさ、何が目的なんだ？　俺を鍛えて何がしたいんだよ？」

「わたしの目的ですか？」

突然の言葉に先輩が目をぱちぱちとさせる。これを言われるとは思っていなかったという顔だった。でも俺は言うよ？　実際、よくわかんねーからな。

「そう。先輩の目的。俺を鍛えたってあんたにはなんのメリットもないだろ。俺の側にいるだけなら、正直俺の強さなんかどうでもよくないか？」

崇拝の効果があることは知ってる。俺と離れたくない、ってのはわかる。なんだかよくわかんねぇがピンチのときに俺が助けてしまったから刷り込みが発生したんだろう。卵で生まれる生き物じゃねぇんだから人間に起こるなんて話は正直信じられないが、『システム』がなんかしたんなら、まぁ百歩譲って信じてやるさ。

だけど、だからといってそれ以上の関係を許すっていうのは違うと思う。

「つーか。俺、今はここにいないけどカノジョいるしさ。恋人になりたいとか、そういうことだったら先に言っとくけどごめんなさいだ。先輩とはここの脱出のために協力するだけで、その後のことはおいおい考えていきたい」

レアリティだけを考えればパーティーを組み続けるメリットは十分にあるのだが、この不気味さだけはいただけなかった。なんでいちいちスキンシップをとろうとするのか。パーソナルスペースって言葉を知らねぇのかよ。この女。

今も俺の身体に絡みついてくる女の身体を意識的に無視して先輩の言葉を待つ。さっきの強化うんぬんの話はもう俺の頭から消えている。運動だ勉強って馬鹿かよ。ここ出るのが先決だ。

さっきの肉を食って思い出した地球が懐かしい。ステーキ。寿司(すし)。牛丼。ハンバーガー。ふわっふわのオムレツ。ああ、腹減るなぁ。『空腹』じゃないけどさ。そろそろ米も恋しいぜ。

先輩はきょとんとしていた。俺の言葉に対して、鳩(はと)が豆鉄砲を食らったような顔をしている。だから鸚鵡(おうむ)のように、空言(そらごと)を繰り返してくる。

「わたしが忠次様に尽くすのは当然のことです」

「……あー、そういうのはもういいから。家族でもなんでもねぇんだから。一緒にパーティー組んでくれたら俺はそれでいいのよ」

いつのまにか、敬語がなくなっていた。だというのに先輩はまったく不快というわけでもなく、ただただ俺を見つめている。

しかし俺の態度が変わらないと踏んだのか、少しだけ黙り、そうしてから口を開く。

「では双方にメリットのある話をしましょうか」

なんとも論理的な口ぶりでそれを言いだす先輩。ひゅぅ、と俺は破顔して頷く。おう、感情論じゃなくてそういうのが聞きたかった！

「要はわたしが信頼に足らないと、そういうことですね。それを解消すれば忠次様はわたしに信頼を寄せてくれるのですね」

「そこまでは言ってないけどな」

納得させるのと、信頼を寄せるかどうかは別だと思う、と俺が言う前に先輩が「ではご説明いたします」と言葉を突きこんでくる。この女ァ。

俺に尽くすというが、基本はそういうスタンスなのはわかりきったことだったけれど。出端を挫かれて黙るしかなくなる。舌打ち。まぁいいや。話せよ。顎で促せば嬉々として口を開く先輩。

「まずは疑念を晴らすべくわたしのメリットをご説明いたします」

うん、と頷けば先輩は微笑みを返してきた。

「わたしのメリットは、これからやっていただくことで、忠次様が強くなることです」

「理解できない。どうして俺が強くなることで先輩にメリットが発生するんだ？」

強い弱いはステータスの話ですが、と前置きをする先輩。

「忠次様が強くなれば、わたしが側に居続けることができるからです。逆に言えば弱いままでいればわたしが離れなくとも忠次様はわたしから離れていってしまいますよね」

そんな未来の話はわからない。だけれど先輩は確定した未来のようにそれを語る。

「レアリティに対する劣等感が忠次様にはございます。それは今この場では仕方がないこととしてわたしを受け入れられても多くの選択肢のある元のエリアに戻った場合、忠次様は容易にわたしから離れていきます」

確定したように話すなこいつは……。だが、離れる。離れるね。普通は逆なのだが、どうしてかいつのまにか立場が逆転しているような気がしてならない。

そんな不可解な想いをしている俺に、わたしは忠次様から離れたくないのです、と先輩は言う。言われて俺は、まぁそうするかもな、と呟いた。頭にかかっていた先輩の手が俺の背中に移っていく。抱きしめられていく。まるで蛇のようだと思ったが口には出さない。

「だから忠次様を鍛えたいのです。わたし、忠次様を愛していますから。絶対に離れないようにしたいのです」

先輩の言葉は軽い。愛している。なんて軽々しく口に出すべきものじゃない。だが、俺はそれを口には出せない。先輩の目が、執念深さを湛えているからだ。言葉は軽い。いや、重みを感じない。だが、それよりも重要なのは、仕草の端々にもっと深く執念深いものが隠れていることだ。

この女は俺の聞きたいことから微妙に外れて話をしている。俺が聞きたいのは、そもそもが『どうして俺を愛するのか』であって、その先のどうこうは別にどうでもよかったのだけれど……。

「そして忠次様のメリットは、強くなること」

だが、メリットなんて持ち出されればどうしたってそちらに耳を傾けてしまう。

「わたしの考えでは、わたしの課したトレーニングを終えた忠次様は強くなっています。肉体的にも、精神的にも、そしてステータス上でも。それは、忠次様の今後にとってもとても大きなメリットだと思うのです」

「それが本当にそうならメリットだろうな」

俺の口調は平坦だった。どうにもこの辺りも信憑性がなくて困る。

先輩の言っていることは、レアリティの壁を超えて、ステータスを上昇させるという途方もない試みだ。システムを無視していると思われる言動は、何か根拠があってのものなのだろうか？

さっきの話はそれの根拠だったのだろうか？　うまく脳の中で話がつながらない。この体勢が問題なのかもしれない。この人が俺に抱きついてて正直話が頭にうまく入ってこないのだ。聞き取りにくさもあるしな。メリットです。すごいメリットですよ。と先輩は笑う。そこに含みはないように見える。怪しさはない。この人は本気で俺を鍛え上げようとしているように見える。

わからない。というか、なぜそこまでしようとするのかがわからない。

これが、『崇拝』の効果なのか？

（まったくわからん。それはこの人が微妙にずれて話をしてるからでもあるんだろうが）

理解できないのは、人間不信というよりも、俺がそういう性格でないからかもしれない。

俺は他人に尽くすという感覚がわからない。いや、俺とて御衣木さんのためならなんかしようという気にもなるが。ここまでの手間をかけて、というと首をかしげてしまう。

俺がモテないのはそのせいか？

つーか手間。手間か。手間がかかるのか？　これ？　よく考えたらどういう手法か聞いていないかった。トレーニングって何するんだ？

「それで、どうするんだ？　俺は何をすればいいんだ？」

「運動と勉強。それと、指揮です」

指揮？　先輩は首を傾ける。肩に先輩のさらさらとした髪がかかる。その匂いにくらくらする。

「違いますね。すみません。指揮というより、リーダーとしての経験。判断。そういったものでしょうか。部長や委員長などのほうがレアリティが高かったと聞きましたので」

なんとなくだが言いたいことはわかる。

要は、運動能力の高さや成績の良さ。学校での立場によってレアリティが上昇するのなら、ここで鍛えればステータスが上がるのだと先輩は言っている、のだと思う。

「根拠は。根拠はある、んですか？」

「忠次様。敬語はいいですよ。むしろ命令するように言ってください。いいえ、命令してください。なんでもしますから」

なら、死ねといえば死ぬのかよと考えて心の中で首を振る。ここじゃ死んでも生き返る。死を命じても蘇って果たせるのがこの異常な世界だ。それに先輩は喜んでとか言いながら自分の首を掻っ切りそうだ。笑ってやったら怖いのでそんな命令はしたくない。

「根拠は特殊ステータスとエピソードです」

なんだそりゃ。と俺は呟く。

『崇拝』にステータスの上昇効果はない。エピソードだって先輩のステータスを俺と組んでるときだけ上昇させるものだ。上昇するのは良いが相手が決まっているならその力に柔軟性はないだろう。俺を離れさせないための方便か？

　そもそも俺はこれらについて前のエリアでは聞いたことがなかった。こんなものを手に入れれば騒ぎになるはずなのに、誰も『掲示板』で手に入れたという報告をしなかった。

　先輩という異常な存在が手に入れた特別なものなんじゃないのか？　ＬＲってのは、なんでもありなんじゃないのか？　嫉妬の心が湧き出てくるのを抑えられない。舌打ちが漏れる。俺の肩に顎を乗せ、先輩は微笑んでいた。糞が。

「どちらも、わたしがここに来てから手に入れたものです。とてもとても大事なものです。わたしの人生を変えるような衝撃がこれらをつくりました」

「それがどうしたってんだよ」

「特殊ステータスというのは、そういうことだとわたしは考えました。『これから』なんですよ忠次様。これからです。レアリティが過去ならば、特殊ステータスはあなたの未来です。鍛えれば、あなたにだって。ＬＲレアリティを超える力が身につきます」

　だから一緒に鍛えましょう、と先輩は言う。

　これから、これから、だって？　俺にＬＲを超える力が身につくだって……？

　俺の心の中に不満が高まっていく。こいつの話に理不尽を感じていた。学校中の人間に尊敬されていたこの女だからそんなことは軽々しく言えるんだ。

　それに、ほかのＬＲレアリティの人間を俺は思い出す。天使のような、聖女のような御衣木さんと糞みたいなハーレム野郎だが、妙にいろいろなことのできて、くそったれなほどに器用で、普段はのんびり構えてるくせに本気を出せばなんでもできちまった幼馴染。残る二人もだ。それぞれ俺を遥かに超える才能の塊で、俺じゃあ一生越えられない、そんな圧倒的な存在だ。勝つも負けるもない。比較することが間違っている。

「そんな夢みたいな話にゃ付き合ってられねぇよ。馬鹿かよ。アホかよ。俺に、そんなことができるわけがねぇだろうが畜生め……」

努力で全部が覆るなら、高校からサッカー始めたサッカー部のパシリが努力次第でプロになっちまう。だけれどそんな現実は万に一つ程度もねぇだろ。億に一つ、兆に一つ、ぐらいならあるかもしれねぇが、やっぱりそれは俺の現実じゃない。

俺は、俺の限界を知ってる。俺は特別じゃない。俺は、あの幼馴染じゃない。

だけれど、先輩は笑う。赤ん坊みたいに純粋に俺に笑いかけてくる。

「大丈夫です。わたしがついていてます。才能の欠如は配下の力で埋められます」

歴史上、と先輩は続ける。

「偉大な皇帝や王や君主のすべてがあらゆる才能に秀でていたわけではありません。運動や勉強は補強の一つで、本筋ではありません。忠次様にやってもらうことは、既にいったとおりです」

わたしを支配するのです、と先輩は囁くように言う。

粘ついた息が、求愛のしるしのように俺の耳にこびりつく。

他人を支配しろ、と、まるで悪魔のような言葉だった。

「運動も勉強も自信をつけるための補助です。忠次様にはわたしを徹底して従えたと確信していただきます。わたしに命令をして、したがえて、ふみつけていただきます」

あなたが、あなたの意思で、力ずくで支配するのです。

そう言った先輩の頭が下がっていく。ずるずると俺の足元へと先輩が下がっていく。俺をうるんだ瞳で見上げてくる。赤い顔で熱のこもった息を吐く。


――俺が、先輩を見下ろしていた。


「わたしを隷属させたと確信してください。そうすれば」

「そ、そうすれば？」

思わず先輩の言葉を繰り返してしまった俺に、とろけるような声で先輩は言った。

「エピソードと特殊ステータスが忠次様のステータスに刻まれるでしょう」


まさしくそれこそが、悪魔の誘惑だった。

＊

俺の下で先輩が笑っている。悪魔のような提案をしながら無垢（むく）に笑っている。

「お、俺が、先輩の上に、立つだって……？」

荒唐無稽。信じられない話。恐ろしい提案。断るべきだった。断らなければならなかった。

「そん、な……ば、馬鹿なことを……」

この提案は、なにが、なんだか……。何言ってるんだこの女は……。

受け入れるよりも先に、脳が拒否反応を示してくる。


——だって、恐ろしい。

——だって、怖い。

——だって、不気味だ。


こんなもの。俺が、俺がどうなっちまうのかわかんねぇぞおい。

断ろうとして、笑い飛ばそうとして、声が出ないことに気づく。

(な、なんでだ。声がでねぇ。こんな、こんなことって。あぁぁ、俺は、怖気(おじけ)づいてんのか？　だから声がでなくて——)

「そのままでいいのですか？」

忠次様は、と先輩は言う。

「お、俺は……」

「あなたの居場所は、誰かに踏み躙られる位置でいいのですか？」

「俺はッ……‼」

「上に立ちたいと思わないのですか？」

そこまで言われて、初めて脳裏にちらつく影がある。

幼馴染の男。剣崎、剣崎重吾。ジューゴ。あの糞ハーレム野郎。

俺の上には、いつだってあいつがいた。あの野郎が立っていた。

ずっとあいつの下にいた俺が、あいつを越えられるのか？

奴の姿。いつも、いつもみんなの中心にいたあいつ。長身で、かっこよくて、何をするにも子供みてぇに笑って楽しそうで、回りを楽しくさせるすげぇ奴だ。

普段はやる気のない素振り。だけれどやるべきときにいつだってやる男。

授業じゃ居眠りばかり。だけれどあらゆるテストで前日にちょっと勉強した程度でトップ層に食らいつく。運動なんか普段はからっきし。だけれど本気を出せば部活のレギュラー連中とも互角にやる。誇らしい幼馴染。ジューゴは、そういう、すげぇ奴なんだ。

ジューゴ。ジューゴ。ジューゴ。回りにはすげぇスペックの高い女ばっか侍らせて、いつも違う女に声をかける。御衣木さんっていう素晴らしい幼馴染がいるってのにだ。あの人にずっと世話を焼かせて、でもあの人は嬉しそうで……。

俺はただの幼馴染ってだけで、親友とか呼ばれてもミソッカスみたいなもんで、ここに来てからも置いてかれて。始まりの洞窟で、よく知らねぇ奴らに食い下がって。だけれど失敗して。

そんなどうしようもねぇ俺が、ＬＲに、それ以上になれるのか？

「望んでください。それだけでいいのです。わたしを従える。それだけをまず望んでください」

う、ぅぅ。呻く。うろたえるように後ずさる。

提案を、すっぱりと断ることができなかった。欲が出てきていた。どうしようもない欲望だ。

（俺に、俺にでききんのか？　そんなことが……）

先輩はじっと俺を見ている。地面に膝をついて、美しい顔に笑みだけを湛えている。

さぁ、と先輩は俺を誘ってくる。うぅぅ。決断ができない。うぅぅ。畜生。勇気がでねぇ。

俺は、どうすればいい？　どうすればいい？

左右を見る。何もない。木々だ。誰もいない。俺に声をかけてくれる奴はいない。

背後。ただ道があるだけだ。俺たちがやってきたその道。そこには何もない。雪と土しかない。

（み、御衣木さん……）

御衣木さんのフレンドシャドウは、俺たちに先行して、俺たちを待つように道の脇に佇んでいる。だけれど、シャドウはシャドウだ。真っ黒なのっぺらぼうの彼女は何も答えちゃくれない。

先輩は何かを期待するように俺を見ている。糞。畜生。ああ、あああ、これは、俺が、俺が一人で決断しなければならないことなのか。

ジューゴ。と幼馴染の名を呼びそうになり、手で口を押さえる。あいつには、あの野郎には、絶対に助けを呼んでたまるか。あの糞野郎。親友の俺を置いていきやがって……。

いっつもいっつもあいつがいいところばっかり持っていきやがる。俺たち冴えねぇ男子ががんばって場を盛り立てて、あいつだけが美味しいところをかっさらっていきやがる。

俺はよぉ。一度でもあいつを超えられたか？　一度でもあいつを上回ったことがあったのか？

自分に問いかける。記憶の底から勝てたときを思い出そうとする。苦笑がこぼれた。なかった。何一つ。どれ一つ。

俺がジューゴに勝てたことなんか、一度だってありゃしねぇ。

記憶の中のあいつはいつだって輝いていた。俺はずっとそれを眩しそうに見てきただけだった。

悔しかった。苦しかった。俺だって。俺だってッ。

決意を目に込めてぐっと先輩を見る。先輩は答えない。俺の言葉を待っている。

胸に手を当てる。決めなければならなかった。俺が、あの糞野郎を超えるなら、誰に言われるまでもなく、俺自身で決断しなければならなかった。


——俺はジューゴを、超えていいのか？


戸惑うような心の声を、決意でねじ伏せる。

「超えていいのか、じゃねぇ。超えるんだ……」

あの糞野郎。目にもの見せてやる。

「俺は、やってやる!!　やってやるぞォ!!　おらぁッ!!　畜生がッ!!　このヤロウがッッ!!」

その決意をした瞬間、なにか、腹の底で渦巻いていた何かがするりと抜けていく。

ふてくされた感情がどこかに去って、やるぞ、やるぞ、と何かが俺を急き立て始めていた。

「おぉおおおっぉおおおおおおおお！　やるぞぉおおおおおおおお!!」

俺と先輩以外に誰もいない道に俺の叫びが響き渡った。


『新井忠次は特殊ステータス【叛逆の狼煙】を取得しました』

『新井忠次はエピソード1【決意】を取得しました』


「先輩ッ！」

声を叩きつけるように先輩を呼ぶ。彼女はにぃっと口角を釣り上げた。待っていたとばかりに手を差し出してくる。

「まずは形から整えていきましょう。さぁ、まずはわたしの名前を、呼び捨ててください」

姿形は黒髪の大和撫子。真実は悪魔のような魔性の塊。神園華。俺より年上の人。先輩。

その名を呼び捨てろという先輩に対して、俺は、破れかぶれと言わんばかりに声を張り上げた。

「華！　華！　華!!　呼んだぞ！　呼んだぞ!!　これでいいのか!!　華!!」

「はい。はい。そうです。そうなんです。忠次様。よく。よくできました」

にっこりと笑った先輩は、華は、間髪を入れずに言うのだ。

「次です。忠次様。ボスに挑むか否かの『判断』をしましょう」

と言われ、テンションだけは高かった俺はその提案のよくわからなさに鼻白んで首をかしげた。

『判断』？　さっきも言ってたが、そりゃ、どういうことだ？

立ち上がった華は道の先を指差して言う。

「これから先は、忠次様に『判断』と『指示』をしていただきます。わたしは基本的には『指示』には従いますが、『判断』が間違っていると感じれば忠次様に問いを投げかけます。忠次様はそれに対して答えを返してください。答えられなかったら、答えられるまで考えていただきます。よろしいですか？」

＊

「お、おう。そんなんでいいのか？　は、華を納得はさせなくていいのか？」

まだ華の名前は言い慣れない。この先輩には奇妙な敷居の高さ（カリスマ）がある。先ほどはテンションの高さで乗り切ったが、これを常に保つのは尋常でない意思を必要とするだろう。

名を呼ぶだけでこれなのだ。従えるなど、どれだけかかるか。

そもそも、いまだに華の言っていることは眉唾だった。

「わたしの考えだけで忠次様の判断を違えさせたなら、忠次様はやがてわたしの傀儡（かいらい）となりましょう。この判断で重要なことは、忠次様が考えて指示を出した、ということです」

ただし思考材料として提案は行いますし、その際には説得も行います、と華は付け加える。

答えのすべてを自分一人で考える必要はない。配下の提案から方針を決定するのも君主の役目なのだと華は言う。君主。君主。君主ねぇ。普段の俺なら鼻で笑いそうな単語でしかないそれだ。どうしたって俺には馴染まねぇ言葉だった。

「さしあたって、現状でボスに挑むか否か。それを判断してください。忠次様」

「ボスに、ね」

言われて即座に答えが出てくる。それなら一択だ。

「勝てるわけがないから撤退しよう」

小朱雀や大朱雀の魂は始まりの洞窟のゴブリン連中に比べると破格の経験値だったが、それにしたって華がレベル15で、俺がレベル20だ。これからボスに挑んで勝てるかというと疑念しかない。俺のＨＰは２４００。強化途中の朱雀剣で＋70。華のＨＰは１７５０。強化途中の朱雀魔杖で＋50。リーダースキルでダメージが三割減るとはいえ、この先のボスがどれだけの強さを持っているのか未知数なのだ。

それでもゴーレムより強いことはなんとなくわかるので、たぶん勝てない、と思う。いや、よくわからんけど。

ただ安全策として、せめてもう少し華のレベルを上げてからでいいんじゃないか？　そんなことを俺はぼんやりと口にした。

「では、何レベルで挑むのですか？」

「あー。40ぐらい？」

「どうしてそう思ったのですか？」

「経験値効率良いからすぐ上がりそうだし、なんとなくそのぐらいならいけるかなーって」

脊髄反射で答えないでください忠次様、と華は呆れたように指摘する。

「考えてください。わたしたちは何度も死ねるのですから、ここで撤退するよりも一度挑んで情報を入手したほうが効率的でしょう。たとえ、そこで敗北したとしてもです。相手のスキルやＨＰやＡＴＫを事前にわかっていればどの程度レベルを上げればいいのかがわかりますでしょう？」

だから挑みましょう、と言われて、だが、うーむ、と唸る。もはや先ほどのテンションの高さはどこにもない。常の小胆が心の奥底から顔を伸ばしていた。

「負けるのが怖いのですか？」

「それは、まぁ」

「痛いのが怖いのですか？」

「それも、なぁ」

「では挑みましょう」

なぜ⁉　と叫べば華は重ねるようにして言う。

「挑まないことに数々のデメリットはあれど挑むという行為に痛い以外のデメリットがないからです」

ぱくぱくと口を閉じたり開けたりする俺の前で華はさぁ、と道の先を指差した。

「それとも退く理由がまだありますか？　ないのに退くならただの臆病者ですよ」

畜生。甘やかしてくれねぇのかこの人。

それでも先ほどの決意はまだ胸の中にあった。叫んだ気迫は心のうちで燃えていた。

俺がここに来る直前にゴーレムに挑んだのは、後がなかったからだ。

だが今から挑むボスには後も方策も、できることはまだまだあった。

挑むべきだと言われても、挑むには理由が足りなすぎる。

だけれど、俺は、俺がいままでダメだったのは、挑んでこなかったからだ。

腹の中の小胆の言いなりになって何もしてこなかったからだ。

顔を出した小胆。そいつに引っ込んでろと強い意思で殴りつけ、俺は決意する。


――クソみてぇな俺が変わる、これが第一歩なのだ。

そうして、俺と華とシャドウ御衣木さんはボスのエリアへ侵入した。

＊

そして俺たちは負けた。当然の結果だった。

出現した敵は四体。炎の塊と錯覚しそうなほどに巨大な炎の鳥である大朱雀が二体。影色の巨大なサンタクロースであるシャドウサンタ（オプションでトナカイとソリもついている）。さらに加えて筋肉質で二足歩行で王冠までかぶってる鳥人間、朱雀王。

リーダースキル『奇襲』からの開幕一斉攻撃で、そいつらにボッコボコにやられたのだ。

「やっぱダメじゃねぇか‼」

「忠次様。それでもわたしたちならあと少しレベルを上げれば勝てます」

今俺たちがいる場所は、『朱雀の養鶏場』の『休憩所』たる岩場だ。デイリーミッションの報酬受取から手に入れたパンと水で腹を満たしつつ、俺は華に対して文句を言っていた。

対する華はやんわりと俺に手応えはあったと言いつつ、道中で摘み取っていた大きめの葉の上に、焼いて刻んだ鶏肉を置いて塩胡椒を掛けている。

「はいどうぞ。このまま食べられますので葉っぱごと食べてください」

片手は葉と肉を摘み、片手は皿のようにして華の差し出す肉を手で受け取ろうとしたらそのまま口元に押し付けられる。

「はい。あーん」

ガキみてぇだからやめろと言おうとしたところで、鼻孔をくすぐるのは濃厚な肉の匂いだ。押し問答をするのも惜しいぐらいにうまそうな匂い。我慢しきれずにむしゃむしゃと食いつき、喰らい、華の指を舐める勢いで腹を満たしていく。

ふふ、という華の笑みに悔しくなる。食い物を差し出せば俺が満足すると思われたら困るぜ。

といいつつ単純にうまい。肉で腹も膨れるし。野菜っぽい葉っぱも久しぶりだ。

「こちらもどうぞ」

戦闘も終わり、腹がいっぱいになり、眠くなりかけた俺にどうぞと差し出されるのは道中ドロップした朱雀卵だ。人間の頭程度の大きさの雛の生まれるそいつは俺の拳よりもでかいものだった。

そんな朱雀卵は殻の上部が切り取られており、中に湛えられた白身と黄身が見えている。

「これを、なんだって？」

「のんでください」

ぅえ、と言う声が漏れる。しかし華はずずいと押し出してくる。

「まずはパンと水だけで生活してきた肉体を構築しなおします。栄養をがっつり摂取して、健全な肉体を作りなおしましょう」

ずずいと押し出される朱雀卵。そもそも俺は卵を生で飲む習慣がないのだが……。

「のんでください。強い体を作りましょう」

繰り返される華の言葉。ごくりと恐れるようにして俺は喉を鳴らし。

ええぃままよとなみなみとした卵白と卵黄をジョッキのようにして飲み干すのだった。


甘くて美味しかった。

＊

特殊ステータス
『叛逆の狼煙』：自身よりレアリティの高いものに対して特攻（攻撃力１・５倍）を持つ。

『エピソード１【決意】』

効果　：『大罪属性』に強い耐性を持つ。『魅了』『恐慌』『狂気』『気絶』を無効化する。

『新井忠次』は『剣崎重吾』とパーティーを組むことができない。

＊

「食べたら少し眠って、それから勉強をしましょう」

勉強？　と首をかしげれば、華ははい、と頷く。

「幸いペンもノートもありませんが『掲示板』があります。なので、『掲示板』を紙とペンの代わりに忠次様の学力を鍛えましょう」

方針を聞いているし、華のやり方がなんとなくわかってきたので反発は少ないが、勉強をしようと言われれば普通の学生たる俺としてはうへぇ、という顔になるしかない。

いや、学生なら勉強は本分なんだろうが。俺はそれほど真面目な学生ではなかったのだ。

（ただ、勝ち目のないボスに突っ込むよりかはマシか……）

幸いと言っていいのか。仮眠をとってからというなら多少は気分も楽になる。

そんな俺の前で華はぽんぽんと自分の膝を叩いて俺に示した。

「この環境では枕もありませんから。どうぞ忠次様」

岩場は硬いし、寝るとしても結構しんどいしな。うん。

華は不気味な女で、苦手意識は多少なりともあるが、超絶的な美人で、なによりいろいろと柔らかい。だから、言い訳じゃないが本人がやれというならやるべきだろう。うん。

自己暗示をかけるように自分に言い聞かせ、ドキドキしながら華の膝に頭を乗せる。

おぅふ。柔らかい。ぽふぽふとリズムよく頭を撫でられ、食後ということもあり、あっという間に俺はまどろみに沈み込むのだった。

起きてからめちゃくちゃ勉強させられた。

＊

翌日のことだ。起床し、習慣で自分のステータスを開けばエピソードと特殊ステータスが記載されており、心底から驚く。

「忠次様なら当たり前です」

「なんでそんなことが言えるんだよ」

「わたしは忠次様のことならなんでもわかりますから」

へ、口角が曲がる。それは、どこから出てくる自信なのか。もはや突っ込むことすら放棄して俺は苦笑することしかできない。

だが、こんなことがあるのか。胸の奥にふつふつと何かよくわからない熱がわいてくる。華の言葉を信じてみようという気になってくる。

朝食代わりに昨夜食べた肉と葉と同じものを出され（これで肉は最後とのこと。卵はない）、パンと水と一緒に腹を満たせば、華がずずいと顔を寄せてくる。

「ではこれからですが」

「おう。どうするんだ？」

『朱雀の養鶏場』で戦闘をします。まずボスと戦わずに四戦目まで行ってからここに戻り、再び突入してボスに挑みます。そして倒せるようだったらその後は何度もボスに挑み、倒し続けます」

「何度も挑めるのか？」

「おそらくになりますが、挑めるでしょうね。ただ、ボスが一度だけしか倒せないならその後は道中を何度も繰り返すことにしますが」

「何度もボスを倒せるってのはどういう根拠で言ってるんだ？」

問えば、華は手に朱雀魔杖を呼び出し、「これの存在です」と言った。

「進化型武器の進化に必要な素材数や経験値量で判断しました。一周で終わってしまうにはこれの強化や進化には必要な素材が多すぎます。だから、あのサンタや朱雀王は何度も倒せるボスなのではないかと考えたのです」

華の考えは、このエリアがイベントエリアってんなら同意できるものだった。しかしそれは推察でしかないし、不確定要素は多い。華に問うことはまだまだある。

「だけど一回で終わりかもしれないじゃないか？　その場合はどうするんだ？　始まりの洞窟に戻ってしまった場合は？」

「再びここに戻ってくればいいのです」

どうやって？　俺の表情で察したのだろう。俺が問う前に華は答えを言う。

「わたしと忠次様は単独でゴーレムに挑み、敗北することでここに送られてきました。ならばまた同じことをすればここにやってくることができると考えます」

「そうかもしれないが」

「ほかに疑問はありますか？」

「うーん……ない、な」

難癖をつけるように疑念をぶつけることもできたが、そういう主張は根拠のないただの妄想でしかない。そんなことを考えてしまえば華を呆れさせるだろうし、俺自身が妄想でがんじがらめになって動けなくなる。

華の方針の根本は『この環境を維持し、トレーニングをする』というものだ。

だから俺がほかに具体的な方策を持っていない以上、その『提案』を断る理由はない。

不思議と、元の岩場に戻れたら華と別れよう、という気にはならなかった。

特殊ステータスが現れていたからだろうか。

俺が思っているよりも俺のモチベーションは高いのかもしれない。

＊

「道中は走っていただきます」

じゃあ、戦うか、と『朱雀の養鶏場』に侵入し、俺が気合を入れた瞬間、華はそう言った。

唐突な提案に動揺の呻(うめ)きが漏れる。シャドウ御衣木さんを見て精神を落ち着かせ、華を見る。

なんの感慨も浮かんでいない表情で華はその提案を繰り返した。

「道中は走っていただきます。戦闘も少し工夫します」

敵はわたしの魔法でまとめて殲滅します、と華は補足する。

「それと、ついでにですが忠次様。試していただきたいことがあるのです」

それは奇妙な提案だった。この女にしては珍しくも遠慮がちで不安そうに首をかしげ、俺はその提案を鸚鵡のように繰り返した。

「『スキル』を意識して発動する?」

「はい。忠次様のスキルの『勇猛』です。それを使うときに心の中で構いませんので強く意識して戦意を高めてもらいたいのです」

……それになんの意味があるのだろうか。

俺の視線に、華は少し困った顔をする。いつも微笑むか淡々と提案をするだけのこの女にしては、初めての表情で、なんとも新鮮だ。

「初めに謝罪を。申し訳ありません。この提案は本当に根拠のないことで、無駄になるかもしれない試行です。トレーニングのついでにできればと思ってのことで。無駄になってしまえば手間をかけていただいただけ忠次様に申し訳がないのですが」

「あー……。まぁ言ってみろよ」

ありがとうございます、と華は頭を深く下げる。それに手を振りながら、俺は少しだけワクワクしている自分に驚いている。だってそうだろ。なんでも見通したように言う華がわけもわからずやってみたいと思っていることだぜ? そいつは一体全体なんなんだ?

「スキルにも、慣れがあるのではないかと思ったのです」

「慣れ……習熟度ってことか？」

「習熟度。そうです。そのようなものかと。わたしはただ戦うだけでなく、スキルに慣れ、使いこなせるようになれば特殊ステータスが現れるのではないかと思ったのです。……それでなくともスキルの強化、のようなものができるのではないかと」

「スキルに慣れることで、スキルが強化される可能性がある、と？」

「決意で特殊ステータスが現れるなら、わたしは、ない可能性のほうがあり得ないと思いますよ」

提案に対して、またまたぁ適当なこと言ってと華を詰る気にはなれない。

妙に察しの良い華の言うことだ。不思議とデメリットがないならやってみよう、という気になってくる。

昨日までの俺ならあり得ない心の変わりようであった。決意のおかげか。それともこの女のバイタリティに感化されているのか。両方か。

「まぁそれはいい。やってやるよ。で、走るっていうのはそもそもなんなんだよ？」

「そちらはただの運動です。ランニングをして体力をつけましょう」

戦闘をついでのように言う女の姿に自然と顔が引き攣った。この女の言うとおりに、この女を支配することなど俺にできるのかと、途方もない山を見たような思いがしてならなかった。

＊

大朱雀の巨大な肉体による突撃をシャドウ御衣木さんが受け止めた。

杖や何かで防いだとかそういうことでなく、文字どおり身体で受け止めていた。

影のような肉体、そのどてっぱらに炎に包まれた巨鳥の巨大な嘴が突き刺さっている。見るだけで気分の悪くなる光景だ。

ただ当然といえば当然で、シャドウ御衣木さんは痛みを感じたようには見えない。

それでも戦闘用の簡略化されたステータス画面を見れば、シャドウ御衣木さんの体力はかなり減っている。リーダースキルでダメージを減少しても1000近くのダメージを食らっているのだ。

俺たちは本日二回目の『朱雀の養鶏場』のエリア攻略を行っていた。

ここは通常戦闘の四戦目。敵は変わらず小朱雀が四体。それに大朱雀が一体だ。

奇襲を持つリーダースキルから始まった敵五体の攻撃のすべてを受け止めたシャドウ御衣木さんは平然と杖を構えている。

敵数は多いのに、同じく前衛に立っている俺に対して攻撃がないのは珍しいが、そういうこともたまにはあるのだろう。

そんなことを考えていれば俺たちにターンが回ってくる。

コマンド順は俺→華→シャドウ御衣木さんに設定してあるので、俺の行動からだ。

「ぉおおおおおおおおお!!　『勇猛』!!」

まずはスキルの発動。以前はなんとなく惰性でやっていたスキル発動を、やるぞ！　やるぞ！　やるぞぉ！　そういう気分でスキルを発動させる。

これで何が変わるのかはわからない。だが、変化を求めるのならば、強い意思でやらない限りけしてそれは叶わない。だから俺は俺の意思でそれを行う。始まりが華の言葉であったとしても、この決断は俺のものだ。

ちなみに、フレンドシャドウが前衛にいるのに、わざわざ俺がモンスターのターゲットになってしまう前衛に立っているのは、前衛でないと『剣』カテゴリの武器は『攻撃』ができないからだ。

さて、正直この後の華の魔法があれば俺の『攻撃』はまったく意味のない行動ではあるのだが、これも華いわく『試行』だそうだ。

きちんと攻撃の意思を持って攻撃をする。相手に痛撃を与えることを狙って攻撃を行う。

重要なことらしい。なので動くことを意識して、待機位置から走って、剣を大朱雀に叩きつける。意識しなくとも身体はオートで動くが、こうして意識するとオートじゃなくなる。気を抜けばオートで身体は動かされてしまうが、気合を入れて自分の意思で剣を振るう。

「おらぁ‼」

俺自身のＡＴＫと朱雀剣のＡＴＫの合計数値が大朱雀のＨＰを大きく削る。

俺の身体がオートで元の位置に戻ろうとするので、どてどてと不格好だが走って戻る。実のところオートで戻ってしまえば戦士や盗賊の前衛はスタイリッシュにスタッと戻れるし、疲れないのだが、やると決めたらやらねばならない。そういう真面目さがなんか、強くなるために必要なんじゃねぇかなぁ？　疑問が浮かんでくるものの、胸のうちに沈めておく。

ここだけの話。あのずばって斬ってシュタって戻るオート特有の超人感が俺は好きだった。

そんなことを考えていても時間は進む。俺の行動が終わり、華の行動だ。

祈るように手を組んだ華が「スキル『三対神徳【信仰】』」と呟いた。今まで聖女と言えば御衣木さんのイメージだったが、こうして祈る姿を見ると華もまた何か貴い存在のように見えてしまう。

(ただ、今までの行いのせいか、俺の中で華の人格面の評価がだだ下がってるよな)

俺や華、シャドウ御衣木さんの身体を空から降り注いできた光の膜が包み込む。華のスキル。1ターン限定『無敵』のステータス付与だ。

戦闘自体は1ターンで終わる。だが華もスキルを強化したいようで、こうして攻撃の前に自身の持つスキルを使っていた。

「神ノ風」

華が朱雀魔杖を大きく振るい、敵陣の中に発生した風の刃が敵を切り刻んでいく。

大朱雀も小朱雀も関係ない、モンスター達のHPが0になる。

戦闘終了を告げるファンファーレが鳴り響く。ドロップアイテムやゴールドが表示されたウィンドウに並んでいる。

そんな中、華がくるくると魔杖を振り回し、それっぽいポーズをびしっと取って俺をちらりと見てくる。どうしてか期待の籠もった表情。懇願するような、熱い視線。

「戦闘が終わったときに、勝利のポーズでも作りましょうか」

「……なぜ?」

「かっこいい忠次様が見たいからです」

無茶を言うな、と思う。

すらっとしたモデル体型の華がやれば何をやろうと感嘆するようなポーズになるだろう。だが俺には似合わない。人には分ってもんがあるんだ。あの魔杖くるくるだって、座古や茂部沢がやれば失笑を誘うようなものになる。道化にはなりたくない。華の提案を俺は切って捨てた。

「却下だ。却下」

えー、と不満そうな華を前に、俺は剣をひゅっと振るとアイテムボックスの中にいれる。血振りに意味はない。ここのモンスターを斬っても血などつかないが、なんとなく戦いが終わった、と心のスイッチを切るのに便利だったからだ。

なにしろ戦闘が終わったらランニングだ。バトルだ！って気分で走るのはなんか嫌だろ。

「で、華。なにじーっと見てんだよ？　これからボスだろ？　早く行こうぜ」

変な女だ。提案を断ったってのに、華はどうしてか目を輝かせて、嬉しそうに俺を見ていた。

＊

名称【新井忠次】　レアリティ【R】
ジョブ【戦士】　レベル【24／40】
HP【2800／2800】　ATK【1400】
装備武器【朱雀剣】

名称【神園華】　レアリティ【LR】

ジョブ【魔法使い】　レベル【20／100】
HP【2000／2000】　ATK【2500】
装備武器【朱雀魔杖】

＊

異常な速度だ。半端じゃない効率だ。たった一日でこれだけレベルが上がるなんてのは。

いや、違う。きっと『始まりの洞窟』が長居するような場所じゃなかっただけなのだ。

こうして考えて動くようになってようやく理解できた。きちんと考えて動けば、きっともっと早くにあのエリアから俺は脱出できていたのだと。

「で、ボスだけど。今度こそいけるか？」

「はい。計算上は。それで忠次様、パーティー設定の変更は終わっていますか？」

華の言葉に頷く。道中じゃ必要がなかったのでシャドウ御衣木さんはコマンドの最後に置いていた。だけれど、今回はこの人を行動順の一番初めに回す。

「相手のリーダースキル対策に関しては、これでいいな？」

「はい。コマンド順を変更したことで対応できます」

ボスエリア。相手のリーダーは『朱雀王』だ。リーダー効果は『奇襲』と『炎上』。

奇襲で相手のターンからの行動開始となり、そのうえでこちらのパーティー全員に『燃焼』のバッドステータスを与えてくる。

『燃焼』。こいつは俺たちの身体を全身火だるまに炎上させる最低のバッドステータスだ。こいつを喰らったなら生きながらに燃やされて行動しなくちゃならなくなる。

状態異常としても最悪で、効果としては、HPを毎ターン500削り、かつ行動不能にする恐ろしい状態異常である。

これだけだとフレンド含めて三人しかいないこちらが詰んでいるようにも見えるが『燃焼』の行動不能は『攻撃』や『防御』ができないだけなので、アイテムやスキルは一応だが使える。

もっとも使えるようなアイテムは持っていない。だが、シャドウ御衣木さんを最初に行動させることでスキル『三対神徳【慈愛】』によるバッドステータスの解除が行えるのだ。

前回の敗北。手も足もでなかった。湧き上がってくるのは悔しさだ。何もかも足りなかった。

奴らは強い。先制の『燃焼』に加えて『朱雀王』の攻撃は全体攻撃だ。

最悪の戦いだった。HPの低かった華が朱雀王の攻撃と『燃焼』によるダメージでこちらのターンに回った瞬間に一番初めに死んだ。御衣木さんのパーティースキルによるターン開始回復もあるが、LRレアリティであろうとも魔法使いである華自身の最大HPが低すぎ、まったく回復ができていなかった。そうなれば当然、俺たちに敵を倒す手段はなく、俺が殺され、シャドウ御衣木さんが殺されて戦闘は終了。死に戻りと相成った。

(皮肉なもんだな……。敗北で対策ができるってのは)

シャドウ御衣木さんを最初にすることで『燃焼』対策とした。

華が最初に落ちる問題も、レベルの上昇と武器によるHPの増強でなんとかなった。

「華。勝つぞ」

「はい。忠次様」

俺の宣言に華が応え、俺たちは巨大なクリスマスツリーの見える広場へと足を踏み出した。

―『ボス【シャドウサンタ】』『ボス【朱雀王】』との戦闘を開始します―


ポーン、とアナウンスが俺たちのステータスウィンドウに表示される。

同時に、劫火(ごうか)を纏(まと)って上空高くから垂直に落ちてくるマッチョの鳥人間『朱雀王』。

空の彼方(かなた)より、黒いソリから爆弾を地上に落としつつ影のようなサンタが襲来する。

凄(すさ)まじい威圧感と共にボスが並び立つ。同時に、『大朱雀』が二体出現し、甲高い声をあげた。

俺は、剣を構え、戦意をボスどもに向ける。

システムに支配される戦闘でこの戦意は無意味かもしれない。だが、シャドウ御衣木さんに猛攻撃が集中し、初手で死ぬことを防ぐためにも俺は気合を入れて前衛に立つのだ。

「さぁ、糞ボスどもよ。盛大にやろうぜ」

今回の戦い。俺の役目は徹頭徹尾決まっている。

僧侶と魔法使いを殺させないために肉の壁になる。それだけだ。

＊

――『朱雀王』のリーダースキル『朱雀王降臨』が発動――

――『奇襲』『炎上』の効果を発動します――

――『奇襲』によりエネミーターンから開始します――


雪がしんしんと降り積もる中、上空から神々しく降り立った朱雀王が閃光を放つ。

轟音と共に周囲が炎上。雪が吹っ飛び、むき出しになる大地。

だがそれだけで終わりではない。炎はまるで意思を持ったように俺や華、シャドウ御衣木さんの身体にまとわりつくと一気に燃え上がる。

「ぐあああああああああッ」

これ自体にＨＰを減らす効果はないものの、炎と熱と苦痛は耐えがたいものがある。どうにかしようと動こうとも、どうやっても動くことはできない。

『エネミーターン』だからだ。

コォォオォォオオオ、と嘴から焔を噴き出す朱雀王が筋骨隆々の両翼を大きく広げた瞬間、熱波が生み出され、膨大な熱量が俺たちのパーティーを蹂躪する。

あまりのダメージに熱いんだか痛いんだかがよくわからなくなる。『燃焼』のバッドステータスで燃やされながら朱雀王の攻撃でまた燃やされたのだ。悲鳴を上げたくともその悲鳴がまず出ない。肺の中に炎が入り込んだかのように、口や目、鼻から炎を吐き出すしかない。

生物として俺たちは終わっていた。こんなもの、どうすればいいのか。ＨＰゲージを見るような余裕もない。苦しい。辛い。そんな感情が浮かぶ余地などない。ただただ耐える。燃やされる。

華やシャドウ御衣木さんはどうなっているのか。わからないままに次の衝撃がやってくる。

『ほっほっほー！』巨大な暗黒の袋を担いだシャドウサンタが上空へと飛び、シャドウ御衣木さんに何かが詰まった真っ黒な袋で殴りかかる。ぼっこんばっかんとシャドウ御衣木さんの身体が宙に浮き、地面に叩きつけられる。大きくＨＰが削られ『暗闇』のバッドステータスがシャドウ御衣木さんに付与された。

これだけでパーティーは壊滅寸前だってのに、大朱雀が俺と御衣木さんに突っ込んでくる。えぐられ、突かれ、蹴り飛ばされる。体力が破滅的に減らされて敵のターンは終了する。

猛攻に次ぐ猛攻。圧倒的すぎて涙が出てきた。

だがそれで終わりではない。こちらのターンになった瞬間『燃焼』の効果によって俺たちのＨＰが５００削られる。これは状態異常なので華のリーダースキルの効果は適応されない。

死にそうな意識の中、ステータスのＨＰを見ればこちらの陣営はガタガタで膨大なシャドウ御衣木さんのＨＰはともかく俺と華のＨＰは１０００を切っていた。

朱雀王がもう一体いたならば、こちらにターンが回ることなく俺たちは全滅していただろう。

―味方パーティーのターンを開始します―

「スキル『三対神徳【慈愛】』」

こちらにターンが回り、シャドウ御衣木さんがスキルを使う。継続的に身体を覆っていた炎が消滅し、呼吸ができるようになる。

そして御衣木さんが「みんなに癒やしを」と回復行動を行い、こちらの体力が全回復……いや、さすがに御衣木さんの削られまくったＨＰまでは回復しきらない。とはいえ最大ＨＰの低い俺と華は全回復しているし、御衣木さんも全快ではないが、八割近くまで回復していた。

御衣木さんの行動は終わる。そして俺のコマンド。

「『勇猛』‼」

スキルを発動するぜ。さんっざんにやられたのだ。怒りは頂点に達している。その激昂（げきこう）をそのままにスキルに込め、味方全体の攻撃力を上昇させる。小上昇の倍率は１・１倍でけして高くはないが、華の攻撃力は元から高いので十分助けになるだろう。

「おらぁッ‼」

そしてそのまま突撃して朱雀王に斬撃を浴びせる。俺はまだ大朱雀を倒せるような攻撃力があるわけではないのでぶっちゃけ敵のどれを狙っても変わらないが、斬ることで晴らせる鬱憤がある。

怨敵の肉を切り裂いた感触に満足しながら元の位置に戻る。コマンドが華に回る。

「『三対神徳【信仰】』」

祈りを捧（ささ）げた華が味方全体に１ターンの『無敵』を付与する。

この瞬間、こちらの勝ちが八割方決まった。

だけれど、俺の腹の中には堪（こら）えきれぬ激情があった。燃やされてもう一度燃やされて、嘴をどてっぱらにぶち込まれたんだ。殺意と敵意がカクテルとなって脳を灼く。

手に持った剣を強く握りしめる。『命令』だ。背後の華へ犬歯をむき出しにし、それを発する。

「華ァ。奴らを殺せ！　絶対に許すな!!」

この瞬間をなんといえばいいのか。一瞬。ほんの一瞬だけまるで華が俺の殺意の延長であるかのような錯覚が——

「はい。よろこんで」

俺の激情をそのままに、華の風が敵陣を蹂躙した。

＊

華の必殺技が膨大な体力と攻撃力を誇ったシャドウサンタを細切れにした。

ぎりぎりの戦いだった。華がくるくると魔杖を振ってふぅ、と息を吐く。次のターンまでもつれ込んだらシャドウ御衣木さんは死んでいた。その後は華。そして負け。危なかった。

戦闘が終わったことにより、俺が死体状態から復活する。

ファンファーレが鳴り響く。


—『ボス【朱雀王】』『ボス【シャドウサンタ】』を撃破しました—

—『エリア１【始まりの洞窟】』へ帰還できます—

『YES』『NO』の表示が出たので戸惑いなく『NO』を選ぶ。

やるべきことがあるのだ。強くなるためにはここに残る必要があった。もちろん再びの帰還には、またこの激戦をくぐり抜けなければならないが、華がいるならなんとでもなる。

「終わったな」

「はい。忠次様」

健闘を称え合おうとお互い近づきあったところで、ウィンドウが一つのメッセージを表示した。


――『エリアボス【第一の悪魔・傲慢の王】』へ挑戦できます――


そして『YES』『NO』の表示。

は？　と恐れるようにして華を見る。まだ、先があるのか？

これに挑むのか？　と視線で問えば、華はこちらへ含みのある視線を向けてくるだけだ。

（ち、俺に選べっていうのか……）

思い出すのは朱雀王たちへ挑む前の華との会話だ。そう、いずれ挑むのなら今挑もうが後で挑もうが関係はなく、むしろ今挑むことが重要。敗北しようとも戦うことで対処法を推察できる。

息を吸う。特別エリアという言葉。推奨レベルを想像する。30か。それとも40か。

そもそもが二人で挑んでも大丈夫な敵なのか。想像するも、そこには楽観がある。

（それが未知ってんなら、この先で確かめればいいってな）

後悔は先に立たない。そして、俺はその選択の先で――

―『孔雀王ルシファー』のリーダースキル『跪け、傲慢たるや悪逆の天』が発動―

―『恐慌』『攻撃力低下（中）』『オートカウンター』の効果が発動します―

＊

「ありえん……」

自分の言葉に自分で驚く。何が起こってる。なんだこれは。なんなんだこれは……。

バトルの開始と同時に出現したのは、巨大で不遜で傲岸な孔雀だ。エフェクトも派手に、その飾り羽より大量の巨大な目玉が空間に放出されていく。

この場に残るのは闇と目玉だけ。白い雪景色は欠片を残すことなく消滅した。

狂気的で精神がおかしくなる光景だった。嘔吐しそうなほどの気持ちの悪さ。

孔雀王……。巨大な孔雀。これが、ボスか？　ボスなのか？

孔雀のＨＰバーを見れば『孔雀王ルシファー』の表示。これか。これが本当のボスなのか⁉

そしてさらなる絶望が追加される。三体の朱雀王が暗黒の空より降ってくる。鳥頭の筋肉男のご登場だ。しかしまったく冗談ではなく普通に脅威でしかない。一体も敵を倒せず相手にターンが渡った瞬間、ここで死ぬことが決定したからだ。

目玉。孔雀王ルシファー。三体の朱雀王。すべてが俺たちを全開の殺意で睨みつけていた。

場に満ちる濃密な殺意は今までの戦闘すべてがまるで幻だったかと思うほどに次元が違う。これが本物なのだと思った。今までは戦闘がお遊びでしかなったのだと認識する。どうにもならない敵がいるのだと知らされた。

だが、だが、どうしたというのか。この胸の高鳴りは。尽きることのない憎悪は。

——俺を見下してんじゃねぇよ。

先の戦闘で華と通じた瞬間から俺の中で育っているものがあった。

それが何かはわからない。だがけして愛ではなく恋でもなく、正義でもなく善でもなく。

それはきっと悪徳に属するものなのだろう。

だけれど、俺の中で盛大にビビってる小胆に、その何かは膝蹴りカマしながら叫ぶのだ。

——あいつらぶっ殺せ。

もちろん外面は恐怖で冷や汗たらたらだ。だけれど。だけれどだ。「おう、そのうちな」と俺はその奇妙な存在に苦々しく笑いながら応えておく。

こいつがいるおかげで俺の戦意は挫けていない。レベルを上げて必ず殺す。その決断ができる。

そんな中。崩れ落ちる音。背後を振り返れば華が地面に膝を落としていた。

（おいおいマジかよ？　この女がビビってる？　ありえんぞおい）

あの華が両肩を抱きしめて震えるようにおびえている、だと……。

「華！　どうした!!」

「む、むりです。もう、どうやっても……わたしたちは……こんな……こんなもの……モンスターであるはずが……」

「あぁ!?　馬鹿言ってんな!!　さっさと立て!!　そいつをこれから確かめるんだろうが!!」

お前が言ったんだろう。何度でも死ねるんなら挑むことに無駄はねぇって。もちろん、俺たちは今から死ぬ。死ぬが、ここでの情報はこの後必要なものだ。殺す手順を整えるためにも。

何度目の挑戦で殺せるかわからないが、挑んだ以上はやるぞ。なぁ、おい、お前もだぞ華。

（俺がやる気になってんだ。お前が嫌がっても、是が非でも付き合ってもらうぜ）

自身より立場の低いものを見下す悪癖。座古たちと決裂した俺の問題の一つたる性根。『小胆でありながら傲慢』。最低の性格だと恋人に言われたこともあるそれが今、ここぞとばかりに力を発揮していた。

そう、そうなのだ。それこそが先ほどから、俺に力を与えていた俺の悪性。俺の本質。

——嗚呼。俺は、この瞬間、華を見下していた。

「華ァ！　立て！　早く立て!!　こいつらにぶちかませ!!」

しかし、おかしい。

奇襲の効果はない。こちらのターンだ。だというのに、コマンドが来ているはずのシャドウ御衣木さんに動きがない。

全体のステータスから彼女に『恐慌』が付与されていることはわかる。『恐慌』、初めて見る状態異常だがステータスをタップし、それが『行動不能』になる状態異常だとは理解できた。炎上のようにダメージはない。だけれど、それなら身動き一つできないということはないはずだった。

動けなくともせめてスキルは使えるはずだ。シャドウ御衣木さんのスキルが使えれば『恐慌』は解除できる。華が動けるようになる。華のスキルによって『無敵』になれるはずだった。

何をやっているんだと隣を見れば、何事にも動じないはずのシャドウがふるふると身体を震わせていた。この空間に満ちる何かにおびえていて動くことができていない。異常事態だった。

舌打ち。どうしてかフレンドシャドウがバグっている。

すぅ、っと頭の中を冷やしていく。こういうときにこそ冷静になれ、だ。コマンドは一分ほど放置すると自動で『何もしない』が選択されてしまう。早くこれをどうにかしなければならない。

「フレンドッッ！　このポンコツが、動け‼」

一喝する。華と通じた先だっての感覚を取り戻しながらの叫び。しかし届かない。俺はいまだこの感覚を完全に理解しているわけではない。『命令（オーダー）』は届かない。そうこうしているうちに俺にターンが回ってくる。糞が。

「おぉおおおおお！　『勇猛』‼」

活を入れるためにも戦意全開でスキルを振るう。だが華もシャドウも立ち上がらない。

詰みだ。この様子じゃ俺の行動が終わって華にターンが回っても何もできはしないだろう。

俺たちは孔雀王どころか朱雀王に蹂躙されて死ぬ。殺される。

「忠次様……もうしわけ、ありません」

無念そうな華の言葉。戦闘ではもう何もできない。

だけれど、俺はここで、自分に選択肢があることに気づいた。

華を優しく慰めるか、悪意たっぷりにこき下ろすか、だ。

そして傲慢たる俺は、華に『同情』をしなかった。

「華ァ。あとで尻叩きだ。このグズめ」

「あぁぁッ……忠次さまッ……」

(この糞ったれの変態女がッ!!)

尻を叩かれるというのになぜか喜びを声ににじませる華の呻きに、ペッ、と唾を地面に吐く。

華への対応。これもこれから踏み込んでいかなければならない点の一つだった。

強くなるなら、あれの扱いを覚えなければならない。先の感覚。配下を殺意の延長とする手法。

この急場。ギリギリの死地にて俺は覚醒していた。選ぶべき道が、未来が見えていた。


——決めた。

孔雀王ルシファー。この糞悪魔めが。俺を見下すこのゴミをぶち殺してやる。絶対にだ。

暴力的な自分に驚くも、それは、不思議ではなかった。

俺はいつだってこうだった。

『小胆にして傲慢』。

見下されることが絶対に嫌だった。

小学生のときから俺はそうだった。俺は教師や偉そうなガキ大将どもに嚙(か)み付いていた。感情の、衝動の赴くままに振る舞っていた。だから俺は孤立した。

ジューゴと出会ったのもそのときだ。

好奇心の塊で、奇行ばかりしていたジューゴ。俺と同じく孤立していたジューゴ。

そんなジューゴの傍らで、御衣木さんは笑っていた。

おもしれぇなお前、とジューゴは言った。

お前もな、と俺はジューゴの手をとった。

そうして俺たちは仲良くなった、はずなのに。

いつからだ。俺がこの傲慢を失い。ただ小胆なだけのつまんねぇ糞に成り下がったのは。

俺は、もっとすごかったはずだ。強かったはずだ。偉かったはずだ。

ああ、畜生。俺の原罪(ルーツ)は、悪性はどうして失われた？

いつから俺は栞(しおり)を御衣木さんと呼ぶようになった？

（だが、遅くはねぇよ。なぁ）

――この傲慢が胸のうちにあるならば。

手の中からこぼれ落ちたものが戻ってきたような感覚だ。俺は強く、強く剣を握った。

あのときの俺は無敵だった。ジューゴと、御衣木さん。いや、栞と三人でなら、なんでもできると思っていた。

教師へのいたずら。ガキ大将への報復。パンツめくり大会。女子の着替えを覗いたこともあった。止める栞を振り切って工作室を占拠してジューゴと二人で大作を作ったのは楽しかった。

過去の俺は光り輝いていた。そして、ならば、今からの俺も輝けるはずだった。

「ははッ。はははッ。ははははははははッ!!」

攻撃だ。傷を与えてやる。孔雀王！　傲慢だと。傲慢の悪魔だと。それは。それはッ。

「その傲慢は、俺のものだ!!」


―『オートカウンター』―


俺が孔雀王に剣をぶち込み、奴の膨大なＨＰをカスみたいな量だけ削れたと思った瞬間に、奴の羽根が俺の腹を貫いていた。

ＨＰゲージが一瞬にして0になり俺が即死する。

朱雀王戦では平気だったというのに、俺が本当に死んだかのように華が絶叫を上げていた。

魂だけの俺は俺の死体の側に浮いている。

俺は苦虫を噛み潰したような顔で、腹を貫かれ、羽根で細切れにされた俺の死体を見下ろした。

「脆弱すぎる」

俺の肉体は弱すぎる。レベルを上げろ。特殊ステータスを取得しろ。エピソードを構築しろ。武器を進化させろ。強くなる手段はあまたある。やらなければならないことが山ほどある。

そして悲鳴を上げ、叫び続けるだけの華を見る。あれではスキルを使うどころではないだろう。

結末は見えていた。

「あの女もどうにかしねぇといけねぇ……」

無敵だと思っていた華は、俺が思うよりも柔弱だった。

俺が孔雀王に勝利するためには、華を完璧に扱えるようにならなければならなかった。

取っ掛かりは見えている。華の使い方は先の戦いで覚えている。身体の延長であるかのように。

俺が剣を持つように。拳を握り、振り下ろすように。そういうふうに使うべきだということ。

泣き叫ぶ華によって無意味に一分が経過する。エネミーターンに移る。

朱雀王たちが称えるように孔雀王を見ていた。

華が絶望の視線で羽を広げる孔雀王を見上げていた。

絶叫。雄叫びが轟き、闇に塗りつぶされるようにして華とシャドウ栞が即死した。

「クソ、全体攻撃か……」

闇の中に華の魂が浮かび上がっている。自分の現在位置を見失ったかのように華の魂が叫びを上げていた。情けない敗北。何もできなかった。それでも希望を捨てるわけにはいかない。俺の魂の問題だった。俺が、俺であるためには必要なことだった。

「必ずぶち殺す。必ずだ」

『戦闘終了。リスタート地点に戻ります』表示されるメッセージ。

だけれど俺はまったく絶望しなかった。どうしてか魂が自由になった気がしていた。

今までの俺がまるでグズのように見える。

――『小胆にして傲慢』。

かつて、俺は小さな世界の小さな暴君だった。

同時に思い出すのは栞の泣き顔だ。だが、それでも、それでも俺はこの悪性が……。

＊

―新井忠次は『エピソード2【傲慢の大罪】』を取得しました―

『エピソード1【決意】』

効果：『大罪属性』に強い耐性を持つ。『魅了』『恐慌』『狂気』『気絶』を無効化する。

『新井忠次』は『剣崎重吾』とパーティーを組むことができない。

『エピソード2【傲慢の大罪】』

効果：『大罪属性』に特攻（1・5倍）を持つ。『大罪属性』に強い耐性を持つ（重複可）。

『大罪【傲慢】』に適性を持つ。

＊

「おらァッ‼」

朱雀の養鶏場の岩場に蘇(よみがえ)った俺は同じく隣に立っていた華の尻を大きく振りかぶった手のひらで、すぱぁんと叩いた。

華の尻は程よい肉付きと柔らかさを持っており、そのまま揉(も)みしだきたくなりそうなほどの素晴らしさと依存性を内包している。これこそまさしく神の芸術と言っても過言ではない黄金の価値を持つ尻肉。かつて小学生の時分にパンツめくり大会と称して子供大人問わず様々な尻を見てきた俺としては最上級の評価を与えてもよかったがそれはまずは置いておく。

「もうしわけありません」

戻ってきて開口一番華はそう言った。それだけだ。言い訳をしない。

ただ申し訳なさそうに華はその長身を縮こまらせた。もっとも俺に尻を叩かれたせいか少し頬が赤く、嬉しそうに見え、俺は華の柔らかな頬をつねりあげた。あうあうあうと涙目の華。

「罰として今日の間は俺の半径三十センチに侵入することを禁じるからな」

「あ……は、はい……」

いいぞ。なんか俺が初めて主導権を取れてるような気がする。

同時に、こいつ相手にはとにかく強気でガンガン攻めるのが良いのだと理解した。それにだ。この程度ならこいつは怒らないようだ。人によって傲慢の使い方を変えなければ、相手がキレたりキレたりキレたりして面倒なことになるのは小学生の時分で理解しきったことである。

さて、それはそれとして頭を切り替えていこう。

「で、勝てるのか？　あれに」

「わたしでは無理です。ですが……」

その言葉に眉を顰める俺。いきなりこれか。

まぁ本来四人でパーティー組めるとこを二人だからな。仕方がないとはいえ、その歯切れの悪い口調はなんだ？

「ですが、なんだ？」

期待を込めた目で俺を見る華。

「忠次様次第だと思います。わたしには、あれを評することはできません。恐ろしくて無理です」

「恐ろしい？　いや、確かに別格だったが、あれに華がそこまでおびえるほどの力があったか？」

華は後衛だから殴られ慣れてないとか、そういう話ではない。こいつは朱雀王に一度燃やされながらも挑むこと自体は諦めなかった女だ。

孔雀王ルシファーは強い。強いが、そこまで絶対的な存在だったかというと別である。

あれは殺せる。俺にはその確信がある。そんな俺を華は眩しそうに見つめてくる。

「忠次様は、あれに強くあれるのですね。それがきっとあなたの資質なんでしょう」

どういう意味かはわからない。だけれど、あの戦闘中の様子はただ事ではなかった。華もそうだが、感情のないフレンドシャドウでさえどうしてか立ち上がれなかったのだ。

「……無理なのか。お前じゃ」

端的に問えば、はい、と頷かれる。

「ただ、戦闘の間、忠次様が死なずにフレンドも含めて鼓舞し続けていただければわたしでもなんとかなるかもしれません」

『勇猛』で少しだけ勇気が出ましたから、と華は言う。

「死なずに……か」

それは、どうやっても難しいことだ。シャドウ栞のHPが一撃で全損したのだ。武器のステータスを合わせればHP6000を超える栞のステータスで、だ。

いかに戦士のクラスでHPが上昇しやすいとはいえ、レアリティの低い俺では難しい話だった。

いや、『防御』すればいけるか？　防御すれば敵の攻撃は半減できる。

「生き残るだけなら、それはなんとかなるかもしれない」

「そうですね。防御し続ければなんとか……」

いけるか？　と俺が制限したギリギリの距離に座っている華に問えば、

「これから、とにかくレベルを上げましょう。わたしにももしかしたら『大罪』に効果のあるエピソードが現れるかもしれません。忠次様のように」

「俺のように……？　どういうことだ？」

「忠次様。孔雀王の持つ属性はおそらく、忠次様がエピソードで耐性を持つ『大罪属性』です」

＊

七つの大罪。そんなものを聞いたことがある。

ゲームもラノベもまったく知らない華は原典であるカトリックのものをあげてくるが、俺には七つの大罪ってのはゲームやラノベで頻繁に使われた単語としてしか印象がない。

「人を罪に導くもの、でしょうか？　わたしも触りだけを聞いたことのある程度ですが」

「ああ、いや。たぶんこの件に関しちゃ俺のほうが詳しい、と思う」

これに関しては元ネタであるキリスト教の大罪よりは現在のサブカル事情のほうが正しい気がする。

七つの大罪『傲慢』『憤怒』『嫉妬』『怠惰』『強欲』『暴食』『色欲』。

七つの罪、なのか？　その辺りはよくわからないが、要はそういうものがあって。それに対応する悪魔がここでは出現している。

大仰な名前がついちゃいるが、ラノベやゲームならそれは強力なスキルや武器や仲間として主人公の敵や味方が使ってくるものである。

「で、ご多分にもれず強いスキルにそういう名前がついてるだけ、って感じだと思うけどな。華の枢要徳も似たようなもんだろ」

「こちらも宗教用語ですが、そうなのですか？」

「とにかく強そうでかっこいいから適当に引っ張ってこられるんだよ。で、その大罪属性か。確かに、なんとなくそんな感じはするな。あの偉そうな糞孔雀」

ニュアンスとしては火属性とか風属性の上位属性かそもそもカテゴリには含まれない属性って感じだ。で、この世界じゃ、そいつに耐性がないと精神に直接攻撃してくることか？

気分はルールに従って戦っていたのに凶器アリアリの場外乱闘を仕掛けられた気分である。

とはいえ、大罪で動けなくなった華の絶望感はわからないでもない。戦場の気配というべきか。

あのとき、あの場の雰囲気が変化していたことは確かだ。

魂を鷲摑み（わしづか）にされたような感触。逃げ出せるなら逃げ出したいと思わせるようなそれ。

耐性のおかげか、幸いにも俺には薄くしか効果がなかったが。

「なるほどな。なんとなく摑めた。が、それはお前が言うスキルの鍛え方みたいに『耐性』を取得できるものなのか？」

俺の言葉に華が眉を顰めた。

俺の言葉に顰めたというよりもこれはあの場面を想像してのものに見える。

「どう、なのでしょうか？　あれを受け続けて耐性のできるものならいくらでも受けますが」

恐る恐る華は続きを口にする。

「あれはそういうものではなく、そもそも資質がなければいくら受けても耐性は現れない類いのものなのでは？　いえ、そもそも攻撃を受けて『耐性』がつくという考えは少し違うように思います。忠次様のエピソードも大罪の攻撃とは別に発生したものですし」

「ゲームならそういうもんだと思うんだが。華の理論であるところのスキルの強化も『慣れ』だろ？　なら攻撃も『慣れれば』生えてくるんじゃないのか？　エピソードとか」

「スキルは感覚を摑めば上手になるという確信がありましたが、餓死はいくら餓死しても慣れませんでした」

言われて、自分は残酷なことを言っているなと思った。俺は耐性があるが華は耐性がない。攻撃を受け続けることでひどく苦しむのは華だけだ。

「それに、わたしがスキルを試してほしいと言ったのはそれを行うのにデメリットが少しの手間以外になかったからです。もちろん忠次様がどうしてもあの攻撃を受け続けてほしいとおっしゃるなら否やはありませんが」

この三ヵ月俺もゴブリンの攻撃を受け続けていたが『耐性』というものが現れたことはなかった。

いや、そもそもスキルにしたって鍛錬は始めたばかりだ。意識して発動するということで強化できるかも、という推測でしかない。

そしてスキルの発動に手間以外のデメリットはないが、孔雀王の攻撃を受け続けるということは俺たちのストレスを上昇させ続ける大きなデメリットがある。

そう、『耐性』なんてものではなく、もっとひどいエピソードが生まれる可能性がそこにはある。

「わかった。やめとこう」

俺の言葉に華があからさまにほっとした顔をする。小癪だったので手を伸ばして頬を引っ張れば嬉しそうな顔をしながらひんひんと泣く華。わざとっぽいなぁてめぇ。

とはいえ、俺の言うことならなんでもはいはい聞きそうな華にも嫌なことがあるのだと理解した。同時に俺が自分の身体について多少無頓着になっていることも。

耐性実験はもちろん華だけでなく俺も突入するつもりであったからだ。孔雀王に殺され続けるのは俺も同じだったのに。割と気軽に提案をしていた。

死ねば、死ぬような痛みではなく、実際に死ぬ。戦闘では実際に。頭をカチ割られれば痛みと死の苦痛に苦しむのだ。

傲慢。自分の肉体が自分のものではなく『俺』の従属物であるという感覚になっていた。

かつての感覚に近いものを覚える。怒られても殴られてもいたずらをやめなかったかつての俺。

それは、俺の意識が肉体の痛みを下位のものと捉えていたからだ。自分に無頓着で、自分を大事に思っていないからだ。

結果を得るためならば自分などどうでもいいと思っているからだ。

(そう。俺は、そういう俺だった。だけどジューゴと一緒に無茶苦茶やってるうちに栞に泣かれて。やめて。これを忘れた……)

そして小胆だけが残った。弱くなった。その弱さは元の世界じゃ心地よかったけれど。ここでは邪魔なものでしかなかった。

(っても、身体が壊れるぐらいであれを潰せるなら、いくらでも壊してみせるが……。そういう話じゃねぇんだよな)

まずは勝てる道理を積み上げなければならない。そこには当然ながらステータスの優越が必要になる。レベル上げ。必要なのはまずレベル上げか。ならば。

「それはそれとしてだ。朱雀王やサンタのドロップを確認しようぜ。何かあるかもしれない」

俺たちは力不足だ。で、不足を埋めるにゃ、できることから行う。まずはアイテム確認だ。

『アイテムボックス』を開けば問題なく新規アイテムが『アイテムボックス』に追加されていた。

ほっと胸を撫(な)で下(お)ろす。サンタ戦が孔雀王戦に含まれてて、その負け扱いでドロップはないとかだったら殺意でどうにかなりそうだったからな。

(四体いたから。ドロップは四つか？　いや、ん？　六つあるな。ボスはドロップが二つなのか)

確かに、あのめちゃくちゃに強い奴らのドロップが一つとかどんなクソゲーだって話だ。

久しぶりに良心的なことに少しこの世界の運営様(かみさま)を見直した。いや、ここに叩(たた)き込(こ)んだことを考えればクソなことには変わりねぇが。

「で、サンタのボス素材は『シャドウサンタソウル』と『プレゼントボックス』か？　ソウルはただのソウルで。説明文によりゃ、ボックスは換金アイテムかフレポか武具強化アイテムがランダムでどれか一つ取得できるっぽいな。朱雀王は『朱雀王肉』と『朱雀王大翼』。どちらも素材だな。肉のほうはＨＰが一時的に５００も増量するみたいだ。結構すごいぞこれ。大朱雀二体からは『朱雀大骨』と『朱雀大嘴』。武器育てるのに必要だが、苦労の割にはこんなもんか」

まぁ、大朱雀に関しては道中でも倒せるからこんなものだろう。

どちらかといえば俺としては朱雀王のドロップがうまい。八時間もＨＰを５００強化するってというのは、かなり以上にめちゃくちゃすごい気がする。

やっぱ孔雀王ルシファーを倒すなら、まずは地道に己を鍛えることが優先か……。

「こちらも似たようなものですね。ですが、これはレシピ？」

華がアイテムを見て首をかしげた。とはいえ俺の言いつけを守ってこちらに接近してこないのでそのステータスを覗くことはできない。

なのでこちらから近寄ると華が嬉しそうにアイテムウィンドウをこちらに見せてくる。

尻尾でも振ってるような幻影すら見える喜びよう。犬みたいだが撫でたら絶対につけあがるか。

名称【サンタコスチュームレシピ】　レアリティ【なし】
効果：武具合成に『サンタコスチューム』を追加する。
説明：素材を集めて冬の生誕祭の準備をしよう。

「なんだこれ？」

「ミニスカサンタ衣装というのが武具合成に追加されていますね」

「ミニスカァ？　なんでミニスカ？　つか、武具合成ってなんだ？」

「レシピを手に入れたら追加されてましたけど。わたしにもよくわかりません」

また新要素か。呻きながら華の画面を注視する。

「レシピ装備の必要素材が『シャドウサンタソウル×5』『朱雀王魂×5』『朱雀王鋭嘴×2』『朱雀王金冠×1』『朱雀王大骨×10』『朱雀王大羽根×10』『朱雀王大翼×3』って馬鹿じゃないのか。こんな量集めろってか」

「金冠は先ほど手に入りましたのであと六種類ですね」

顕現させた朱雀王金冠を手の中でくるくるとしていた華がにっこりと笑う。

「はい。忠次様。王様です」

華の手により、巨大なマッチョマンが身につけていた王冠のミニバージョンっぽいものが俺の頭にすっぽりとかぶせられる。

あのなぁ、と華に文句を言おうとしたところで。あ？　と俺の動きが止まる。

「ど、どうしました？　き、気に障りましたか？」

「まさかとは言わねぇが。こんな、まさかかよ……」

王冠をかぶせられた瞬間に、奇妙な力の増加を感じたのだ。どことはいえない。何かが。どこかから力が湧き出るような感覚。

ステータスを開き、ステータスを見て呻く。増えていたエピソード2はいい。孔雀王との戦いの際に感じた高揚は『決意』したときのものと同等だったからだ。エピソード2が増えていることに違和感は覚えない。

それよりも問題は装備欄の増加だ。

「嘘だろ。頭部装備が解禁されてやがる……」

馬鹿か！　いや、この世界は俺が思うより馬鹿だったな。つーか、こんなの普通気づかねぇよ！

＊

名称【朱雀王金冠】　レアリティ【SSR】

説明：偉大なる朱雀の王を象徴する金の冠。強い炎の力を秘めている。

↓

名称【朱雀王金冠】　レアリティ【SSR】　レベル【1／80】

HP【+0】　ATK【+200】

スキル：『キングスタイル』or『クイーンスタイル』

効果　：男性なら『キングスタイル』。女性なら『クイーンスタイル』に『リーダースキル』を変更する。

説明　：朱雀の王を象徴する金の冠。偉大なる炎はあなたに王の力を授ける。

VI／『だいすきなともだち』

パーティーを組むに当たって新井忠次を追い出すべきではなかった。

「あいつが、剣崎のストッパーで、栞の精神安定剤だったのか……」

剣崎重吾の『自称』親友であるところの『SSR戦士』東郷浩之を深い後悔が襲っていた。

レアリティが『R』であろうとも、剣崎重吾を中心とした集団が五人組であったとしても。新井忠次は必要だった。必要だったのだ。

もともと東郷は剣崎重吾とだけ親友同士であって、新井忠次のことは重吾の金魚の糞程度にしか認識していなかったし、あの混乱していた岩場の時点では仕方がないことではあったけれど、ここに至って理解したのは、レアリティの高さと人間性は別だということだ。

パーティーにLRレアリティである重吾と栞がいるならば、わざわざすべてのメンバーを高レアリティで固める必要はなかった。低レアであろうと潤滑剤となりうる人材を入れるべきだった。

(俺はなぜ、咲乃華音などという厄介な女と共謀して新井を追い出してしまったのか……)

問題が露呈したのは忠次と別れてから数日も経たないうちだった。そのあとのギスギスとした空間は物事を楽観的に処理してきた東郷ですら重く考えなければならないものであった。

新井忠次の存在なくしてパーティーを三ヵ月も維持できたこと。

現状を鑑みれば、それは奇跡と言ってもよいものだった。

意外とよく保ったほうだったか？　否、もっと早く崩壊していればよかったのか？

御衣木栞が咲乃華音に向けて放つ『殺してやる』というセリフを他人事のように聞きながら、東郷はそんなことを考えていた。

＊

崩壊の日。それは攻略も約三ヵ月を迎えた早朝のことだった。いつもと変わらない日だった。

彼らの寝起きするそこはエリア６『城への道中』の休憩地点。乾いた風が吹き荒ぶ荒野だ。

洞窟を抜け、平原を抜け、小さな廃村を抜け、森を抜け、破壊された街を抜け、たどり着いたのがこの砂と岩だけが存在する、見渡す限りの茫漠とした荒野だ。

食糧事情は始まりの洞窟のときと変わらない。手に入るのはパンと水だけだった。

無味乾燥。それが彼らの感想だ。もちろん、フレンドガチャで出る調味料を掛ければ多少はマシになるものの、食料関連がドロップしたなどの話を聞いたこともない。早くこれをクリアして元の世界に戻りたいというのが先行する生徒たち共通の想いだった。

そう。ここにいるのは東郷たちだけではない。周囲には彼らと同じプレイヤーがいる。

といっても、ここまでたどり着ける生徒はそう多くない。東郷たちを含めた四人組のパーティーが合計四組。全員がＳＲ以上のレアリティである。

誰も彼もが高名で優秀な生徒。低レアリティの生徒たちの希望を背負い彼らはここまで来た。

――という自覚は実のところ誰にもない。

(ま、置いてきたようなもんだからな。希望なんて大層なもんじゃねぇよ俺たちは)

他のエリアと違い、戻ることすらできなくなったあの始まりの洞窟。あそこの連中をおいていかずに、きちんと高レアリティの人間が導けばみんなで一緒に進むことも可能だったかもしれない。

ここに至ってようやくそんなことを考えてはみたものの、それを実際に行うのは億劫すぎる。

そもそも連れてきたところで戦闘の役に立たないメンバーになんの意味があるのか。

無味乾燥なパンを口にした東郷はここに来てから染み付いてしまった自嘲的な笑みを浮かべかけるも、意識的に、明るい笑顔を作ってごまかした。

「で、今日もレベリングか?」

オタクな生徒が広めたゲーム用語を躊躇なく使いながら東郷は剣崎に問いかけた。

『LR勇者』剣崎重吾。このパーティーのリーダーだ。

それなりの身長。優男風の外見。前が見えないんじゃないのかってぐらいに目が隠れるほど伸ばした前髪。全体的にやる気のない雰囲気だが、東郷は彼がなかなかやる男子生徒だと知っている。

重吾は東郷の言葉にんーと気楽そうな笑みを浮かべた。

「そうだね。今日もしっかりとレベルを上げていこうか」

挑むのは三周か四周程度になる。それ以上はさすがに彼らも疲れてしまう。

とはいえ戦闘訓練を受けたこともない。戦士の心構えももっていない。高校生でしかない彼らがここまでこれたことこそが高レアリティたる証と言っていいだろう。

もっとも彼らより戦闘回数を増やし、必死に、懸命に前へ進もうとしたパーティーもいたのだが、そういう人間は軒並み終わりの見えない戦いに疲れてしまい戦うことをやめていた。

少しエリアを戻ればそんな諦めた彼ら彼女らが生存に最低必要な戦闘だけをこなし、あとは一日中掲示板を眺めている姿を見ることもできるだろう。

能力があろうとも、死ねば疲労が消えてなくなる身体であろうとも、人間には一日に戦える限界というものがどうしてもあるのだ。

戦うモチベーションが『レベルが上がる』程度では人間そんなものなのかもしれない。

彼らの心の中に、どれだけ戦えば、何を倒せば元の世界に戻れるのかという疑問は尽きない。

本当にラスボスなんてものがいるのかどうかも。最前線にいようと、そんなもの知らないのだ。

「今日もレベリング～？　もー、みんな真面目なんだからさ。毎日毎日バトルバトルで疲れない？　たまには休もうよ～」

東郷や重吾の決定に対し、幼さの残る雰囲気の美少女がケラケラと笑いながら反対を述べる。

『SSR盗賊』咲乃華音だ。『自称』御衣木栞の親友を名乗る女。東郷よりも重吾や栞との付き合いは深く、新井忠次とは恋人同士。

ただし東郷は新井と咲乃が、仮面の関係であることを知っている。くだらない。新井忠次は栞との仲を深めるために、華音は忠次と付き合うことで重吾が焦るかと考えてそんなことをした。

自分を放っておけば誰かに盗られるぞ、という遠回しな脅しのようなものだった。ただ、その訴えが鈍感な重吾に届くことはなかったが。

「もう、華音ったら。そんなこと言わないで」

長い黒髪をポニーテールにした清楚で品の良い美少女がそっと華音の肩を抱いた。

誰もが守りたくなるような柔らかい笑みを浮かべている美しい少女こそ、元の世界ではお嫁さんにしたい女子ナンバーワンを男子の秘密アンケートでとっていた御衣木栞である。

東郷が華音をこのパーティーに引き込んだのも、華音が重吾をどうにかして籠絡すれば栞がフリーになると狙ったからだったのだが……。

(役に立たない咲乃よりも、新井を入れたほうがマシだった、か……)

忠次と華音は違う。この女なら置いていこうがあらゆる手段を用いて追いかけてきただろう。

「みんなでがんばって元の世界に戻ろ。ね」

「栞がそう言うならいいけどさぁ」

不満そうな華音を宥める栞。もっとも東郷も華音の不満はわからないでもない。

ここは荒野で、どうやっても何もないのだ。戦闘続きでは不満も溜まろうというものだった。

「で、ジューゴ。お前は――ん？　何やってんだ？」

「いや、うん。さすがの忠次も三ヵ月も経てばこうなるかなって」

「あん？　新井がどうしたって？」

重吾は楽しげにくすくすと笑うと、パーティー画面の表示されているウィンドウを指差した。

東郷は嫌な予感に背筋を震わせた。

重吾が含むように楽しげに笑うときは、たいていろくでもないことが起きるからだ。


――無邪気な笑い。だけれど、こいつの笑いは無邪気ってことじゃなくてよ……。


それはこの何もない世界で、予想外のことが起きたことを喜んでいる笑いだ。

例えば予想外にボスが強かったとき、重吾は笑う。

体力を削りきったと思い、喜んだ矢先に復活して全回復した化け物とやったときなども。

それだけじゃない。例えば自信満々でボスに挑み、その強さに心折られた生徒を見たとき。例えば生徒会が生徒たちを集めて管理しようとした挙げ句に失敗したとき。

タチが悪いのは失敗だけじゃないことだ。まさしく喜ばしい出来事でも重吾は喜ぶ。

絶対にボスを突破できないと思っていた生徒たちがボスを倒して重吾を追いかけてきたとき。

元の世界で親しかった女子生徒と予想もしないタイミングで出会ったとき。

レアな装備の入った宝箱を敵がたまたま落としたとき。

だけれど、と東郷は自嘲の笑みが浮かびそうになるのを抑えた。

予感がある。忠次に関してはもはや喜ばしい報告など期待できないという予感が。

「ああ、ようやく忠次が俺を見限ったんだってさ」

「なんだって？」

「くく、だからさ。忠次が俺を見限ったって話をしてるんだよ」

「あいつが？　お前を？」

新井忠次が、すべての生徒に見限られてエリア『始まりの洞窟』から抜け出せなくなったことは、そこを出てきた連中が掲示板に書き込んだことで東郷も知っている。

忠次が始まりの洞窟から出てくることは東郷の望むところであり、それこそエリア２に忠次が出てくれれば介護してでもエリア６に連れてくるつもりですらあったのに。

忠次に何が起こったのか。恐る恐る重吾の表示するステータス画面を覗いた東郷は問うた。

「なぜフレンドに新井がいない？」

御衣木栞の懇願によって、今までフレンドとして使っていた新井忠次のシャドウが編成から外されている。重吾がわざと外したのかと思えば、くすくすと彼は笑うのみだ。そして、それは、新井忠次と離れてからよく見るようになった顔だ。

無邪気に『周囲』で遊ぼうとしている顔だった。

重吾の傍らには困惑する栞がいた。この場の全員が困惑する中、重吾が傍に呼び寄せたのだ。栞のフレンドリストから忠次のステータスを見るために。

「『エピソード』ができたんだよ。それも俺とはパーティーが組めない形の奴だ。忠次は俺をそこまで恨んでたのかな？」

楽しんでやがる、と東郷は歯噛みした。しかもエピソードだと？　それは関係性が深まることで生まれる特殊なステータスの一つだ。

仲が深まって生まれるものもあると聞くが、東郷はそれを見たことはない。見たことがあるのは、多くが相手を憎悪することで生まれるエピソードだ。

戦士が盾役にされ続けてもう一緒に組めないと言いだしたときに生まれるもの。

役に立たないと罵倒され続けた僧侶が逃げ出したときに生まれたもの。

仲が良かったはずの恋人同士が些細(ささい)な諍(いさか)いをこじらせ、別れてしまって生まれたもの。

仲が良い幼馴染(おさななじみ)同士が殺し合いをしてしまったことで生まれたもの。

エピソードや特殊ステータスは『設定』からフレンドには見せられないようにすることもできるが、彼らはあえて公開することで憎悪の深さを示した。

エピソードが生まれれば、パーティーを組んでもステータスが低下する。また、そもそもがパーティーを組めなくなるものもある。

忠次のエピソードによって、東郷たちはパーティーを組めなくなっていた。

(そりゃそうだよな。俺だって置いてかれれば憎むかもしれねぇ)

否。東郷なら自分で追いかけるぐらいは余裕だった。だが、忠次にその能力はなかったのだ。

(まずいことになった……)

東郷は深く、深く目を閉じた。このパーティーには、新井忠次が必要だった。

——新井忠次は、剣崎重吾のストッパーである。

剣崎重吾は東郷からすれば、なぜかと問いたくなるほどに、新井忠次の言葉を受け入れていた。

元の世界を思い出す。重吾が動くとき、忠次はいつもその傍らにいた。その中で、忠次のおかげで成功した企画もあれば、忠次が水を差したせいでつまらなくなったイベントも多くあった。

余計なことをする忠次は東郷にとって疎ましい存在だった。重吾が忠次の言うことを聞くのが不思議だった。忠次を外して何かをしようとしても、重吾はけしてそれを認めなかった。

栞やレアリティだけじゃない。東郷が忠次を置いていったのは過去が原因でもあった。

(俺のミスだ。ジューゴのブレーキがぶっ壊れてやがるなんて知らなかったんだよ)

やる気にならなけりゃなんにもやらない剣崎重吾は、一度やる気になればなんでもやってしまう化け物だ。動かしてはいけないモンスターだ。忠次はそれを知っていた。忠次がブレーキだった。

そして、今この世界において剣崎重吾のやる気は、それなりに存在してしまっていた。

楽しんでいるのだ。ボスに対して勝算もなく無茶な特攻を何度も何度も積み重ねるほどに。

東郷ですらその勢いに辟易(へきえき)することも多く。咲乃華音などが悲鳴を上げて逃げ出すこともしばしば。そんな中、ただ一人仕方なさそうに微笑(ほほえ)むのが御衣木栞だった。

もっとも、そんなことはどうでもいい。問題は——。

「なん、で? なんでちゅうくんとフレンドが組めないの?」

振り返れば、男たちの会話を聞いていた少女が絶望的な顔で東郷たちを見ていた。なぜかと問われればきっとエピソードが発生したからなのだろうが。

御衣木栞はそうは考えない。追い出してしまった負い目から（彼らがフレンドに忠次を使っていたのはそれが理由である）何か理由があるのだと考えてしまった。

だからじっと睨みつけてくる栞の視線に根負けしたかのように重吾は手を上げた。

「それは。うん。俺が華音とセックスしたからだろうな」

は？　と三人の声が唱和した。それこそ咲乃華音すらも。それほどまでにそれは突拍子もない宣言だった。

「あ、い、いや。ジューゴあんたそれ栞には内緒にするって」

「ん？　いや、どうして栞に内緒にする必要があるのかわからなかったし、こうして忠次にバレてしまった以上はいいんじゃないか？」

「いや、だから、アタシとジューゴの関係って別に吹聴するようなことじゃ。そもそもエリア１に沈んでるあのアホがそんなこと知ってるわけが」

重吾はそんな華音の言葉には取り合わない。うっすらと嗤っている。状況を楽しんでいた。

「俺と華音の関係。狭いパーティーだからね。きちんと報告しないと、さ」

重吾にそう言われれば華音は反論ができない。申し訳なさそうに栞を見て、そっと重吾へと寄り添っていく。もはやいつもの少女然とした小生意気な表情ではなかった。おんなの顔をしていた。

恋人気取りで重吾の側に座る華音を見て、栞の歯がぎしりと鳴った。

東郷の胃がしくしくと痛みを発した。

（華音、やりやがったなァ……）


「……てやる……」


東郷は、忠次が消えたことで一番胃が痛くなったことが、重吾の無茶だけでなく、栞の嫉妬深さだと、忠次を追い出してから三日で気づかされた。

剣崎重吾はとにかくモテた。性格の悪さはあるが、基本的に美形で、運動も勉強もできる。表面的には優しいいし、長すぎる前髪を除けば清潔感があり、人を引きつける輝きがある。だからといっていいのか重吾には女子が自然と寄ってくる。彼がヒエラルキーの上層に位置しているせいもあってか美少女ばかりが寄ってくる。

東郷はそういう重吾に言い寄ってきた女子を顔とトークで性的に喰うのがライフワークではあったし、元の世界じゃ何も問題が起きてなかったのだからこちらでも問題ないかと思っていたのだがそうではなかった。

元の世界と違い、ここにはとにかくプライベートがないのだ。だから剣崎重吾が女子と話をするところが至るところで見られるようになる。もちろんそれは、元の世界でもあったことだ。とはいえ、それらは元の世界じゃあ栞の目の届かない場所で基本的に行われていた。栞の気持ちを察した『親友』の忠次が自主的にセッティングして、栞に見せなかったからだ。

抱きつかれたり物陰に入ることはしばしば。

二人きりで岩陰に行くこともよくあったし、請われて女子で構成されたパーティーに行ってくることもあった。

そうなるたびに、御衣木栞が、とにかく怖くなる。

剣崎重吾が女子と仲が良くなるたびに、ブツブツブツブツ顔を下に向けて何か呟くのだ。

だから東郷は、恐ろしくてその場から逃げ出して自分も別の女子のところに潜り込んでいた。

新井忠次を追い出したのは栞との仲を深めるためだったというのに。重吾が女子とくっついてくれるならフリーになった栞と付き合えると思ったからなのに。

忠次が栞の愚痴を喜んで聞いていたと知ったのは、栞の異常を重吾に相談したときのことだ。

どうにかしろよと怒鳴りつければ、俺はただの幼馴染だし、こんなときに忠次がいればねぇ、なんて重吾はほざいていた。

華音も問題だった。そのために忠次を追い出したから仕方ないと言えば仕方ないとはいえ、忠次の恋人だったことなど忘れたように彼女は重吾とくっつくのだ。

そのたびに栞の機嫌が悪くなる。しかし知ってても華音は止めない。

「栞はジューゴの幼馴染だもんね」

そんな言葉に幼馴染であるところの栞は曖昧に頷くだけであった。

様々な女子に好かれる男と、そんな男を好きな美少女が二人。そしてその片方を狙っていた男。

歪だが、なんとか騙し騙しやっていた関係が。

今ここで破壊されようとしていた。

「こ、こ、殺してやる。華音んんん!!　殺してやるぅうううううう!!」


栞が、あの御衣木栞が憎悪と殺意に全身を染め上げていた。

周囲のパーティーが何事かと驚きの目で四人を見る。

だけれど、重吾は笑っている。声は上げないけれど、目だけで笑っている。

剣崎重吾は、おもしろいことが好きだ。

だけれどそこに善悪の区別はない。

やる気になればなんでもできるというのは、つまりは、やる気になればなんでもやってしまうということで。

小胆故に幼馴染の関係性を破壊したくなかった新井忠次が、そんな剣崎重吾を無意識にも、どうにか善の方向へと向けていたことを知るものなど、この場には一人もいなかった。


―御衣木栞が『エピソード1【憎悪】』を取得しました―

『エピソード1【憎悪】』

効果：『御衣木栞』は『咲乃華音』とパーティーを組むことができない。

Ⅶ／『闘争の下処理』

『リーダースキル【クイーンスタイル】』
効果：敵のレアリティが自身よりも低い場合、そのリーダースキルを無効にする。
『リーダースキル【キングスタイル】』
効果：自身よりレアリティの低い味方の最大ＨＰとＡＴＫを１・５倍する。

「これは便利ですね」

朱雀王金冠（すざく）を頭にかぶった華（はな）が変化したステータスのリーダースキルを確認していた。

華自身のリーダースキルはかなり有用なものだが、このエリアの敵は『奇襲』を多用してくる。道中戦においてはクイーンスタイルこそが最適だった。なにしろこちらのターンから始まれば華の『攻撃』で終わるのだ。使わないという選択肢はなかった。

「俺のほうは、あまり意味がないいな」

キングスタイルは自身よりレアリティの低い人間に対して適用されるリーダースキルだ。そして、その効果は自分自身には及ばないし、華は俺よりレアリティが高い。

ＡＴＫ上昇。俺が金冠を装備することのメリットはそれだけだ。いや、それで十分だけどな。

現状確認が終われば、さて、と華が気合を入れるためか小さく拳を握ってみせた。

「途中だったランニングを済ませましょうか。忠次様、鍛錬ですからね。やることは多いですよ」

「あいよ。で、結局何周するんだ？」

このエリア、一周あたりの距離はそれほどなかったように思えるが……。

「そうですね。とりあえず今日は三十周しましょうか」

「……さんじゅう……さんじゅうッ⁉」

こ、こいつは何を言ってるんだ⁉

普通戦闘は二、三周が基本だ。多くても五周が限界。当然だ戦闘行為は精神疲労がひどい。過剰な回数の戦闘行動はたとえその日は乗り越えられても翌日や翌々日の精神に影響する。

「無茶だ。華、お前は知らないだろうが、戦闘っていうのは――」

真剣に止めようと口を開けば「忠次様」と真面目くさった顔の華に見つめられる。ステータスを見るためにこちらから近寄っていたために華の顔はものすごく近い。

美しく整った造作。化粧などしていないのに、口紅でも塗ったがごとく艶めいた唇。男ならば魅了されずにはいられない女がそこにいて、俺をじっと見つめてくる。

華は指を一本立てて俺の唇に当て、俺を黙らせた。

「忠次様。今から行うものは戦いじゃありません。ただのご飯の調達と、ランニングです」

「は？」

「わたしたちがするのは孔雀王との戦いに向けた準備であって、戦いではないんです」

だって、と華は言った。

「戦いというのは勝敗定かならぬものを決めるためのものであって、どうあってもわたしたちが勝つと決まっているものはただの作業じゃないですか？」

その言葉。その視線。その威風。

まさしく、頭の金冠も含めてこの女こそが王者であるという証明に他ならない。

傲慢を取り戻したはずなのに。精神的に屈しそうになった事実から目を逸らし、咳払いした。

「そ、それにしたって三十周は多くはないか？」

「先ほど走った感覚から一周あたりが百五十メートルほどですので、たったの四・五キロぐらいです」

人間の歩行の時速は平均五キロと言われてますからだいたい一時間ぐらいですね。なんて華は言う。

「ただ、これはランニングですので、この後も忠次様にはほかの運動をしてもらいますが」

「は？　え？　これで終わりじゃねーの？」

「ランニングは体力づくりの一貫ですし、それだけだとほかの筋肉が成長しませんよ」

「お、おう」

俺は凡人だ。なんでもやると息巻いても、実際になんでもやれるわけではない。

だけれど、凡人を脱却するためにはやれることはやっていかないといけない。

これもまた、やれることの一つなのだろうか？

そんな俺の前で華が『朱雀の養鶏場』への侵入口を指差した。

「走って、止まって、走って、止まって。です。戦闘中は休めますから、ね」

ランニングというよりはシャトルランみたいなもんじゃねーのかな。なんて思いながら俺は仕方ねぇなと走り出すのだった。

＊

「必殺技『風神乱舞』」

華の必殺技によってシャドウサンタがＨＰバーごと砕け散って消滅する。ファンファーレが鳴り響き、俺は膝に手をやりながら息を吐いた。戦闘ではなくランニングで息が切れただけだ。

華の変更されたリーダースキル『クイーンスタイル』のおかげで相手の奇襲は無効化している。

俺は勇猛を使って剣を振るっただけだ。華の言うとおりだ。戦った、なんてものじゃない。

シャドウサンタたちとの再戦は滞りなく終了した。精神的な疲労は微かなものだった。

すでに戦闘の組み立てができているのだ。そのとおりにやれば百戦やっても百戦勝つ。そういう戦いだ。華の言うとおり、ただの作業でしかなかった。

洞窟への帰還と孔雀王戦への招待を『ＮＯ』にしていると華が巨大なクリスマスツリーを見ながら頬に手をあてているのが見える。

この女でもイベントごとには情緒を感じるのだろうか？

「でけーよな。その木」

「そうですね」

　空には巨大な月が浮かんでいるし、しんしんと雪が降っている。

　恋人同士で訪れればきっとロマンチックなものだったんだろうか？　栞（しおり）と来たら楽しかっただろうか？　いや、栞はジューゴと一緒じゃないとあんまり楽しそうな顔はしないか……。

「帰還まで一分。なるほど？　そういうこと、かしら？」

　栞のことをつらつらと考える俺の前で、華は独り言を呟（つぶや）くと杖（つえ）を大きく掲げた。

　俺が「何をする気だ？」と問えば奴（やつ）は少し試しますと杖を振り下ろす。

「『神ノ風』」

　華が攻撃すると同時に出現するクリスマスツリーのＨＰバー。呆然（ぼうぜん）とする俺の前で、華の攻撃を受けるたびに目に見えてクリスマスツリーのＨＰがガリガリと削れていく。

　驚く俺の前で華は、ああやっぱりと笑みを浮かべた。

「これもこわせるんですね」

　いやいやいや、こわせるんですね。じゃねーよ。こぇーよ。

　木からは『朱雀大樹』を一つと『朱雀大樹の果実』を三つ手に入れることができた。

＊

名称【朱雀大樹】　レアリティ【SR】
説明：炎に強く、丈夫で艶のある大樹、の丸太。

名称【朱雀大樹の果実】　レアリティ【R】
効果：最大HP＋50《8時間》空腹度回復
説明：赤々と実った果実。甘く、滋養強壮の効果がある。

＊

息が荒い。心臓の鼓動が耳にうるさい。

「ね。忠次様。こうやって、意思強くやりきれば、無理なことなんて一つもないんですよ」

俺の前で両手をあわせる華はとても嬉しそうだ。

一周五戦。三十周で計百五十戦だぞ。一日でやるにはあり得ない戦闘数だってのに華にはそれを誇るような気配はまったくなかった。俺はもういっぱいいっぱいだってのに、さて次は、なんて言いだすぐらいに、この女には、この程度、なんでもないってのか……。

「ま、まぁ待てよ。は、華。ドロップアイテムを確認しようぜ？　な？」

「そうですか？　忠次様にはわたしが昼食の準備をしている間に素振りでもしてもらおうと思いましたが、先にそちらのほうがよろしいですか？」

よろしいよ。よろしいんだよ。そのような些事は夜の勉強時間中にこちらで確認しますのにと華が言っているがそうじゃねーよ。ちったぁ休ませろ。

「で、えー。倒したのが『朱雀の雛鳥（ひなどり）』が三百三十体。『小朱雀』が二百四十体」

「『大朱雀』が九十体。『シャドウサンタ』『朱雀王』が共に三十体ずつですね」

かなり倒しまくりだな。俺は感心する。ついでに言えば俺のレベルは途中で落とした魂を使ってあげたので40まで上がった。上がりきっちまった。

これがRレアリティの限界値（カンスト）だ。あとはもう通常の方法で俺のステータスが上がることはない。

装備で補強するか、食事で一時的に上昇させるか。華を信じてトレーニングをするか、だ。

ちなみに華は56レベルまで上昇していた。素のATKは6100。装備込みのATKなら、朱雀王さえ一撃で殺せるほどの凶悪さだ。

「アイテムは、お互いに抜けはあるが、合わせればこんなものか」

「レシピは途中から落ちなくなったのでたぶんすべて揃（そろ）ったと思いますけど」


『朱雀の雛鳥の魂』『小朱雀の魂』『大朱雀の魂』『朱雀王の魂』

『朱雀剣』『朱雀弓』『朱雀短剣』『朱雀魔杖』『朱雀錫杖（しゃくじょう）』

『朱雀小羽根』『朱雀大羽根』『朱雀翼』『朱雀大翼』

『朱雀肉』『朱雀希少肉』『朱雀骨』『朱雀大骨』『朱雀卵』『朱雀希少卵』

『朱雀嘴（くちばし）』『朱雀大嘴』『朱雀冠』『朱雀銀冠』

『朱雀王肉』『朱雀王卵』『朱雀王希少肉』『朱雀王希少卵』

『朱雀王鋭嘴』『朱雀王金冠』『朱雀王大骨』『朱雀王大羽根』『朱雀王大翼』

『朱雀の砥石』『朱雀の希少砥石』

『シャドウサンタソウル』『レシピ【サンタコスチューム】』『レシピ【トナカイコスチューム】』

『レシピ【穴あきクリスマスプレゼント袋】』『レシピ【ボロボロ1人カラオケマイク】』

『レシピ【封印されし聖なる剣】』『レシピ【777ターキー】』『プレゼントボックス』

それぞれのドロップアイテムの数はさすがに省略だ。さらにこれらに加えて。

『朱雀草』『希少な朱雀草』『朱雀大樹』『朱雀大樹の果実』『朱雀大樹の希少果実』

といった道中の草や最奥のクリスマスツリーを破壊して手に入ったものもある。

『始まりの洞窟』のゴブリンがソウルと武器しか落とさなかったことから考えれば凄まじいアイテム量に目眩がしそうなぐらいだ。同時に、これらのアイテムが『始まりの洞窟』のときに手に入っていれば俺たち低レア勢はあれほど苦しむことはなかっただろうということも。

停滞感は心を狂わせる。パンの味に飽きて洞窟の壁を舐めだした奴とかいたぐらいに……。

「レシピに関してはターキー以外は装備品か」

「しかも作ってみるまで性能はわからないみたいですね」

「有用なものだといいんだが。作る前に性能わからないのは痛いな」

ただレシピアイテムを作ろうにも現状では素材数が足りないので作れやしないが。

光明が差したもののやることが多すぎる。猛烈に人手が欲しくてたまらない。

しかし洞窟に残っているメンツでここまで来れる人間はいない。断言できる。あのクズどもの中に一人でボスまで行けるような胆力のある奴はいない。

華が、さて、と楽しそうに両の手のひらをあわせた。

「では、忠次様には今から素振りをしていただきましょう」

少し休んで疲れもとれた。

わかったよ、と俺が剣を顕現させながら立ち上がる。

「では、わたしが教えてさしあげますね」

剣の柄を握る俺の指に、華が指を這(は)わせてきた。

華の指はきれいだ。心を犯す毒のような柔らかさがある。すべすべとしていて心地がよい。


——華を従えるというのなら。

この快楽を受け入れる。そのうえで、流されないようにしなければならない。

Ⅷ／『Nine point eight』

「ふッ。ふッ。ふッ。ふッ。ふッ」

朱雀(すざく)剣を手に顕現させた新井忠次(あらいちゅうじ)は、神園華(かみぞのはな)が教えたとおりに素振りを行っていた。

それを横目に華は壁際へ向かって歩き出し、足がもつれる。

悲しみで足がもつれたのだ。華にとって忠次から距離をとるのは少しどころではない悲しみがある。だけれど、これから忠次の次の次のトレーニングのための下準備を行わなければならない。

「顕現」

華の手の中に、炎の鳥を象(かたど)った一メートル弱の杖(つえ)が現れた。

『朱雀魔杖』だ。華でさえ、見たこともない聞いたこともない不思議な金属ですべてができた杖。触れていると、杖自体が熱そのものであるかのように、仄(ほの)かな熱が伝わってくる。

ちなみに『顕現』は頭の中に対象のイメージがしっかりできていれば呼び出すものの名を呼ぶ必要はない。ただ、何を顕現させるかを言っておかないと周囲の人間にあらぬ誤解をされかねないので顕現の際はアイテムの名称を言っておくことがマナーとされている。

『始まりの洞窟』の休憩地点をわずかしか知らない華には想像しかできないことだが、忠次の言によれば初めのころは『顕現』機能を使って学生たちによる様々な悪事が行われていたらしい。

人間の悪性に浸りきって育った華には何が起こったかなど容易に想像できることだった。もっとも現在の岩場では顕現を使った悪事など起きようもないほどに活気が存在しないらしいが……。

なお『顕現』は『顕現』でなくても『出ろ』や『出現』『来い』などの単語でもできる。

この世界で重要なのは『意識』なのだ。

「さて、どの辺りにしましょうか」

朱雀魔杖を顕現させた華は壁をじぃっと見、風の魔法を削岩機のように操った。

勢いよく、風の塊をぶつけるのだ。何度も何度も、それこそ集中的に。

そして、華は、岩壁に人の手が引っかかる程度の凹みを次々と作り出していく。

「ふふ、やはり、できますか」

切り立った崖のごとくに垂直だった壁。登るには道具が必要に思えたそれも、魔法で手を加えれば素手でなんとか登れる程度に加工ができる。

『魔法』。華はシステムの助けなしに魔法を使っていた。

新井忠次がこれを見たならば、驚愕に全身を震わせただろう現象。

帰還の待機時間にクリスマスツリーを破壊するのとはわけが違う。ここは『戦闘』エリアではなく、『休憩』エリアだ。

そして忠次の知る限り、システムの補助なしに『魔法』を扱える生徒は一人としていなかった。

しかし華はできている。どうしてできているのかと問われれば華には『意識』の差でしょう、としか答えられない。

その程度のことだった。やってみたらできただけのことだ。むしろなぜできないのか華にはわからないぐらいに魔法を扱うのは簡単だった。

そう思えば、やはり『意識』が重要なのだろうと華は考える。

ゲームのようなシステム。根幹が遊戯に似ていると考え、システムに縛られては、この場で魔法を使うことなどできはしない。

(ほかの方々はシステムの補助がある戦闘の場でしか魔法が使えないと考えているのでしょうね)

そう、華が忠次に自力で剣を振らせるのもそこに理由がある。

戦闘の際、システムに沿ってオートで身体(からだ)を動かしていれば、システムが魔法や剣による『攻撃』を行わせているのだと思い込むことになる。

しかしどうだろう。システムが身体を動かす際の力の流れを意識し、把握し、理解すれば。

百戦を越えて魔力の流れを我が物とした神園華が自力で魔法を扱えるようになるのは道理でしかないのだ。

—神園華は特殊ステータス『魔導(まどう)の心得』を取得しました—

—神園華は特殊ステータス『風魔法』を取得しました—

一度でも使えてしまえば習熟させることに困難はない。風で壁を削りながら華は考える。

(脆(もろ)い……。そう、この世界は脆いのですね)

ツリーを破壊したときもそうだった。この世界のすべては破壊しようと思えば破壊できてしまうものでしかない。忠次は破壊できないように思っているようだが、そんなことはないのだ。元の世界と同じくだ。あらゆるすべては、こんなにもたやすく壊すことができる。

そして、一度でもこの真理に達したのならば、容易に破壊の力が自らの中に眠っていることに気づけるようになる。華は考える。自らの中に魔法の力が眠っていたように、ほかの生徒にも相応に与えられたものが眠っているのだろう。

（ほかの方々にもこのように危険な力が眠っているのでしょうか？）

であれば華の考える最悪が上のエリアで起こっていても不思議ではないが……。

——華の心配は杞憂であった。

意味があって壁を破壊しようなんて考えるのは華ぐらいなものだった。

そもそもこのエリアが特殊なのだ。ほかのエリアでは何かを破壊してもそこから意味のある、レアリティのあるアイテムがドロップするということは基本的にない。

だから、こうして休憩所にある壁や岩を破壊しても、うるさいし邪魔だと迷惑がる人間はいても喜ぶ人間は誰もいない。壁で何かをするぐらいならフレンドガチャで出たアイテムで何かをしたほうがよっぽど手間がかからないだろう。そもそもだ。単純に暴力を振るうだけなら魔法を使うよりも拳で殴ったほうが早いうえに、剣や短剣など目に見えて脅威になる武器がいくらでもあるのだ。

そして無意味に暴力を振るいたがる人間は魔法に縁のない戦士に分類されることが多い。そういう傾向で篩(ふるい)分(わ)けがなされている。

そして、当然というべきか。この世界では狂乱にでも駆られない限り、誰かに暴力を振るうという発想が起きない。鬱憤をぶつけたいならモンスター相手にいくらでもぶつければいい。閉鎖空間なのだ。そんな中で無闇に暴れればほかの生徒にリンチにされるのは目に見えている。

そして、その程度もわからない人間は実際に立ち上がれないほどに心を折られている。

だから誰かを恨みに思っても、できることと言えばせいぜいが相手が寝てる間に自分がやったとわからないようこっそり対象を殺す程度のことで、そんなことをしても殺した相手はすぐに蘇生(そせい)地点に現れるから殺す意味すらないという始末。

それがバレてしまえば、泥沼の殺し合いに発展し、最悪の場合、『憎悪』系のエピソードが発生することになる。忠次は知らないが最初の洞窟でも『憎悪』を発生させている人間はいたのだ。

だから暇な連中がやれることなどはそんなリスクの多い殺人や暴力ではなく、『掲示板』でだらだらと雑談や愚痴を言い合って自分を慰めることぐらいだった。

さらに言えば『魔法』のシステム外使用にもデメリットは存在する。

世界は脆いという真理への到達や魔力操作、異界知識の取得などによる正気の喪失である。

だから魔法を使える人間は、現在、正気の大部分を信仰で補っている(すでにこわれている)華のほかには存在していない。

閑話休題(はなしをもどそう)。

風の流れを操って忠次の息遣いを耳元に呼び寄せるという高等技能を五分足らずの時間で編み出した華はこれは便利ですねと思いながら、加工の終わった壁を目の前にして満足そうに頷いた。

「こんなものでいいかしら？」

忠次の身体の大きさに合わせて計算され、各所に凹凸の作られた壁面。

それは百メートルほどの高さにある岩場の天井まで達せられるように作られている。

「これを登るなら、贅沢は言いませんけれど、ジャージか何かは欲しいところですが……」

唸る華。忠次に登らせる前に自分で壁面の状況を確認しておきたかったのだが、今の格好が問題だった。自分は制服なのである。とはいえ、ないならないであるものでなんとかするしかない。

——のだが、今着ている制服以外に華は服を持っていない。

なので華は躊躇なくスカートのホックを外し、ブラウスを脱いだ。

引っかかるものの多い服で岩場を登るのは自殺行為だ。もっとも信仰を得たことによって枷のなくなった現在なら、制服でも登る程度はなんとでもなりそうなところではある。それでも制服が破損した場合、服は再生されない。蘇生すれば復活する肉体ならばいくらでも破壊してもかまわなかったが、服が傷めばみすぼらしくなって忠次に顔向けができなくなる。

「ほかの生徒は殺し合いをしたらしいのですが……。替えの服はどうしたのでしょうか？」

『飢餓』の状態異常の際に制服を食べた生徒も多くいたと聞いている。もしかしたら、何か修繕する手段があるのかもしれない。華は心のメモに書き込んだ。後で忠次に聞こう。

「さて、それはそれとして。よいしょっと」

ブラジャーとショーツ。たったそれだけの格好をした華は自分で作った壁面の凹（くぼ）みに手を掛け、全身を使ってするすると壁面を登攀（とはん）していく。

下着姿で岩場を蟲（むし）か何かのようにスムーズに登っていく華の姿は異様の一言に尽きるが、素振りに集中している忠次から声はかからない。

華のほうを見てはいないのだろう。忠次は剣の一振り一振りに意識を集中している。

（忠次様にはもっとわたしに注目してほしいのですが……）

見てもらえないのは悲しいものだが、忠次が鍛錬に集中していることは喜ぶべきことである。それに、クライミングは全身の筋肉を余すところなく使う。これからの忠次の鍛錬にはちょうど良（い）いものだ。忠次のために働いているという快楽が華の脳に歓喜の脳内麻薬をドバドバと流していく。

（それはそれとして、肉体はさほど変わっていませんね）

今までの華は餓死を繰り返していただけなのに筋力が衰えていない。死ねば衰えさえもリセットされるのか？　こうして登攀を行う華の肉体は好調だが、この程度は以前の華でもやろうと思えば行えたことであって、ここで手に入れた身体能力ではない。

（なら、鍛えても無駄なのでしょうか？）

忠次のランニングは始めたばかりだが、トレーニングを続けて何も変化がなければ単純なトレーニングでのアプローチは諦めなければならないだろう。

だけれど華としては自分の信用がなくなるのでなるべくそれは避けたかった。

（トレーニングは無意味なの？　いえ、いいえ、成長する余地はある。あるのよ。だけれど、ならばなぜわたしは衰えていないのかしら？）

『成長』と『衰退』はセットだ。筋肉は鍛え続けなければ衰えていく。当たり前のことだ。

（三ヵ月。わたしはただ寝ていただけだった。何もしなかった。だからこの肉体が骨と皮だけになっていてもおかしくないのに……。『餓死』で死に続けたせいなのかしら？）

確信はない。だがレアリティというものの存在が、逆に華に『成長』の余地があると確信させていた。そうだ。真実この世界に『管理者』がいて、生徒たちに『何か』をさせたがっているのなら、何も四百人も呼び出す必要はないのだ。

戦闘システムから考えれば、四百人は多すぎる。何かを遂行させたいならレアリティの高い数人だけを呼び出せばいい。『パーティー』に低レアが紛れ込む余地はなくさなければならない。

だけれど、人がいる。四百前後の人間がこの世界には存在している。

無意味に呼び出されたわけではないのだ。そう……。『人』の『数』は可能性だ。

それだけの人間の数だけ、できることがある。あるはずだった。

（事実、わたしは忠次様の助けがなければ脱落していた）

華は餓死のループで殺され続けていた三ヵ月間を思い出す。そう、忠次は忠次にしかできないことをやり遂げた。神園華の救出は新井忠次にしかできなかった。

（それに……。忠次様がいる。忠次様がいるのです。この世界には）

華は、自分の高レアリティが極少数の人間が持つ特権的なものではないと考えている。

なにしろ低レアリティでありながら、自分より優れた新井忠次という人間がいるのだ。

だから、華は低レアリティの人間は自分たち高レアリティの予備ではないかと推測している。

呼ばれたからには彼らにも役目があるはずなのだ。

だが、彼らの『ステータス』は弱々しい。だからその役目を果たすためには何がしかの強化が必要、なのだが……。

(『成長』です。『管理者』の求める『何か』を果たすのに『成長』は必須です。ですが、この世界でのわたしたちは、どうなっているのでしょうか?)

華は肉体が『固定』されている可能性を考え、即座にそれはないと断定する。

自分は魔法を使えている。それは『成長』だ。明確な、断言できるほどの『成長』だ。

(そう、『成長』はできる。脳が記憶を新しく覚えています。それは肉体が成長する余地がある、ということ。鍛錬は無意味ではない)

死んでも記憶がリセットされることはない。肉体を完全にリセットしているわけではない。

そもそも蘇生はどういうやり方でやっているのか？ そこからして華にはよくわからなかった。

死ねば『システム』がどこかに記録された肉体を呼び出して(コピー)デジタルデータのように貼り付けて(ペースト)いるのか？ それとも死んだ瞬間に死んだ肉体にいろいろなものを『補充』して肉体を元の形に戻しているのか？

推論は尽きない。だが問題はそこではない。忠次にさせていることは無意味なのか無意味ではないのか、そこが問題だ。

(わたしの信用に関わります)

大見得を切っているのだ。それが間違いだとわかれば忠次は華を信用しなくなるだろう。

懇願して鍛錬をやっていただいているのだ。結果が出なくて困るのは忠次よりも華だ。

（不安が止まりませんね。ただ、鍛錬に関しては、九割方大丈夫だと思うのですが……）

ステータスを呼び出して先ほど覚えたであろう特殊ステータスを閲覧する華。

確認はしていなかった。それでも、覚えているという確信が華にはある。


―『魔導の心得』：魔法攻撃の威力を１・１倍する。

―『風魔法』：風属性攻撃のダメージを１・１倍する。


特殊ステータスは魔法を覚えて自由に扱った程度で発生する。肉体とスキルを中心に鍛えている忠次が覚えるのは別のものだろうが、たかがこの程度。華の忠次様（かみさま）にできないはずがない。

持久力目的の『ランニング』。スキルを鍛えるための『勇猛』。攻撃方法に工夫をつけるための『素振り』。この後は『受け身』もやらせる。そして『クライミング』。夜には『勉強』だ。

だから忠次が相当な無能でない限り、華がみっちりとつきっきりで二、三週間も鍛えれば何か一つぐらいは身につくはず。はずなのだ。

（ただ、これに関してはもう比較対象がいないから、正確な日数がわからないですね）

華は忠次を『信仰』しているが、理解していることはある。

華という、神園家が日本各地から集めた優秀な血統同士を気が遠くなるほどの年月を用い、交配させ続けて作り出した人造超人と、一般人である忠次を一緒に考えてはいけないということは。

華は忠次の肉体的な性能に関してはすでに把握しきっていた。べたべたと忠次に無闇に触っていたのはただ華の趣味なだけでなく、主人の肉体を把握しようとする華の目的もあったのだ。

新井忠次。華の主人である男。

可もなく不可もない。その意思や精神はともかく、新井忠次の肉体と知能は平凡な男子高校生にすぎない。体力も知能も同学年の男子生徒の平均を大きく超えることはない。

だが、ここは下手に何かスポーツや武道をしてこなかっただけ素直でいいと華は考えている。教えたことを疑問に思いつつもしっかりとこなそうと努力してくれている。それでいい。十分だ。

否、華にはむしろご褒美ですらある。白紙の忠次を自分の好きなように染め上げられることは。

これほどの栄誉はない。華は内心だけで涎(よだれ)を垂らした。

「さて、答えの出ない問題は脇に置いておいて、こちらはどうなのでしょうか？」

天井に到達し、風魔法で天井に指を引っかけるための穴をあけた華は、片手で肉体を支えつつ、片手で岩壁に自生するヒカリゴケをむしりとってアイテムボックスに入れた。

アイテムボックスの仕様はすでに把握している。毒物かどうかを自力で判別する必要がないことも。それがなんであれ、アイテムを入れれば詳細を表示してくれる。これはそういうものだった。

（この能力が元の世界の人々にあったら人類はここまで発展しなかったでしょうね）

この『ステータス』というもの。良くも悪くも、人間を堕落させうるには十分な力だった。

とはいえ華もこの世界でそれを論議するつもりはない。便利であるなら使い倒すだけのことだ。

名前【光苔（炎）】　レアリティ【N】
説明：光を発する苔。炎の力を秘めている。

「特に効果はありませんが、この苔も何かの役には立つでしょう」

無意味なものが配置されているとは華は考えない。それに注目すべきは、説明に不味いともうまいとも書かれていないことだ。そして毒であるとも。

華は欠片を舌に乗せ、しびれの有無を確認しつつ咀嚼して飲み込んだ。

「苦くは、ない、ですね」

よし、と華は頷く。彩りが欠けていたのだ。忠次の夕食のサラダに混ぜてみよう。

果たして煌々と燃えるように輝く苔を忠次が食べるかは別として。

神園華は料理上手だ。しかし同時に挑戦者でもあった。

*

神園華はどこから来たのか。神園華は何者か。神園華はどこへ行くのか。

彼女こそは神園家が生み出した最高傑作である。

始祖が神仙と交わりその血統を維持してきたと伝えられる神園の家は古来、様々な特殊能力を持つ人間の噂を聞けば、その血を求めてあらゆる手段でその血統を取り込んできた。

神園家の技術者たちの商品品質を高めるための努力。厳選に次ぐ厳選。外部の血を求めて取り入れつつ、純化させるために優れた子供同士を組み合わせることもあった。

そのようにして千と数百年。生まれてしまったのが『超人』神園華である。

それは一つでも持てれば『成功』とされる人外の性質を複数有して生まれた女だ。

例えばそれは老若男女の区別なく虜(とりこ)にさせる人外の美貌。

例えばそれは成長を終えれば最盛期で固定され、老いることのない不老の性質。

例えばそれはあらゆる技術を見ただけで再現できる肉体。

例えばそれは暗殺のための、自らが服用した毒を性交の際に相手に移せる毒物に対する優位性。

例えばそれは多少の傷ぐらいなら一日で痕も残さず治癒させる再生能力。

例えばそれはか弱き細腕でありながら鉄パイプ程度、素手でねじ切ってしまえる異様な筋細胞。

例えばそれは小さな情報から確実に正解を導く超常の勘働き。

このように通常の神園の女が一つ持てば良いところの性質の多くを華は有していたのである。

もっとも惜しむらくは神園の女が持つ精神の惰弱(だじゃく)さも獲得してしまったことだろうか（それがなければ教育の途中で危険だと思われて処分されていただろうが）。

神園の女が持つ精神の弱さ。

これもまた厳選によって獲得した貴人を虜にする精神の弱さである。

貴人にかわいがられるためだけの。

嗜虐趣味を持つ貴人が楽しめるための。

優れた能力を持つ女が神園に歯向かわないための。


またこの精神の弱さは修復のための機能も有しており。

破壊されても破壊されても翌日には元の心の形に戻るのだが、その際に心の痛みに対してけして耐性を持つことができない特性を有している。

慣れることはあっても、痛みが減ることがないのだ。

だから神園の女は何度痛めつけられても初めてのように泣き続ける。

男を惑わせる色香で。男を惑わせる動きで。

これもまた、厳選の結果得た神園に都合の良い性質であった。


ただし華は奇妙な世界で『信仰』を得ている。

唯一の欠点たる精神惰弱は『信仰』によって補われ、欠けていた女は完全となった。

そんな人造超人が元の世界に戻れたとき、果たして一体何が起きるのか。

それは神でなくとも容易に予想のできる惨劇の——

Ⅸ／『ジョブチェンジ』

―新井忠次（あらいちゅうじ）は特殊ステータス『付与（ハートセット）【獅子の心（ブレイブ・レオ）】』を取得しました―

―新井忠次は特殊ステータス『号令（デッドカウント）【隷下突撃（イエーガーストライク）】』を取得しました―


「お？　なんか変わったな」

トレーニングを始めて三日目のランニング途中、しんしんと雪の降り注ぐ小道で俺たちは立ち止まった。

百戦程度でスキルを把握し、特殊ステータスを発生させた華（はな）と俺は違う。俺はどう贔屓目（ひいきめ）に見ても凡人でしかない。それでも。それでもだ。華という前例があることを知り、三百戦以上もそれを意識して戦闘を重ねればさすがに特殊ステータスを取得できるようである。

漏れたのは安堵（あんど）の吐息だ。今までの経験は役に立たなかった。腐りきった汚泥のような日々、間隔の開いた馴（な）れ合（あ）いのような一日三周程度の戦闘で覚えられることなど絶無でしかない。短時間に百戦以上を行うという戦闘密度。スキルの発動を意識し続けること。華のサポート。これだけのものを積み重ねてやって、凡人の俺はようやく肉体にスキルを反映させられたのだ。

もっとも、新しく特殊ステータスは取得したがいまだステータスは見ていない。

しかし取得した、という感覚は微妙に身体(からだ)に残っている。それはオフになっていたスイッチがオンになる、というものではなく。なんというか言葉にしづらいが、新しく身体に器官が増えたとかそんな感じの変化だ。例えるなら、六本目の指だとか三本目の腕だとか、そういうものだろうか。

さらに、こいつを手に入れて理解できたこともある。スキルの拡張(こいつ)ってのは、凡人は教えられなければ取得できない類いのものだということだ。

凡人ではそもそもこの発想に至ることができない。

いや、違う。スキルを使いこなす。そういう発想には至れるかもしれない。しかしその発想を継続して抱き続け、取得するために行動し続けられるのは狂人か天才のどちらかだということだ。

特殊スキルをたまさか手に入れたとはいえ、この発想に至れた華は異常だ。普通は十戦か二十戦もすれば無駄な行為だと諦めてしまうだろう。その程度には、ターン制の戦闘はきつすぎる。

低レアリティである俺を強くするために華が熱心に考えたからできたことなのだそうだが……。

「しっかし華はもうスキルを取得しないのか？　魔法関連はたった一日で取得できただろ？」

問われた華がそうですね、と言いながら自分のステータスを呼び出す。

特殊ステータス
『崇拝』：離れない離れない離れない離れない離れない離れない離れない離れない
離れない離れない離れない離れない離れない離れない離れない離れない
離れない離れない離れない離れない離れない離れない離れない離れない

離れない離れない離れない離れない離れない離れない離れない
離れない離れない離れない離れない離れない離れない離れない
絶対に離れない。

『魔導練達者』：魔法攻撃の威力を1・5倍する。

『風魔法を極めし者』：風属性攻撃のダメージを1・5倍する。


『崇拝』に変化はない。ただ魔法関連は『心得』→『中級者』→『上級者』→『練達者』といった具合に何度か変化して今の名称に定着している。同時に風魔法のほうも相応の変化を辿って『極めし者』になった。ただ、華が言うには、これ以上は相応の知識がなければ先に進めないとか。感覚で進める部分は掘り尽くしたらしい。

とはいえ、華ならば新しく特殊ステータスは取得できるはずだ。この女は俺より才能がある。『杖術』だとか『ロッククライミング』だとか、新しく何か取得してもおかしくないだろ？

「そうですね。わたしが取得できるのはあと二つぐらいでしょうか」

「ん？　意外に少ないな。どういうことだ？」

「どちらも今すぐにでもとれるのですが、とってもよろしいでしょうか？」

「は？　いや、ああ、とれるならとったほうがいいんじゃないのか？」

ほっとしたような顔をした華を見て察する。気を使われていたのだ。

スキルを一つも取得できてねぇ俺の前で自分一人がポンポン新しいものを取得していたら俺が嫉

妬するとでも思ってやがったのか。こいつは。

顔面がかーっと熱くなった。羞恥だ。く、糞、こ、この、この女は俺を主人に仕立て上げようとしてるくせに、俺に気を使いやがった。俺の器って奴を勝手に決めつけてやがった。

「華ッ!!」

「は、はい!?」

「二度と遠慮するな。お前は俺のものだ。俺のものが強くなるということは俺が強くなったも同然。俺の強化を企むならお前も強くなれ。俺に遠慮はするな。いいな!」

意地で絞り出した命令を発すれば、華は目をキラキラさせて「はい、忠次様」と頷いた。俺は俺でふんッ、と鼻を鳴らして華を馬鹿にしてやる。

なるほど、お前は正解だ。華。俺が一つもスキルを取得してなかったら確かに小心な俺はお前を羨んだことだろう。どうせ自分は凡人だとトレーニングを怠けていたかもしれない。

だから気を使って取得を抑えていた華の行動は正しい。正しいが故にむかつく。こいつの鼻を明かしたくなる。今後のトレーニングは今以上にやることを決める。この羞恥を心に刻みつける。

「……で、お前は何を取得できるんだ?」

「わたしのスキルを拡張します。信仰とマナ。つまり」

両手を組み、目を閉じた華が俺に向かって祈りを捧げた。

―神園華は特殊ステータス『新井忠次への信仰』を取得しました―

――神園華は特殊ステータス『マナ効率』を取得しました――


「とれました」

取得の感覚は何度か取得すればなんとなく「あ、なんか感覚が増えたな」みたいな感じで理解できるのでステータスを開かなくてもわかる。だから華が言っているのは間違いじゃないんだろう。それでもとんでもなく取得が早い。いや、違う。驚くべきはそこではなく、こいつは今まで特殊スキルをとらないことを選択できた、ということか？

こいつが異常なのは今に始まったことではないが……。気にしすぎると思考にハマるな。健康的ではない感情に囚(とら)われそうだ。ジューゴと共にいたときと同じくスルーしておく事柄だろう。

「ああ、んじゃ、取得したもんの詳細をみとくか」

「ではわたしも」

お互いにステータスを開き、顔を突き合わせてウィンドウを覗(のぞ)く。

『付与(ハートセット)【獅子の心(ブレイブ・レオ)】』：『勇猛』使用時に自身を除くパーティー全体に『大罪耐性（中）』を付与する。
『号令(デッドカウント)【隷下突撃(イエーガーストライク)】』：戦闘メンバーに隷属対象がいる場合、隷属対象のATKに＋1000する。【発動条件：命令による発動】
『新井忠次(かみ)への信仰』：『三対神徳【信仰】』使用時、『新井忠次』のみ効果を1ターン増やす。

『マナ効率』：ターン経過で補充されるマナを＋1する。

む、と俺の眉が寄る。華がまぁ、と手を叩いた。

「微妙だな」

「最高ですね」

あら？　と華が俺を見る。自分の特殊ステータスが表示されたウィンドウを叩きながら俺はぐぬぬと唸る。

「言っちゃ悪ぃがよ。俺の特殊ステータスってのは、俺に効果がねぇんだが？」

「わたしが強化されますから良いのではないでしょうか？　忠次様がおっしゃったとおり、わたしの髪の一本血の一滴すべて余すところなく忠次様のものです。忠次様の命令で気軽に使っていい命です。だから、わたしが強くなることはすなわち忠次様が強くなることと一緒なのですよ？」

大げさすぎて吐きそうになるほどの崇拝ぶりだ。だが、もっともだ。

確かに号令を使えば強化エピソードの効果と併せて華のＡＴＫは１２００も上昇する。それはレベルアップのたびにＡＴＫ＋１００の魔法使いのレベルを12も上げたのと同じ効果だ。

号令の条件である隷属というのもほかの奴に使うのは問題だが、華には使える。華が俺の下にある、という自覚が出てきたからかもしれない。いや、実際まだまだ隷属させてるには程遠い。程遠いが、命令できるという感覚はあるのだ。

そう、「やれ！」だの「殺せ！」だのを、３００回以上も命令してれば（最初の命令で味をしめた華の要望で戦闘のたびにやっていた）、スキルが発生する程度に勘違いも起きるのかもしれない。

がりがりと頭を掻く。自分の変化は戸惑うより受け入れたほうがいい。現状、特殊ステータスに関しては華の言うとおり利点しかないのだ。華の崇拝とて俺にとっては都合の良いものだ。

それでも疑問は残る。

「華」

「はい？」

「お前がこの二つしか特殊ステータスを取得できないっていうのはどういうことだ？」

俺のことはいい。それよりも華のことが気になる。華がこれ以上特殊ステータスを取得できないというのはどういうことなのだろうか？　そりゃこいつは十分強いのでもう取得しなくてもかまわないのかもしれないが、こいつの返答次第では俺のほうがどうにかなってしまう。華がこれだけなら、俺が取得できる特殊ステータスはもうないのかもしれない、なんて。そういう想像で。

もっとも華は特殊ステータスには特に感慨がないようで、なんでもないように俺に言う。

「忠次様が取得できるかもしれない特殊ステータスをすでにわたしが取得しているからです」

「ん……？　華はそういうステータスは持ってないが、どういうことだ？」

「はい。なのでそれは表記されていないだけでレアリティに加味されているのだと思います。以前言ったとおり、現状のレアリティはわたしたちの『これまで』で作られていますから。ですので今やっているトレーニングで忠次様が強くなっても、わたしが同様に強くなることはないのです。簡単な予測ですけれど」

努力をしてこなかった俺は今から努力することで特殊ステータスが生まれる余地があるが、今まで努力し続けてきた華はトレーニング程度で特殊ステータスは生まれないと。

「私見ですが、ほかの方に特殊ステータスが生まれないのはそのせいではないでしょうか？　寡聞にしてわたしは上のエリアを知りませんが、彼らはシステムの中で足掻くことをしてもシステム外の行動を継続的に続けるようなことはしてこなかったと思いますけれど」

始まりの洞窟を出てった連中は知らねぇが、残った連中がそういうことをすることはなかった。

なにしろ精神限界になるまでちょろちょろと戦ったあとは掲示板眺めて一日が終わるような連中だ。するわけがねぇ。もっとも華の理論によるなら元の世界と同じことをしていても特殊ステータスは発生しない。新しいことをその技術を会得するまで根気強くがんばらなければいけない。

できる奴がどれだけいる。そしてできているならそいつらが低レアなわけがない。

できねぇから低レアなのだ。できているなら最初からそいつは高レアだっただろうよ。

「なるほど、な……。なら、共に戦闘をすることでドロップアイテムが手に入るランニングはともかく、ほかのトレーニングまで俺に華が付き合うのはどうしてなんだ？」

最初のロッククライミングの準備で離れた以外は、素振りや受け身、クライミングを華は俺と一緒にやり続けていた。もちろん、ただ一緒にやるだけじゃなく、俺に指導もしていたわけだがそのすべてを最初から最後まで俺と一緒にやる必要はないだろう。

「なぁ、華。お前に特殊ステータスが現れないならどうしてそんなことをする必要があるんだ？」

「それはもちろん、楽しいからに決まっていますよ」

俺の問いに、蕾が花ひらくように、華は顔をほころばせる。

「忠次様と一緒にいられることがとても嬉しいからに決まっています。もちろんそれだけではありませんけれど」

「その、それだけじゃないってのは、なんだ？」

こいつはいつでも楽しそうだな、などと。なんとも呆れ果てている俺の前で華はステータスウィンドウを撫でながら言うのだ。

「共に同じことをし続けることによる強化エピソードの取得。それをわたしは狙っています」

華。神園華。できないことがあっても限界の限界まで己を掘り下げる美しい怪物。

これはなんとも凄まじい女だと。俺は従えるべき女の凄まじさに、魂を震わせるしかなかった。

*

「そ、装備不可だとぉッ……！」

ようやくレア度の高い素材がいくらか集まってきたのでドロップしたレシピから『封印されし聖なる剣』というものを『装備合成』で作成してみたものの、聖なる剣を顕現させた俺は変わらない『ステータス』の装備欄を見て低く呻いた。

剣だろ？　こいつは剣のはずだ。クリスマスっぽい装飾の施されたピッカピカに光っている剣。どう見ても戦士職が装備できる剣である。

だが装備できない。どうしてか『封印されし聖なる剣』は装備不可なアイテムに指定されている。

「クソッ、剣カテゴリは戦士装備のはずだぞ」

アイテムデータを呼び出して穴があくほどにウィンドウを注視する。

名称【封印されし聖なる剣】　レアリティ【HN】　レベル【1／30】
HP【+30】　ATK【+50】
スキル：冬属性（小）
効果　：攻撃属性を30％冬属性に変更する。
説明　：聖なる夜を謳歌するイケてる男子のための剣。

なんだこりゃ！　イケてねぇと装備しちゃいけないってのかよ。

「クソがッ、なんだこれは。クソったれめ。貴重な素材を使ったんだぞ!!」

アイテム説明欄に馬鹿にされたような気がした俺は地面に電飾まみれの剣を叩きつけた。

これなら朱雀剣を進化させるために素材を使ったほうがよかった。

聖なる剣という表記から孔雀王打倒のために必要な武器なのかと勘違いした俺が馬鹿だった！

そもそも装備できないなんて……ッ。何がイケてる男子のための、だ！　イケてる奴しか装備できねーなら俺が作る意味が最初からねーじゃねぇか!!　いや、違う違う俺がイケてねぇってわけじゃねぇって――……クソがッ!!

「忠次様落ち着いてください」

「はぁぁぁッ！　華てめぇうるッせぇッよ!!」

激怒する俺を宥めるように華が声をかけてくるも、がなりたてれば、華は仕方ないとばかりに地面に落ちた聖剣を拾い、砂を払ってからアイテムステータスを表示させ、それを注視した。

ステータスの使い方に精通すれば他人のアイテムであろうとアイテムの情報を見ることぐらいはできるようになる。

もっとも所有権を移すには所持者が明確な譲渡の意思を見せなければならないが。

「この聖なる剣とやらはおそらく、戦士ジョブ用の装備ではなかったのでしょう。聖剣――語感からして『勇者』専用の装備では？」

「『勇者』だぁ？　クソッ、ジューゴ用ってことかよ」

『勇者』。特別なジョブだ。全生徒中たった一人しか存在しない特別なジョブ。

クソみたいな幼馴染専用の装備がこんなところにか？

「世界まであいつにお優しいってことかよッ」

悪態をつきながら胡散臭げに華が持つ聖なる剣を見て、違和感を覚える。

――どうにも、電飾剣は聖剣には見えない。

この電飾まみれのクリスマスソードはもっと俗っぽい気がする。イケてる男子のための聖なる剣であっても、勇者が使うような聖剣ではないような気がする。

気がする。気がする。そうではない。確信として、違うという意識がある。

そもそもがここがイベントエリアで、こいつが誰でもドロップできるレシピから作られるイベント装備で、素材が希少素材を使っていても、特別なボス（ルシファー）のドロップでもなんでもなくただイベントで出現するモンスターからドロップする通常素材ならば、だ。

俺は何か勘違いをしているのかもしれない。

察しの良い華が気づけないのは、その気づきがゲーム的なものだからだ。

経験や洞察で現状、あらゆることを推察してきた華。

しかし、そんな華でも気づけないものは当然としてある。ゲームに詳しくない華の知識や発想にないもの。化け物（このおんな）の理解の外にあるもの。娯楽（ゲーム）。

そもそもがおかしいのだ。

俺のジョブは戦士だが、ドロップアイテムとして装備できない杖や弓などを手に入れている。

装備メニューにもそれらのアイテムは表示されている。例え戦士には装備不可だったとしても、選択肢としてはそれらはそこにあるのだ。

「装備できない武器を取得できるってことは、ジョブを変える方法が、あるってことか……？　聖なる剣は戦士用の装備でないだけで俺にも装備できる可能性がある？」

華に聞かせるために推論を呟（つぶや）いてみる。

無論、このエリアに来られなかった装備可能な奴に譲渡できるよう、俺にも作れるようにしてある、というだけの可能性はあるのだが……。

朱雀王金冠の件があった。現状無理があるだけで何か条件があるのかもしれない。

（そうだ。なんでもかんでも不可能だ無理だと思って諦めるのはもうやらねぇ。なんか方法があるんだよこれは……）

キレる時間は終わりだ。次はよく考える番だ。

そう、単純に意識の問題なのかもしれない。

もしかしたら装備不可の武器を装備する方法があるのかもしれない。

今までは無理でもこれから可能になるのかもしれない。

しれない。しれない。しれない。苦笑する。諦める理由はたくさんあった。

だが、無理無駄無謀と断じる前に何かを試してみるべきだろう。華のように。

「ジョブの変更……それは、もしかしてげぇむ的な話でしょうか」

先の呟きから詳しく説明せずとも俺の思考を辿ったのか華から問いが飛んでくる。前後さえわからない俺の呟きだけできちんと話についてきている。察しが良すぎて助かる。久しぶりに俺が説明する番だなと思いながら俺はおそらく、と先の呟きについて推論を交えつつ、相談してみる。

「――だと思うんだが。どう思う？」

「そうですね。忠次様のおっしゃるとおりとにかく試してみるべきでしょう」

華は予想どおりと言っていいのか素直に賛成してくれた。残ったレシピを俺たちは順に眺める。

「ほかのレシピ……マイクも作ってみよう。トナカイ服とサンタ服のほうもだ。全部やる。全部だ」

「はい、忠次様。わたしもそれが良いと思います」

疑問があるならすべて作ってみてから考えればいい。レシピは複数あるのだ。そうすることで聖なる剣だけでは足りない何がしかの答えが得られるかもしれない。

力のない自分をどうにかしたいなら嘆いたり不満をぶちまける前に動くべし、だ。

「うっし。ランニングの周回数を増やすぞ。華」

とにかく素材だ。素材を集める。そしてすべて作ってみる。諦めるのはまだまだ早かった。

＊

名称【トナカイコスチュームレシピ】　レアリティ【なし】
効果：武具合成に『トナカイコスチューム』を追加する。
説明：素材を集めて冬の生誕祭の準備をしよう。

＊

華から受け取ったジュースを片手に合成画面の結果を眺めた俺は心に受けた衝撃に少しばかり立ちくらみを起こしかける。

ちなみにジュースはクリスマスツリー破壊報酬の『朱雀大樹の果実』をフレポガチャで出てきた

ジューサーでジュースにしたものだ。フレポは『プレゼントボックス』からアホほど手に入るからランニングを始めてから有り余っている。コップもフレポガチャでゲットできた。

最近は日用品はなんとか揃い始めてきた。

閑話休題、だ。

「できた。できたが……」

なんだこれはと俺は小さく呟いた。こんなもの……こんなものが、あるのか？　あっていいのか？

動揺する俺の手からコップが落ち、それが地面に落ちる前に華がひょいっと受け止める。おい俺の飲み残しをさっと飲むのはやめろよお前。

名称【トナカイコスチューム】　レアリティ【EX】
効果：ジョブ変更
説明：ジョブを『リア獣』または『嫉妬男子』に変更する。

名称【サンタコスチューム】　レアリティ【EX】
効果：ジョブ変更
説明：ジョブを『サンタ』または『ミニスカサンタ』に変更する。

名称【ボロボロ1人カラオケマイク】　レアリティ【HN】　レベル【1／30】
HP【＋80】　ATK【＋0】
スキル：1人男子パーティー（笑）（小）
効果：状態異常付与率を10％上昇させる。
説明：聖夜の夜に1人でカラオケ楽しいかい？

名称【穴あきクリスマスプレゼント袋】　レアリティ【HN】　レベル【1／30】
HP【＋50】　ATK【＋30】
スキル：冬属性（小）
効果：攻撃属性を30％冬属性に変更する。
説明：聖なる夜を駆ける働きもののためのアイテム。

「ジョブ、変更……だと」

即座にステータスを呼び出す。存在する。確かに存在する。『ジョブ変更』というメニューが。

今まで存在していなかったものだ。慄(おのの)きながら選択し、開き、呻(うめ)いた。

『『嫉妬男子』……。そういう、ことか」

クソみたいなアイテムの表記。そうか。ここでも、か。ここでも分類されるのか。

戦士魔法使い僧侶盗賊の基本四種の分類。それがここにも存在している。俺はトナカイコスチュームもサンタコスチュームも両方作った。それで変更できるジョブが『嫉妬男子』のみ。『リア獣』や『サンタ』、おそらくは女性専用職らしい『ミニスカサンタ』にも適性はない。

表示されているジョブは二つだ。現在のジョブである『戦士』と新しく追加された『嫉妬男子』。推測だが嫉妬男子の適正武器は『ボロボロ1人カラオケマイク』だろう。聖なる剣はリア獣。プレゼント袋は二種のサンタ用。

「……ふぅぅぅぅぅ……」

怒りはある。だが息を吐く。嫉妬男子。嫉妬男子と来たか。ええ、おい？　そうだよ。そうだ。嫉妬している。俺はジューゴに心底から嫉妬している。戦士よりもしっくりくるぐらいに。

「忠次様。ジョブはどうしますか？」

俺の感情などすべて把握しているらしい華は何一つ声色に変化がない。俺は歯を軋らせて頷いた。

「たぶんだが、元のジョブにも戻れるみたいだしな。変更するよ。するさ。するしかねぇよ」

俺のレアリティは『R』だ。完全に詰んでいるステータス。足掻き続けるしか戦う道はない。

嫉妬男子。システムさえも小馬鹿にしてきてクソむかつくが新しい力は新しい力だ。俺には選り好みしている余裕なんて欠片も存在しねぇ。

だから俺はジョブを変更した。

——そして地面に崩れ落ちた。

「忠次様‼　な、何が⁉」

さすがに俺のこの反応は予想できなかったのか。慌てて駆け寄ってくる華。崩れ落ちた俺の全身はふかふかのトナカイコスチュームに包まれている。ぬくい。あったかい。心地よい。

だが問題はそんなところじゃねぇ！

名称【トナカイ忠次】　レアリティ【HN】　ジョブ【嫉妬男子】

「お、俺の、レアリティが……下がって……やがる……‼」

クソがぁああああああッッッッ！！！！

X／『ぼくのともだち』

【エリア3に】全体攻略状況報告スレその2407【殺人鬼出現中】

930　名前：名無しの生徒さん
我らが洞窟組の救世主であるところの新井忠次（あらいちゅうじ）くんがどこにもいない件について

931　名前：名無しの生徒さん
あのクソR野郎より探すべきは神園（かみぞの）先輩では？　なんでかあの人いないんだよなどこにも

932　名前：名無しの生徒さん
混乱期に姿が見えなかったし一番先に進んでる連中も見てないっていうしな　神園先輩

933　名前：名無しの生徒さん
風邪かなんかで学校休んでたんじゃねーの？　もしくは転移されなかったとか

934　名前：名無しの生徒さん
さんざん議論されてきたことだけどそれはないわよ>>病欠or転移漏れ
病院に入院してた娘とか学校に来ないで街で遊んでた連中も連れてこられてるの　神園先輩だけが例外はあり得ないわ
だからどこかにいるはずなんだけどね　見つからない　なので見かけた人は茶道部に報告お願い

935　名前：名無しの生徒さん
レベル1のまま1人パーティーでダンジョンにアタックしてどうすりゃいいかわからずダンジョン内で困惑してるに100ゴールド

936　名前：名無しの生徒さん
新井が完全にスルーされてて草

937　名前：名無しの生徒さん
新井って誰だよそもそも
それより華(はな)先輩でしょ　1日に1回はあの人見ないと落ち着かないんだけど私

938　名前：名無しの生徒さん

≫935
ずっと1人で3ヵ月？　あり得ないでしょそれ　どうやっても進むしかないんだから1人なら
ゴーレムに磨り潰されて死に戻りするはず

939　名前：名無しの生徒さん
待って待って　新井に関してマジで情報持ってる奴いないのか？
フレンドとかで新井の状態今どうなってるか調べてくれ。最低限無事か無事じゃないかぐらいは
把握したい
新井の存在がマジでどうやっても確認できない場合　もしかしたら何かの方法で脱出してる可能
性があるぞ

940　名前：名無しの生徒さん
新井に関してマジレスするとクソレズさんがエリア2に入って全体スレ開放されてから洞窟時代
の傲慢っぷりの悪評ばらまいてたからフレンド登録は全員から切られてる　現に俺もあいつが落
ち目のときにフレンド切ったし
なんでそもそもフレンドとかもういないはず　新井の寄生先の勇者様たちが見捨ててなければだ
けど

９４１　名前：名無しの生徒さん
＞＞９４０　ひでぇ　新井涙目ｗｗｗ

９４２　名前：名無しの生徒さん
＞＞９４０　クソレズさんって誰だよｗｗｗ

９４３　名前：名無しの生徒さん
みんな仲良くしようよー
＞＞９４０
こういった状況なんだから個人の悪評を無差別に広めるのはよくないと思う
クソレズさんって誰？　注意したいから教えて

９４４　名前：名無しの生徒さん
＞＞９４３　クソレズさんっても実際は複数人な
新井の洞窟脱出妨害のためだけに洞窟に常駐してた咲乃華音（さきのかのん）の取り巻き連中
殺人を厭（いと）わない真性のクズどもだから注意はやめとけ

９４５　名前：名無しの生徒さん

殺人鬼と言えばエリア3のあいつ　誰かどうにかして

946　名前：名無しの生徒さん
洞窟組はまだエリア2だからなぁ　ゴーレム倒すのに疲れたから当分のんびりしてるわ
エリア3の殺人鬼ってやばいの？

947　名前：名無しの生徒さん
ヲタ　男子　ブサ　SR魔法使い　状態：狂気
パーティー内でいじめられてたらしくて人類憎悪の特殊エピソード発生中
なんかのチート使ってるらしくて杖(つえ)なしなのにエリア内で魔法使ってエリア内の人を虐殺中
エリア6の勇者様に応援求めてるからエリア3に行きたい人はあと数日待って

948　名前：名無しの生徒さん
またヲタかよ　はよ連続キルして拘束しろ誰か

949　名前：名無しの生徒さん
人類憎悪ｗｗｗかっこいいｗｗｗ
つーか特殊エピソードって何？

950　名前：名無しの生徒さん
また聞き情報だが、特殊エピソードはパーティー間で不和が起きると発生する状態？的なもん
仲悪くなった人物同士でパーティー組めなくなったりステータスが下がったりするらしいぞ
だからあんまりギスギスしてるようだったらパーティーは解散したほうがいい、らしい

951　名前：名無しの生徒さん
>>950　950踏んだのでスレ立てよろ

952　名前：名無しの生徒さん
>>950　スレ立てよろしく

953　名前：名無しの生徒さん
>>950　説明感謝　立てよろ

954　名前：名無しの生徒さん
了解　立ててくるわ

＊

御衣木栞は掲示板を見ない。彼女には主体性がない。剣崎重吾の幼馴染である彼女にとっては掲示板というものを見るよりも剣崎重吾の世話を焼いたり心配しているほうが有意義だからだ。

だから新井忠次の状態には気づかない。たまにフレンド画面を見て彼が生存していることに安心するだけで、その状態などは気にもかけない。

エピソードの発生はほんの少し残念だったけれど、彼女にとっては忠次と再会さえできればどうにかして説得できると思っている問題でしかない。

——だから、新井忠次を一番見ている人物は彼しかいなかった。

「ウケるわ。ジョブ『嫉妬男子』って。忠次はなーにやってんだか」

そのパーティーで新井忠次とフレンド登録しているのは御衣木栞だけだ。だから、御衣木栞を傍に置いた彼は、栞のフレンドから忠次のステータスを覗いていた。

彼は笑う。楽しそうに笑う。

対立エピソードが発生しようが関係がない。彼にとって新井忠次とはそういうものではない。

昔からそうだった。新井忠次は、おもしろい。いつだって忠次は彼の予想外をもってくる。

だから生徒たちの中で最も先行しているはずの彼が知らないジョブチェンジの方法を忠次が発見したことや、彼の知らない装備を忠次が装備していることに彼は喜ぶ。

「早く忠次に会いたいな。あいつは本当に、おもしろいから」

剣崎重吾にとって新井忠次はおもちゃ箱みたいな男だ。

ここ数年はなんでか楽しくなくなっていたが、やっと元の忠次に戻ってくれた。

「忠次。早く来い。そして、また一緒に遊ぼう」


勇者は笑っている。

勇者は変化を喜んでいる。

それが栄光であろうと、破滅であろうと、すべて等価値に。


それを見ている御衣木栞は、どこか茫洋（ぼうよう）とした目をしている。

「じゅーくんは楽しそうだね。いつだって。どこでだって」

ちゅうくんは今何をしてるのかな。

栞の呟（つぶや）きに、勇者はただ笑っているだけだった。

XI／『七大罪：嫉妬』

名称【トナカイ忠次】　レアリティ【HN】
ジョブ【嫉妬男子】　レベル【1／30】
HP【200／200】　ATK【0】
リーダースキル：『なし』
効果　　　：なし
スキル1　：『妬みの呪音』《常時》
効果　　　：通常攻撃がATK0の全体ATK低下（小）（3ターン）呪術になる。
スキル2　：『聖夜の贈り物』《常時》
効果　　　：エリア『朱雀の養鶏場』のモンスタードロップを＋1する。

名称【聖夜の祝福・華】　レアリティ【LR】
ジョブ【ミニスカサンタ】　レベル【1／100】
HP【1000／1000】　ATK【500】
リーダースキル：『聖夜のゴールドラッシュ』

効果：モンスターからの獲得ゴールドを2倍する。
スキル1：『重愛連打（そうしそうあい）』《常時》
効果：通常攻撃を敵前列地属性（ちぞく）攻撃にする。
スキル2：『ホワイトクリスマス♪』《常時》
効果：状態異常にならない。
スキル3：『特別なクリスマスプレゼント』《常時》
効果：あらゆるエリアのモンスタードロップを＋3する。
必殺技：『星よりも重い愛（グラヴィトン・ラブ）』《消費マナ：4》《クール：3ターン》
効果：敵全体にATK3倍の地属性攻撃を行う。

＊

変化はあったがやることは変わらなかった。

剣の代わりに装備できるようになった合成装備である『ボロボロ1人カラオケマイク』を手に、俺はふかふかとしたトナカイ着ぐるみで華と共に『朱雀の養鶏場』をランニングする。

ジョブチェンジした華も姿が変わっている。レアリティLRのミニスカサンタ『聖夜の祝福・華』。

華のレアリティは変わらないのかとか。ミニスカサンタは職業なのかとか。聖夜の祝福ってなんだよとか。ツッコミどころだらけなのだが、なってしまっているものはしょうがない。

それになにより俺より強い。格段に。それだけは否定することのできない事実だ。

「それ、手首痛くならないのか?」

華は装備であるところの『穴あきクリスマスプレゼント袋』を片手で肩に担ぎつつ走っていた。そいつは華が走るたびにその豊満な胸と一緒にゆさゆさと上下に揺れ、結構な重さっぽいボロボロの大きな袋からポロポロとプレゼントらしき箱がこぼれていく。

こぼれた箱は地面に転がると数秒ほどで姿を消していく。現実感がない。だが凝っている演出だ。俺のマイクなどただボロボロなだけだというのに。『システム』に優遇されている。そう感じる。

俺の疑念に気づいたのか、華が少し話しましょうと言ってきたのでお互い立ち止まり、息を吐く。

雪の積もる小道だ。息は白く。露出した肌は冷たい。

「たいして重さもありませんから辛くないですよ。それよりも、どうですか? ジョブチェンジをしてから何度か周回をしましたが、心身に変化はありますか?」

「心身の変化、ね。いや、たいした変化はないな。今までどおりだ」

ジョブチェンジ。大層なコマンドに思えるがステータスはともかく肉体の変化は特にない。せいぜいがトナカイ着ぐるみを着て走るのがきついぐらいか。

華にしても同じようで、露出の多い水着みたいなサンタ服を着てはいるが、その肉体の性能は変わったようには見えない。

ただ目に毒なのが強調されてるのはどうかと思うぜ? 制服のときもそうだったが、こいつ走ると胸が揺れるんだよすごく。健全な青少年を惑わさないでほしいぜまったく。あとはなんだ。寒くないらしい。ミニスカサンタ服は、暖かい謎の力場みたいなものが身体の周りにあるんだとか。

(むさ苦しい男子どもと一緒じゃなくてよかった、とだけ思っておきゃいいが)

華の肉体はかなり魅力的だったが、相変わらず手を出せば深みにハマるだろうなという気配がビンビンでやべぇってなもんだから、手を出せないというよりは手を出したくない。

「あー、そうだ。変化っつーか、『勇猛』がスキルから消えてる影響か『付与【獅子の心】』が使えなくなってるな。戦士だったときのスキルが関わってねぇ『号令【隷下突撃】』は変わらず使えるが」

『付与【獅子の心】』は効果がそもそも勇猛使用時という奴だから仕方ねぇけど、特殊ステータスで得たそいつの使い方がわからなくなったかのように使えなくなっている。

「それは本当に、ですか?」

「本当もクソもそういう『仕様』なんじゃねーのか? 特殊ステータスとはいえ以前のスキルに関わるものが使えるのはさすがにおかしいだろ? ジョブの垣根を超えてねーか?」

肩を竦めた俺に華はいいえ、と首を振る。

「『戦士』である忠次様も『嫉妬男子』である忠次様もどちらも同じ忠次様なのですから、忠次様が後天的に習得した技能の使い方がわからなくなるなどあり得ません。何かほかに原因があるのでは?」

原因ねぇ。モチベーションが下がっているから、ってのもあるが、根本的に、この嫉妬男子ってジョブが『勇猛』と相性が悪いからってのがあるような気がするぜ。

『勇猛』は味方全体の戦意を上昇させて勇気を奮い立たせるプラスのパワーの塊だ。

で、『嫉妬男子』のスキルである『妬みの呪音』ってのは自分の中の嫉妬心みてーなもんを手に持ってるマイクで増幅させて敵にぶつけるマイナスパワーの塊なわけだ。

俺だったらジューゴの野郎に感じてた嫉妬の感情を増幅させてってな感じである。当然、そんな状態で味方の戦意を上昇なんて器用な真似ができるわけがねぇってところなんだが。

「そうか。嫉妬なんつーもんを扱うからか。スキルを使う瞬間に、惨めで情けなくなってくる。後ろめたさのようなもんがある。へ、そりゃあ勇猛の効果なんぞ出せるわけがねぇな」

「情けなくなんてないです」

「華」

それは即答だった。隣には華がいる。驚くほど近い距離だった。華は俺の手をぎゅっと握り、胸を押し付けてくる。こ、この女。確信がある。俺を励ますためじゃなくて自らの快楽のために俺の手をとっているッッ……！

「忠次様。それが忠次様なのですから、何を情けないと思うのですか」

「あー、ってもな嫉妬だぜ？　嫉妬。そいつをぶつけて戦うとか、情けねぇだろ。どう考えても」

こいつを極めれば何か得られるかもっていう期待とスキル効果でドロップが増えるからこの腐れトナカイ衣装を着込んじゃいるがな。本心じゃさっさと『戦士』に戻りてぇんだ俺は。

「それがどうしました。忠次様は全然情けなくなんかありません」

華の瞳には迷いがない。同時に、押し付けられている胸の感触で俺は浮つく。真面目な話だってのに……。自らの惰弱さに吐き気がする。それでもだ。華の言葉には無視できない力があった。

「どんな姿だろうと、かわらず、貴方(あなた)はわたしのかみさまです」

かみさま。正気を疑うか冗談の一種ともとれる言葉だ。だが華は特殊ステータス『新井忠次(かみ)への信仰』を発現している。

だからこれは疑う必要のない。迷いのない華の本心だ。吐き気がするほどの現実だった。

額を押さえる。ふわふわとした糞重(くそおも)いトナカイ衣装。隣にはミニスカサンタ。馬鹿みてぇな場所で、馬鹿みてぇなコスプレ。現実感がない。そして神園(かみぞの)華。この女は重い。重すぎるほどに重い。だが、語る言葉に嘘(うそ)はない。紛れもない真実だ。

華の言葉は、俺に逃げることを許さない。発する一言一言が現実感のなさを微塵(みじん)に砕いていく。

俺は深いため息を溢(こぼ)した。観念するしかない。華の期待は、俺が逃げることを許さない。

「情けなくなんてない、か」

「はい」

「嫉妬は、かっこ悪くねぇのか」

「まったく」

「これも俺の一面。だからこれも使いこなせば俺の力になるってか」

「当然です」

胸を押し付けてくる華を見る。こいつは変わりがない。一切合切何一つぶれていない。まっすぐな狂信だけを俺にぶつけてくる。

俺の中の傲慢が疼く。隷属させているはずの華にこれだけ言われて腹が立たねぇのか、と。俺は魂まで腑抜けてんのかと。嫉妬男子の装備であるマイクを強く握った。

「やるぜ。華」

俺は立ち上がった。立ち上がるしかなかった。これだけいい女にあれだけ言われて何もしねぇなら、そりゃもう玉無しの腰抜けしか有り得ない。

華は何一つ変わらぬ表情で俺を見つめてくる。俺が落ち込もうが立ち上がろうが変わらぬ信頼の目。その信頼は重い。重すぎるほどに重い。潰れないように立ち上がるのがきついぐらいに。

だけれど、俺は思うのだ。

(癪だが、ここまでまっすぐなら逆に清々しい)

これを気恥ずかしい。鬱陶しいと思っていたからこそ、俺のレアリティは低かったんだろう。

だから「やるぞ」と俺は言った。「はい」と華は即答した。

さらなる力を欲するならば、自らを鍛え上げなければならない。落ち込むなら、やれることをやってからにしろ。諦めるならやれるだけやってからにしろ。だから、だ。俺はできることをすることにした。

*

小道にはしんしんと雪が降っている。決意したその日からさらに力を入れているランニングだ。

「『まとめて死ね‼』」

トナカイ衣装の俺がマイク片手に敵に向かって叫びを上げる。

俺と華は出現した『朱雀の雛鳥（ひなどり）』と『小朱雀』を相手にしていた。

発動したのは『妬みの呪音』。嫉妬の感情を呪的に増幅し、敵のＡＴＫを低下させるスキルである。

敵五体中三体に攻撃力低下の弱体付与（デバフ）がかかる。装備のマイクを進化させればデバフ成功率が上がるらしいが、そもそも発動率自体それほど高くない技だ。かからないことのほうが多い。

「『華、殺せ‼』」

『号令：隷下突撃』。俺の命令によって、華の攻撃力を上昇させる特殊ステータススキルだ。ただし、『付与【獅子の心】』はかかっていない。理由はわかっている。

俺は、『妬みの呪音』を使いこなせていない。

行動ターンが華へと移る。「えい」といっそ気軽なほどの掛け声で、華はプレゼント袋に風の魔法を纏（まと）わせてぶん、と薙（な）ぎ払（はら）った。魔法使い時のスキル『神ノ風』の劣化模倣だ。

本来、プレゼント袋での攻撃は打撃攻撃だ。だが、華は『風魔法を極めし者』を使用して『攻撃』コマンドを独自に改変している。こうすることで本物の『神ノ風』に攻撃力は劣ってしまうものの敵集団を１ターン目で殲滅（せんめつ）することができた。また、ジョブが違っていても以前のスキルを特殊ステータスとして所持しているならばスキルを使うことが可能であると華は俺に示してくる。

なお、下がった分の威力は『隷下突撃』でＡＴＫをプラスすることで補えている。

もっともミニスカサンタ華の必殺技『星よりも重い愛』を使えば1ターン目でも風魔法を使うことなく敵を殲滅することが可能だ。

(しかし言葉にすりゃ簡単だが、この女、さらっととんでもないことしてるよな……)

戦闘が終了しドロップアイテムが入ってくる。その量は以前より格段に多い。当然か。華と俺のスキルの効果により敵一体当たりのドロップ量は＋4されている。

(俺の気分はともかくアイテムの収集効率は良ぃい。レベルアップも武器の進化もたやすい……)

だが、と俺はマイクを見る。やばい。まずい。きつい。意識して『妬みの呪音』を使っていて感じることがある。ゲロを吐きそうなほどの危機感がこのスキルの意識的使用にはある。

(傲慢は俺の性質だから気にはならなかったが、嫉妬ってのはやばくねぇか？)

傲慢。それは俺のもともとの気質だ。

踏みにじることや隷属させることは俺の気性から来る本能だ。行うことに抵抗はない。三つ子の魂百までって奴か、どの程度まで踏みにじれば他者を潰さずに済むかの塩梅もわかっている。

だから『号令【隷下突撃】』を発現させるほどに『傲慢』を身体に染み込ませても問題はなかった。

――だが嫉妬はまずい。

嫉妬とは他者の優れたる点を見つけること――そんなおためごかしはどうでもいい。

嫉妬とは他者の優れたる点を見つけ、自らと比較し、焦がれるように欲すること——そうじゃねぇだろう。

嫉妬とは——嫉妬とは他者の優れたる点を見つけ、自らと比較し、相手が優越していることに不満を持ち、故に、相手の破滅を願うこと。

妬みの呪音で特殊ステータスを発現させる条件。それはおそらく、普段は自制している嫉妬という感情を、俺の心に馴染(なじ)ませ、自然に発することができるようにすること。

嫉妬は情けなくなんかない？　華は言う。馬鹿な話だ。その言葉にすがりついて嫉妬に身を浸す俺は、客観的に、どう足掻(あが)いても惨めに見える。

嫉妬。極大の嫉妬。他者を羨む。焦がれるように、破滅を願うぐらいに、他者を羨み続ける。

ゲロを吐きそうになる感情だ。これに浸り、俺は朱雀の雛鳥どもの攻撃力を低下させた。

だがモンスターならばまだいい。敵だからだ。だがこの嫉妬を魂に馴染ませたことで俺は……。


——味方を、華を、羨ましがってしまっている。


才能を、美貌を、レアリティを、身体能力を、頭脳を、意思を、スキルを、何もかもを。

憎悪で心がねじ切れそうだ。粉微塵に踏み潰したくなる。バラバラに傷つけたくなる。言葉で、暴力で、華を貶(おとし)め、自らを充足させたくなる。

俺の嫉妬の根源は自らの不足だ。足りない物を自ら埋めるのではなく、他者に原因を求め、その他者を破滅させることで満たそうとする。最悪の性質。

それが俺の、俺の嫉妬だ。

無論、嫉妬をよく解釈することもできる。自ら努力しその穴を埋めるといった方法や、他者の美点を見つけることのできるなどといったもろもろだ。だが。俺が力を得るならば。


——それではいけないのだ。


それは嫉妬だが嫉妬ではない。焦がれるような感情を。相手を焼き尽くさずにいられないこの感情を。俺は制御しないことで制御しなければならない。俺の心が灰になるかのごとく、燃え広げなければならない。それが特殊ステータスを発現させることであり、妬みの呪音を拡張するために必要な代償だ。嫉妬の良いところ探しなんてやってはいけない。嫉妬は嫉妬であり、そこに善い使い方も悪い使い方も存在しない。

ただ、俺は深く深く、執念深く相手を嫉妬する。

(だが、もし、特殊ステータスが発現してしまえば……)

発現したならば、後戻りはできない。俺の性格は変わる。

今の俺は『傲慢』を取り戻したことで常に『傲慢』になっている。

ならば『嫉妬』に魂を浸したならば——。

「華。来いよ」

立ち止まっていた俺をじっと見ていた華を呼び寄せれば、華は嬉しそうに傍に寄ってくる。

『傲慢』も『嫉妬』も人間の本性で、強烈な感情で、魂に根付く罪業だ。ゲームみてぇに気軽にオンオフが効くものではない。一度身体に染み付いたならば、振り回され、破滅するまでが七罪だ。

「華。お前は、憎たらしいほどに……完璧だな」

「はい。ありがとうございます」

俺がそういえば、華は誇りに満ちたような表情で、本心からの笑みを俺に向けてくる。

そこに、腹の底から噴き上がってくるものがある。

怒りだ。他者の性能に嫉妬することで湧き上がってきた怒りだ。今まで、うっすらとジューゴに感じていた熱情だ。嫉妬を明確に意識し、使いこなそうとし、身体に染み込ませたおかげで自覚できた、ぐつぐつと煮えたぎった感情だ。ああ、畜生。俺はこの嫉妬に魂を焦がされている。


――腹の底から思う。神園華の性能が羨ましい。


俺より優れた奴らがすべてすべて羨ましい。欲しい。その力が。その能力が。その才能が。

俺は、俺にはないそれを持つ連中を、華を、踏みにじりたい。屈服させたい。俺のものにしたい。

強欲なる傲慢。貪欲なる嫉妬。俺の腹のうちに渦巻くそれに、俺は身を任せる。

「華」

「あっ」

華を自分から抱き寄せ、強く抱きしめる。折れてもかまわないというぐらいに力強く。強く。強く。

華が強く俺を抱きしめ返してくる。そこに性的な感情はない。人間的な愛情もない。

ただただその存在に俺は強く嫉妬する。こいつが羨ましい。こいつの力が欲しい。こいつを屈服させて俺のものにしたい。めちゃくちゃにしたい。壊したい。


——だから、俺は、もう、いいのだ。


七罪の特殊ステータスを発生させるとか、俺はもう、そういうことは考えなかった。

(自分の情けなさを恥じるならば、使えるものはなんでも使う。ゲロ吐きそうでも、そうしなけりゃならねぇ。なぁ、そうだろうよ俺よぅ)

だから、嫉妬を受け入れよう。この情けねぇ力を、俺は本当に、何一つ制御しねぇ。それでも、ただ、破滅には至らないように、壊さないように、俺の『傲慢』で方向付けだけをする。

華の抱きしめ返してくる手に、恐ろしいほどの執着を感じても。華の目に、粘りつくような怖気を感じても。


——それ以上に、この化け物を、俺は、俺の足元にひざまずかせたかったのだから。

―『新井（あらい）忠次は特殊ステータス【妬心怪鬼（エンヴィーラ）】を取得しました』―

―『新井忠次はエピソード3【七罪】を取得しました』―

＊

かみさま!!

ああ！　かみさま!!　かみさま!!　かみさま!!　わたしのかみさま!!

―『神園華は特殊ステータス【狂信】を取得しました』―

＊

『妬心怪鬼（エンヴィーラ）』：ターゲットした対象のスキル成功率を低下させる。

『エピソード3【七罪】』

効果：『大罪属性』に強い適性を持つ。
貴方の人間性は欠落している。

―『付与【獅子の心】』の情報が更新されました―

『付与（ハートセット）【傲慢たる獅子の心（プライド・レオ）】』：パーティー全体に『大罪耐性（中）』を付与する。【発動条件：命令による発動】

＊

このエリアに来てからかれこれ三週間ほどが経過した。

「筋肉がついとる……」

食事。運動。食事。運動。食事。運動だ。摂取と消費の繰り返しで俺の肉体はぐんぐん成長していた。成長期はまだまだ終わらないらしい。心持ちだが、背も伸びている。

「ふぅ、登らねぇとな」

自分の筋肉をうっとりとした表情で見つめつつ俺は岩肌にかけていた指にぐっと力を込めた。

半裸でフリークライミングである。命綱はない。ザイルもロープもフレポガチャでは出なかった。

ちなみに、命綱もなしに今日まで無事に登れているわけではない。当たり前だが何十回かは落ちて死に戻りしている。華が適当に壁の岩場を砕いて作った岩場だからな。初心者にも登れるような安全設計ではないのだ。それでもなぜ俺は死の危険のあるこれを続けているのか。

死は問題ない。俺はいくらでも死ねる。そして本格的な器具がない以上、効率的に全身を鍛えるにはクライミングが最適なんていう説明も聞いている。

だが筋肉はついた。背も伸びた。肉体は鍛えられたのだ。さらに本番に備え、嫉妬男子から戦士にジョブを戻し、嫉妬の権能を使いこなしつつランニングもこなしている。鍛錬量は十分だ。

だが、いまだに変化は来ない。ＡＴＫの数字は上がっていない。七罪以降、新たな特殊ステータスもエピソードも現れていない。

(俺も頭打ち……いや、まだだ。まだ上に行けるはずだ……)

鍛錬を始めて三週間経った。経ってしまった。

華のレベルも限界まで育ち、各々の武器の進化も最大まで行った。ここでできることはすべてやった。やってしまった。あとは、このトレーニングの結果が出ればいいだけなのに。

結果は出ない。だから俺は、華に言われずとも自主的に肉体と精神を酷使している。

「っと、テッペンか」

岩壁の苔を採取し、地道に崖を降りていく。落ちて死ねば地上に戻れるが、俺とて痛いのは嫌だし、こちらのほうがトレーニングになる。特殊ステータスには現れていないが、すべては無駄ではない。この後は剣の訓練も行うが、クライミングを始めてからは体幹が安定するようになっている。

（無駄だったかもしれねぇ。だけどよ。この無駄を楽しめなけりゃダメなのかもな）

華には感謝している。無駄だったとしても後悔はない。男として筋肉がつくことは純粋に嬉しいし、俺はもともと身体を動かすのは嫌いじゃなかったからな。

＊

「時間、かもしれません」

「ん？　時間？　制限時間的もんか？　ここでの生活も終わりか？」

テントの傍で俺は華の作った鶏肉たっぷりのスープを喰いながら問いかけた。

華は本当はシチューを作りたかったらしいのだが、牛乳だの小麦粉だのは、ランニングの副産物であるプレゼントボックスから出現した有り余るフレポでガチャっても出てこなかったのだ。

とはいえ、俺たちの傍らに転がしてあるテントや寝袋やカセットコンロなどがフレポガチャのガチャ結果である以上、すべてがクソというわけでもない。ただなんつーか、小麦粉とか米とか出てこいよほんとマジでな。

「いえ、忠次様。制限時間ではありません。特殊ステータスの取得についてです。運動量か。運動の結果か。とも思ったのですが、もしかしたら継続時間かも……規則正しい生活の」

「……んん、いや、俺、結構規則正しい生活してたぜ？」

なにせ俺は真面目一辺倒の御衣木栞の幼馴染なのだ。彼女と一緒にいる時間を増やすために俺はなんだかんだ規則正しく生きてきていた。まぁ栞が遅刻常習のジューゴに付き合って登校していたせいで俺も必然的に遅刻しかける回数は多かったがな。それでも栞と会話するのが楽しみだった俺としては、そんな早朝の日課は生きがいでもあったわけだが。

「このエリアに来てからの、ことです」

俺の思考を読み取っているかのように華の眉が少しだけ歪む。ほかの女のことでも考えているのがバレているのか。別に付き合っているわけでもねーので、俺としてはそんな華の感情など無視をして、言われたことに思考を寄せる。

「ま、確かにそうかもな。勉強も運動もこんなにがんばったのはこっちが初めてだし。んで、それでもステータスの取得には鍛錬時間が足りねーと？」

「ええ、早寝早起きなどはあまり期待していません。それよりも忠次様の努力によって文武両道といった響きの特殊ステータスが現れると思っていたのですが……」

文武両道ねぇ。そいつは、たかが三週間程度で手に入るのか？　といった言葉は控えておく。

それよりも俺としてはそろそろ言わなければならないことを言おうと思う。

「なぁ、華」

「はい？」

「挑むぞ。孔雀王」

もういいだろう。もう挑むべきだと俺は思う。

これは、何事にも積極的だった華が、けして言おうとしなかったことだった。

「お前の言うとおりにトレーニングをしてきたが、もう、いいんじゃねーのか？」

レベルは上げ終わった。ステータス的にはもう限界だ。食事アイテムや装備も揃えた。もう俺は詰んでいる。これより強くなるためには特殊ステータスでの成長を期待するしかないのだ。

だが、それにはどれだけの時間と手間がかかるかわかんねーときている。

「で、ですが」

「ですがじゃねーよ。華」

俺たちは、フレポガチャで出た、キャンプ道具によくあるタイプの折りたたみ式の椅子に腰掛け、顔を突き合わせていた。距離は近い。華のまつげの本数までもよく見えるぐらいに。

華は俺に何かを言いかけて、口ごもり、手で顔を覆った。泣きそうな顔をしていた。

(こんな顔もするんだな……)

初めてみる仕草だった。そうして、震えるようにして、絞り出すように、華は言葉を吐く。

「忠次様……わたしを、すてないで、ください……」

何事にも効率的であろうとしたこの女がどうしてこんなにダラダラと過ごしてしまったのか。その理由が、それだったのか。天井を見る。岩が見える。苔が光っている。代わり映えのない景色。変わらない場所。息を吐く。俺はもう決意してる。

「わかってる。お望みどおり、上でもこき使ってやるよ」

いろいろと厄ネタを抱えている女だが、華は役に立つ。捨てる理由はない。

自身の内心の変化に驚く。三週間前までの俺はどこにいった。あのころも大概だったが今はもう、どうしようもないクソ野郎に俺はなってしまっている。

傲慢と嫉妬。二つの大罪に浸りきった俺は、この三週間で性格を最悪のクソ野郎に変化させていた。この事実はけして忘れてはならない。でなければ上に戻ったときにいろいろと面倒になる。

(この性格じゃ、もうまともにパーティーは組めねぇ。組めたとしてもすぐに解散になる)

華のサポートは必須だ。俺はいくつかの特殊ステータスを得た代わりに、まともな対人能力のほとんどを失った。だが、だがな。俺だけのせいでもないんだぜ。こいつは。

「忠次様。ありがとうございます」

神園華。俺のクソみてぇなヒデェ言葉にも喜びの表情を浮かべる糞女。こいつは擦り寄るようにして俺の手の器にスープのおかわりを注いでくる。

俺に擦り寄り、甘い言葉で誘惑し、俺に根付いた大罪を現在進行形で助長させているこの女。

心底から俺へと微笑むこの女こそ、生まれながらの悪女に他ならない。

＊

そうして、じゃあ今日はもう寝るかとテント内に転がした寝袋に入ったときのことである。

擦り寄ってくる華へ頭突きをカマしてから俺は目を閉じた。いつものことだ。

(ま、無駄なことだが)

いつものことなのだ。起きれば寝袋にある少しの隙間から華が侵入してきて、朝驚くハメになるのは。なぁおい華よぉ。節度ある生活を頼むぜホント。俺の自制心にも限度があるんだからな。

—『新井忠次は特殊ステータス【努力の筋肉】を取得しました』—

ふと身体のどこかから力の増加を感じた俺はステータスをちらりと見て、息を吐く。

(筋肉。筋肉ね。ま、勉強が身になるのはもう少しかかるんだろうな……)

俺なりに努力はしたが足りなかったのだろう。

それでも特殊ステータスは現れた。時間経過か、それとも運動量か。

とにもかくにも俺は効果を見て、満足し、目を閉じた。

『努力の筋肉』：HPとATKを＋500する。

孔雀王を倒したあとも、もっと努力をしよう。

純粋に、そう思った。

XII／『決戦・孔雀王ルシファー』

『これにて幕だ。絶望せよ。――魔視・億眼絶死』

「おまッ!?　喋るのかよ」

100ターンが経過した瞬間に孔雀王ルシファーが放ったその技により、俺と華とシャドウ栞の肉体は耐性貫通99999の最大ダメージを食らって消滅した。

そこには『大罪耐性』も『無敵』も『不死鳥』も効果を発揮するような隙はなく、ただただすべてを無為にする『必殺』だけが存在したのだった。

＊

名称【四聖極剣スザク】　レアリティ【LR】　レベル【100／100】
HP【＋1200】　ATK【＋800】
スキル：不死鳥・戦
効果　：攻撃を100％聖炎属性に変更し、また死亡した際に一度だけ復活する。
説明　：すべての封印が解けた真の劫火なる剣。使い手に永遠の命を与えると言われている。

名称【四聖極杖スザク】　レアリティ【LR】　レベル【100／100】
HP【＋400】　ATK【＋1600】
スキル：不死鳥・魔
効果　：通常攻撃時に聖炎属性で追撃をする。聖炎属性で与えるダメージを100％アップする。
説明　：すべての封印が解けた劫火なる杖の本当の姿。あまたの魂によって鍛えられた魔杖は使い手に聖なる炎を操る力を与える。

名称【朱雀王金冠】　レアリティ【SSR】　レベル【80／80】
HP【＋0】　ATK【＋600】
スキル：『キングスタイル』or『クイーンスタイル』

＊

『孔雀王ルシファー』との決戦はさすがに華のレアリティの暴力は通用しない。装備やジョブを見直す必要に迫られたために、俺は華と顔を突き合わせていた。

この世界は、戦闘の際の属性が少し面倒なのだ。

「情報がねぇと決められねぇ部分があるな。なぁ、もう少し検証したほうがいいんじゃねぇか？」

「いえ、あまり負けすぎると良くない気がいたしますので、検証はもう終わりです」

「負けすぎる……と？　いくらでも死ねるのにか？　まだ初回の全滅含めて二回だけだぜ？」

　もちろん、あれこれと想像で語るわけにはいかない。俺たちはこの話しあいをするために直前に一度、孔雀王ルシファーに挑んでいる。無論、鍛え上げたステータスなら勝てるかもという希望があったので手加減抜きの全力でだが。

　ただまぁ、捨て戦闘だったのは否定しない。全力だったが試行錯誤はしていた。

　リーダースキルを無効化するために華は『朱雀王金冠』の『クイーンスタイル』で挑み（もっとも孔雀王のレアリティが華より低いということもなく華では孔雀王のリーダースキルを無効化できなかったが）、加えて俺のジョブを『嫉妬男子』にして相手の攻撃の威力を下げ（これは効いた）、華はミニスカサンタにして前衛壁に徹しさせ、相手が死ぬまでターンを稼ぐという方法だったが。

「その、孔雀王ルシファーに関してですが……。あれは以前挑んだときより禍々しく見えました。確証はありませんが、負けた際に何か罰則があるのかもしれません」

「そうか？　俺はダラダラ過ごしてたせいの時間経過ってオチだと思うがな」

　俺がそう言えば華は苦笑いをする。

「そういう可能性もあります。ですが、あれは、その、ほかのモンスターとは明らかに違って見えました。無為無策に何度も突撃するべきではないとわたしは思うのですが」

「うーむ。まぁ、違うと言えば違うが」

　言われればそうかもしれない、が。さすがにあれがフィールドを破壊しながらこちらに向かって進軍してくるとかはないだろう。システムが変わってしまう。

ただ、相手にまったく知能がないと考えるのも早計だろう。ただ知能があろうがなかろうがここの戦闘はターン制なのだ。何かする余地があるとも思えない。

とはいえ、だ。華の勘の鋭さは神憑(かみがか)り的だ。無視する理由はないだろう。

何かがある、とだけ考えておくべきか。

「で、だ。それでも決められるもんは決めちまおう。属性はどうする？　魔法使いのほうがダメージは出る。が、場合によってはミニスカサンタのほうでいくことになるぞ」

先の戦闘は敗北したが、得られた情報は多い。

まず、先の戦闘で耐久戦が通用する可能性がないことがわかった。

検証のために挑んだ孔雀王戦だが１００ターンを超えた瞬間に、相手が必殺技を使って強制的に全滅(ぜんめつ)し戦闘が終了したのだ。必殺以外では死ななかったが、攻めきることはできなかった。

孔雀王戦には時間制限がある。

そして俺たちは二人という、パーティー上限以下の人数で孔雀王を倒さなければならない。

きつい話だ。それでも挑まなければならない。そして耐久戦術が破綻した以上は火力戦だ。

「つか、今回は俺も攻撃に参加するしな……。やっぱ自動的に魔法使いになるんじゃねーのか？」

先の検証戦。耐久戦である以上、俺は攻撃力を下げるだけでなく、フレポから出たランクの高い回復アイテムで回復行動に参加していた（当然だが、アイテムを使えば行動は潰れる）。

だが、俺の回復なしで戦うなら魔法使いの華のリーダースキルによるダメージ減衰は必須だ。でなければ栞が死ぬ。『防御』によるダメージ半減が使える俺と華はともかく全体攻撃を使ってくる孔雀王が相手の場合、栞は回復し続けなければいけないからだ。

華は難しい顔をして考え込んでいた。

長考とは華にしては珍しいが属性の扱いは面倒だ。これで戦闘が破綻する可能性もあるのだ。悩むのは当然といえば当然だろう。

（属性。属性なぁ）

このクソみてぇな『システム』の中でも特にクソだと俺が思っている要素だった。

例えばだ。火属性（小）のスキルのある朱雀剣で俺が攻撃をすると、その攻撃のうち三割のダメージが火属性に変換される。30％火属性70％無属性といった感じにな。

これで火耐性のある朱雀の雛鳥（ひなどり）を攻撃すると無属性の70％は普通に通るが、30％の火属性攻撃は耐性で半減されて15％しかダメージが通らない。

これが火属性吸収を持つ朱雀王や無効化を持つ大朱雀に攻撃すれば無属性以外は通らない。

朱雀シリーズの装備が最終的に火属性吸収では対応できない聖炎属性を獲得するとはいえ、火属性であるこれらの武具で戦っていたならばものすごく苦労したことは確かだろう。

今までこの朱雀の養鶏場でなんとかなっていたのは華の攻撃が風属性の全体攻撃だったからでしかないのだ。それ程属性問題というのはめんどくさいものだった。

華はいまだ悩んでいる様子ではあったが、迷いつつも結論を出したようだった。

「そう、ですね。忠次様（かみさま）のおっしゃるとおりに聖炎属性で挑みましょう。ダメージを抑えるためにもわたしのリーダースキルが必要なのもそうですが、今回は魔杖のスキルが必要です」

聖炎属性強化の杖があるなら、風属性全体攻撃に追加で聖炎属性による攻撃が重ねられ、攻撃要員が一人増えるぐらいのダメージ量になる。本来四人のパーティーで挑むような相手に二人で挑むのだ。もっとも、検証をやってねぇので聖炎属性は賭けでしかないが。

最悪、孔雀王に聖炎属性に対する耐性や吸収があるかもしれない。そうしたら詰みか。

(それでも挑むしかねぇ。もっとも華の勘を信じるなら。負けてもいい、では挑めねぇが……)

次は捨て戦闘ではない。本気の本気で挑まなければならない。負けてもいい、はもうない。

(そう、これ以上は負けねぇ。ああ、負ければ負けるほど負けてもいいって気分になっちまうからな……。そうだ。そうなりゃ俺の傲慢は失われ、ただのゴミに俺は成り下がる)

余談だが、ミニスカサンタの武器が与える冬属性には凍結の状態異常を与える効果に加えて低確率の即死効果がある。あるが、孔雀王はボスだ。即死や凍結が通じるとは思わないほうがいいだろう。実際、即死する様子も、凍結する様子もなかったしな。

「俺も今度は戦士だ。リーダーは華だ。当然だが『クイーンスタイル』に変わっちまうから金冠は使うな。金冠装備でATKが上げられないのはもったいねぇが、華が持つもともとのリーダースキルでダメージを抑えねぇとHPの低い魔法使いは何もできずに死ぬからな」

「はい。忠次様。それと、ですね」

突然だ。華によって、俺は強く抱きしめられた。

(こい、つ。なに、やってんだ……?)

でかい胸に溺れる。声が出せなくなる。しかし、微かな震えが華から感じられた。

華に大罪耐性はない。耐性のない人間があれに挑むのはどれだけの恐怖を覚えるのか俺にはわからない。そもそも孔雀王を倒す理由はない。上に帰るだけならばいつでもできるのだ。

それでも、だ。華の肩を叩(たた)きながら俺は告げる。

「華。やるぞ。今度こそだ。必ずだ。必ずぶっ殺すぞ」

「……はい。忠次様」

俺は孔雀王を滅ぼすのだ。俺のために。俺のためだけに。

ただ奴(やつ)を殺したいという傲慢すぎる願いだけで。

*

777(スリーセブン)ターキーというものがある。

手に入れたレシピの中で料理系のアイテムを作成できる唯一のレシピだ。

こいつは朱雀系のレアドロップに希少肉というものがあり、それらを複数消費してシステムメニューから作れる鶏肉(とりにく)料理である。

ボリュームあるし、美味。絶品とも言うべき料理だ。そして食べれば八時間の間クリティカル率を上昇させ、さらに敵を倒したときのアイテムドロップ数を増加させてくれる効果があった。

最近はずっとこれを食ってランニングをしてきた。

「だが、今回は食わない。華」

「はい。わかっています。ですので、ここに。これを」

今回は華はミニスカサンタではなく魔法使いだし、俺も嫉妬男子ではなく戦士でいく。

ドロップ数増加、孔雀王を倒せたならばとてつもなくうまい効果だったろう。一緒にあるクリティカル率上昇効果も華の火力上昇という意味では有用だっただろう。

だが、それでは孔雀王ルシファーは倒せない。それは計算した結果の純然たる現実である。

「お待たせしました。朱雀王ごった煮鍋でございます」

フレポで出たガスコンロの上に乗っているのは華が複数の朱雀剣を風魔法で叩いて溶かして叩いて溶かして叩いて溶かして叩いて溶かして叩いて溶かして作り出した鉄鍋だ。頭がおかしい女が頭のおかしい方法で作った鍋だ。

フレポガチャから調理器具が出ないと嘆いた華が風魔法を覚えてから作った品。名を『朱雀鍋』という。ちなみに普通の鍋はその後フレポガチャから出ている。

それでもここで朱雀鍋を使うのは、この鍋に保温効果があり、また作成する鍋料理の完成度(クオリティ)を微妙に上昇させる効果があるからだ。

「どうぞ」

鍋の中では朱雀王大骨からとった出汁(だし)で『朱雀王の希少肉』や『朱雀草』や『光苔(こけ)(炎)』が煮込まれている。華が小皿に盛り付けたそいつを差し出してくるので受け取り、貪る。

「はふッ。はふッ。うめッ。うまッ」

ぷりっぷりの歯ごたえの希少肉をがっつりと食っていく。たっぷりとした滋味を湛(たた)えた朱雀草もうまい。最初は不気味で食うのも嫌だったが、食い慣れてしまった食えるっぽい光苔。味は薄いが、食感がおもしろい。朱雀の雛鳥の骨からとった軟骨や喰いやすいように羽根を抜かれ、表面の毛を処理し、食えるように下拵えされた『朱雀王大翼』は肉厚だ。

鍋には肉を叩いて団子状にしたものなども入っていて鶏肉のバリエーションがすごい。

うまい。圧倒的にうまい。元の世界でだって食ったことのない美味だ。さらに華が作った希少果実のジュースやフレポから稀に出るステータスをほんの少しだけ強化するパンなども傍にはある。

華の飯はうまい。

このくそったれな世界で絶望的な敵に挑むという中での唯一の至福といっていいぐらいに。

そうして最後にカットされた『朱雀大樹の希少果実』を腹に納めればこの料理は終わりだ。

「ふぅ〜〜〜〜。ごっそさん」

嘆息。うまかったと華を褒める。ただし欲を言えばシメに米かうどんが欲しかったがそれらはフレポから出たことはない。残念だった。非常に残念だった。

そんな俺の気持ちを知っているのか知らないのか、俺の隣で同じものをちまちまと食っていた華が「お粗末さまでした」と嬉しそうに微笑んだ。

鍋本体だけでなく添えられたパン、ジュース、最後のデザート。ここまでが『朱雀王ごった煮鍋』だ。どれを抜いてもいけない。どれかを抜けば効果が下がる。そういう料理だった。

使う素材数は膨大。華だからこそそれほど時間を掛けずに作れるが、作る手間もかなりのものだ。俺が作れと言われても作れるものではない。途中で投げ出すものだった。

そして、これで得られる効果。八時間の間、ＨＰ＋１０００、ＡＴＫ＋１０００に加えて燃焼を無効。あらゆる料理アイテムを味と効果ともに突き放す圧巻の鍋料理。

７７７ターキーを使わないのはこれが理由だ。そして、今回はどうしてもこの強力な料理バフが必要だった。

生存率の上昇のために、勝利の後のドロップを捨て、ただただ勝つためだけに俺たちはこの鍋を選んだのだ。

「華。勝つぞ」

脂でてらてらと光る俺の唇をハンカチで拭った華がはい、と嬉しそうに頷（うなず）く。

＊

道中は静かなものだった。

流れで突入するランニングとは違う。あらゆる戦闘がこの先のボス戦での確認作業だった。

「問題はない。特殊ステータスのスキルは万全だ」

『叛逆（はんぎゃく）の狼煙（のろし）』も『付与【傲慢たる獅子（しし）の心】』も『号令【隷下突撃】』も『妬心怪鬼』も何も問題はない。

とはいえ『付与【傲慢たる獅子の心】』の大罪耐性は孔雀王戦でもない限り効果が出ているのか不明だ。一応、ステータスにバフがかかったという表示は出ている。ついでに、相手にターンが渡る前に華が殺すから『妬心怪鬼』が発動しているのかはよくわからない。

華は確認せずとも忠次様（かみさま）なら問題ありませんと太鼓判を押してくるが。

（一応、『妬心怪鬼』は前回の孔雀王戦では発動してたから大丈夫だと思うけどな……）

嫉妬男子でデバフを振りまく中、華へ加えられるカウンターを『妬心怪鬼』で何回か止めたのだ。それに、発動が確認できなくても俺も発動しているという確信だけはあるのでそれを信じることにする。したい。しなければならない。

小胆だ。小胆から疑心が生まれている。この疑心が嫉妬の効果を強め、傲慢の効果を弱めている。

いや、もうそんなことはどちらでもいい。これから決戦なのだ。

できることはすべてやった。積み上げてきたすべてを使い切る。そして勝つ。

「いくぞ。華」

「はい。忠次様」

そっと華が俺の指に手を這(は)わせてくる。その手は震えている。華は恐怖していた。

それでも華は退こうとは言わない。ただ俺の言葉を待っている。

「勝つぞ。勝って一緒に『始まりの洞窟』に戻る。いいな？」

神園(かみぞの)華。黒髪の美しい女だ。才人で。有能で。万能で。完璧な年上の先輩。

胸がでかくて、柔らかい。料理上手。変人で泣き虫。意外と古臭いところがある。甘ったれ。

そして、俺のおんなだ。俺の隷下たる華だ。

「はい。忠次様」

俺の言葉を、宝物のように華は受け止めた。

――『エリアボス【第一の悪魔傲慢の王(ルシファー)】』へ挑戦できます――


シャドウサンタを倒せば、変わらず現れる『ＹＥＳ』『ＮＯ』の表示。

広場の中心にあるクリスマスツリーを今回は破壊していない。それをするだけの余裕はない。

（余裕がない、というよりもこれは、情緒なのかもな……）

戦うために来ている、その感覚を維持したかった。だから採取活動を俺たちは控えた。

ウィンドウの『ＹＥＳ』の表示をタップした。空間が捻(ねじ)れていく。変わっていく。


――『孔雀王ルシファー』のリーダースキル『跪(ひざまず)け、傲慢たるや悪逆の天』が発動――


表示と共にそれが出現する。空を満たし、地上を睥睨(へいげい)する巨大な目玉たちが。

強大で、傲慢で、強力で、圧倒的な威圧が放射される。背後で華とシャドウ栞が崩れ落ちる。

ダメージを伴わない暴威がパーティーを蹂躙(じゅうりん)していく。空気がビリビリと震えている。そんな中、複数の大罪耐性を持つ俺だけが立っていられる。


――『恐慌』『攻撃力低下（中）』『オートカウンター』の効果が発動します――

相手のリーダースキルにより、耐性を持たない華とシャドウ栞に『恐慌』の異常が付与される。

「なる、ほど」

周囲を見ながら思う。あながち、華が言っていたことは間違いではなかったようだ。

（これはもう、おそらくだが、負けられない。負けてはならない）

一回目、孔雀王ルシファーに挑んだとき、初っ端から空間に目玉は展開されなかった。

その次の検証でもそうだった。闇で空間が塗りつぶされ、孔雀王が現れただけだ。

（それが今回は演出からして、違うってことはよ）

ギョロリギョロリと俺たちを見つめる空間の目玉たちは、それぞれが独立した悪意を湛えている。

（俺たちが負けるたびに、このクソは成長してるってことだよなァッ!!）

そして深淵のごとき闇の中から、染み出すように現れる巨大な孔雀『孔雀王ルシファー』。

『――――――――――――――――ッッッッ!!』

羽ばたきとともに響き渡る空間を引き裂く奇声。

「へ、最初と違って、派手すぎる演出だな」

震えている華とシャドウ栞にはワリィが、強敵感がやばすぎてワクワクしてくるほどだ。

孔雀王の叫びに呼応するように三体の『朱雀王』たちが空の果てより襲来する。

筋骨隆々の赤い翼を持つ化け物ども。俺だけで挑むのであるならば、たった一体でも俺を殺すにあまりある強敵たち。

だが、俺は一人ではない。例え奴らが何体いようが一撃で皆殺しにできる神園華が配下にいる。


——バトル、スタート。


演出の終了と共に現れるいつものウィンドウ。

俺は『四聖極剣スザク』を強く握りしめながら、強く、強く叫んだ。

「おらァ！　震えてんじゃねぇぞ‼　華！　栞‼」


——『付与【傲慢たる獅子の心】』。


俺のスキルによって、この戦いに参加するために必要な『大罪耐性』が華と栞に与えられる。

「忠次様！　ありがとうございますッ‼」

持ち直したように立ち上がる華。無言のまま、だが動けるようになったシャドウ栞。

当然だが、エピソードで耐性のある俺と違って、二人に『恐慌』の状態異常は残っている。栞に行動を回してスキルを使わせるまで彼女らは行動不能のままだ。

それでもだ。なんの問題もない。この程度は想定している。

なぜなら、俺たちは負けるためではなく、勝つために戦いを始めたのだから。

＊

「いくぜ」

『勇猛』によって上昇する攻撃力は1・2倍。これが3ターンの間維持される。

『付与【傲慢たる獅子の心】』で付与される『大罪耐性（中）』も同様だ。なんらかの手段で解除されない限り、これらのバフは3ターンの間、必ず維持される。

四聖極剣の柄を強く握る。華とシャドウ栞のスキル、『マナの奔流』×2と『マナ効率』でマナは六つ溜まっている。

俺のATKは2200。これに『努力の筋肉』＋500。『朱雀王ごった煮鍋』＋1000。『四聖極剣スザク』＋800。『朱雀王金冠』＋600。ATK合計値5100。

さらに『勇猛』による攻撃力（小）上昇により1・2倍。『跪け、傲慢たるや悪逆の天』による攻撃力（中）低下により0・7倍。『叛逆の狼煙』レアリティ特攻1・5倍。『傲慢の大罪』大罪特攻1・5倍。ATK合計値9639。

そのうえで。

「必殺」

駆け抜ける。『妬心怪鬼』でターゲットしている孔雀王ルシファーへと。

必殺技が俺に強制するオートでの肉体操作を拒み、地面を蹴り、駆け抜ける。

「喰らえやぁあああ！　大、斬撃ぃいいいいいい！！！」

地面を蹴り、巨大な孔雀の化け物相手に、真正面から聖炎ほとばしる斬撃をぶちかました。

ＡＴＫ２倍。マナ消費３の俺の必殺技。炎ほとばしる長剣が、人間ならばそのまま唐竹割り（からたけわ）にするように大上段の軌跡を描く。

『ギピィイイイイイイイイイ！！！』

絶叫。聖炎属性がどれだけ効いているかわからない。それでも前はカスみたいに削れただけだった相手のＨＰが目に見えて削られた。相手に耐性がなければ１９２７８の大ダメージだ。減衰なしで食らえば朱雀王でさえも死にかける一撃。

（俺も、ここまで強くなったかッ!!）

相手のＨＰバーを注視する。１％ぐらいか？　１％ほどだ。１％削れた。ＨＰはおそらく２００万ぐらいか!?　二回目の挑戦から華が割り出したＨＰと数値は変わらない。


――『オートカウンター』。


「ぐッ!?」

孔雀王の反撃だ。オートカウンター。攻撃に反応して自動で行われる反撃スキル。

『妬心怪鬼』で相手のスキルに割り込みを行うも、嫉妬が足りねェッ。刃の雨がごとくに鋭い羽根が射出される。俺の腹が深く、深くえぐり取られる。普通なら即死だが、演出のようなものだ。痛みはある。ＨＰも減る。出血もする。しかしこれで死ぬことはない。

死はＨＰが完全に０になることで発生する。激痛は痛いだけだ。死ぬわけじゃねぇ。

複数の大罪耐性と華のリーダースキルでダメージは抑えられたが、反撃一発で三割近くＨＰを削られた。

「クソッ。俺も強くなったが、やはり、こいつはつぇぇぜ……」

相手に必殺を叩き込んだが、依然として泰然としている。孔雀王の姿に揺るぎはない。俺は、その姿を見ながら嫉妬の炎を燃やしていく。そうだ。もっとだ。もっともっともっと。


――もっと嫉妬しろ。


勝つため？　ちげぇ。ちげぇんだ。相手をとにかく極限まで、羨め。妬め。ほかのすべてなど些末事。結果の如何などどうでもいい。ただただ相手を妬むこと。それこそが、嫉妬の真髄。

――俺は、お前が羨ましい。その力が欲しい。羨ましい。欲しい。俺にない力を持ちやがって、妬ましいぞこのヤロウ。


そして俺の手番が終わる。

＊

俺の手番が終わり、華の手番へと移る。

俺と違って『恐慌』に耐性を持たない華はこのターンに攻撃を行うことはできない。

とはいえ、スキルを使うことはできる。『恐慌』の状態異常は行動を禁止するが、スキルの発動までは禁止しないのだ。だから華にできることと言えば、スキルを使って無敵を張るだけだ。

（行動不能は厄介だ……）

『攻撃』をできなくする状態異常はほかにもある。朱雀王がばら撒いてくる『燃焼』や華の使う『凍結』だ。正直行動不能の状態異常が複数あるのはクソゲーみたいなもんだと思うが、一応『燃焼』に関しては対策がとれている。

洞窟でとれる『光苔（炎）』。こいつをいくらかレアリティの高い食材と一緒に調理することで料理に『燃焼耐性』を付与することができるのだ。

ただ、いくら探しても恐慌耐性を付与できる食材を得ることはできなかったが。

俺たちが知らないだけかもわからない。だが、おかげで華の手番が一つ減らされている。

「『三対神徳【信仰】』」

天から俺たち全員に光が降り注ぐ。ステータスに『無敵』状態を示すアイコンが表示され、華が静かに行動を終了した。

「いいぞ。華」

そうだ。初戦を思い出せ。大罪耐性がなければスキルさえも使うことができなかったのだ。スキルが使えるようになっただけ勝負になっている。

ちなみに、二度目の検証のとき華はミニスカサンタだった。あの姿の華には状態異常無効のスキルがあったので、大罪耐性さえ付与できればそのまま攻撃に移れたのだが……。

「気は抜けませんね」

杖を構えて緊張する華。行動は終わり、シャドウ栞に手番が移る。

シャドウに明確な行動を指示することはできない。

だが、俺と華はシャドウ栞の行動パターンは把握しているので心配はしてない。それに、シャドウ栞のジョブは僧侶だ。余計な行動をする心配はしなくていいのだ。なにしろ攻撃ができないからな。勝手に突っ込んで勝手にカウンターで死ぬ心配はしなくていいのだ。

「『三対神徳【慈愛】』」

パーティーメンバーが状態異常になっていることを理解しているシャドウ栞が状態異常解除のスキルを使用する。

天から降り注ぐ光によって、華と栞に付与された『恐慌』の状態異常が解除される。

「みんなに癒やしを」

『定型文』を呟(つぶや)いたシャドウ栞によって、俺のＨＰが全回復する。

戦闘全体を見て、華の手番を一つ潰してまでもシャドウ栞の手番を最後にしたのはこれが理由だ。

オートカウンター対策。与えられたダメージを回復するためには、栞の順番は最後でなければならなかった。

　そして、俺たちのターンが終了する。

『滅せよ。滅せよ。滅せよ。滅せよ』

　二回目の戦闘ではなかった演出だった。どこから響いているのか。闇の奥より奏でられる、魂を心底から恐怖させる不気味な声の輪唱。同時に三体の朱雀王が宙へと飛翔(ひしょう)した。冥闇(くらやみ)の空間に浮かぶ無数の目玉が俺たちをギョロギョロと凝視する。

『滅せよ』

　轟(とどろき)、と宙空の朱雀王から発せられた炎の熱波が俺たちを焼く。焼く。焼く。華の無敵が効果を発揮し、俺たちへのダメージは無効化される。『燃焼』も同じく、だ。食事効果で一応の対策はとってきたが、食事をとらなかったシャドウ栞にも燃焼は付与されていない。検証回数が少なかったために確信はとれなかったが、やはり『無敵』は攻撃に含まれる追加効果を防ぐことができる。

　だが、喜んでいる暇などない。

『滅せよ』

　俺たちの真下に暗黒が凝縮されていく。冥闇の中でなお理解できるほどの濃密な闇。

　爆音と共に俺たちの身体(からだ)に衝撃が走る。打ち上げられたのだ。宙空に漂う身体。滞空し、地面に叩きつけられる。

『無敵』のおかげで痛みもＨＰダメージもない。だが、この衝撃。二度目の戦い方と攻撃の演出が変わっている。

「やっぱ、猶予、ねぇのかこれは……」

最初はただ闇で塗りつぶすだけだった。二度目は闇の波だった。三度目の今回は闇が凝縮し、俺たちを個別に狙ってきた。

次はあまり想像したくない。演出がやばくなるのは間違いないだろう。

加えて、あまりよくない追加効果も増強されているようだった。

そう、振り返れば肩を抱くように震えを押さえる華がいる。

「う……うぅ……」

「華」

華はうつむきながら、勇気を振り絞るようにして声を発する。

「忠次様。敵の、孔雀王の攻撃に含まれる『大罪』が強化されています。申し訳ありません。この戦いで負ければ、次の戦いにわたしは参加できなくなります」

華が大罪に弱すぎるのか。それとも俺が強いだけなのか。どちらでもいい。華の予想どおり、やはり猶予はない。

華がいなければこの戦いには勝てない。俺だけではどうやっても数値で負ける。

(シャドウ琹は……)

振り返る。フレンドシャドウらしからぬ微かな震え。大罪の影響は出ている。出てしまっている。

「これが、最後のチャンスか」

勝てないからといって何かあるわけでもない。倒さなくてもあの洞窟に帰ることはできる。

だが。だが、それでも。それでもだ。

「負けるわけにはいかねぇんだよ……」

俺が、俺であるために。

かつての、ただただ傲慢であった俺に戻るために。

＊

俺たちのターンだ。

シャドウが杖を振るい、全体のＨＰを一割回復した。『聖女の理』。フレンドのリーダースキル。

攻撃順は戦闘が始まれば変えることはできない。俺の手番だ。ただ、必殺技がクールタイムに入っているために孔雀王ルシファーには通常攻撃で『攻撃』を行う。

と表現すれば簡単だが実際は走って斬りつけるという動作が必要だ。

「だが、それだけじゃ芸がねぇよな……」

もう修練とかは関係がない。特殊ステータスの発生を狙っている暇はない。オートで敵を攻撃したところで問題はない。

だがそうじゃねぇ。俺たちの修練は無駄じゃねぇんだ。自動と手動にも違いは当然ある。

ターキーでクリティカルを高確率で出せるようになってわかってきた、戦闘の仕様。

自ら攻撃をすることで得られる利点はある。

——あ、る、の、だ。


自力で攻撃することで攻撃時に稀に発生するクリティカルを意図的に発生させられる利点。それが自ら攻撃することの利点なのだ。

だから、俺はこの戦いで孔雀王の弱所を探る努力をしなければならない。

(ターキーの補正がありゃちったぁ楽だったはずだが……)

小胆が告げてくる疑念。やる必要はあるのか、と?

100ターンの時間制限? 華の計算上では現状の戦力でも間に合うはず?

馬鹿が。そんなことは知ったことか。そんなことはどうでもいいんだ。

(俺よぉ。俺がこの戦いをやってんのは、とにかく奴をぶっ殺す。それだけのためだろうがよ)

だから小器用に、狡く戦うんじゃゃねぇ。力の限り、すべてを出し尽くして殺せ。殺せ。殺せ。この戦いの中で俺は、やらなければならない努力をする。そのための傲慢だ。そのための俺だ。

「さて……」

剣を握り直す。敵を見据え、思考を巡らせる。

孔雀王ルシファーはいろいろと差異はあるものの、有り体に言えば巨大な孔雀だ。

本質はどうあれ、そのモデルが生物であることは間違いない。なので意図的にクリティカルを発生させるなら、首や心臓などの急所を狙えば高確率でクリティカルが発生するはずだが……。

（でけぇな……）

見上げる。孔雀王は高層ビル並みとはいわねぇが、二階建ての家ぐらいはある。なので棒きれ程度の長さの四聖極剣で奴にクリティカルをぶち込むためにはあの頭をどうにかして下げさせねぇといけねぇんだが……。

心臓は無理だ。肉が厚すぎて手にもってる剣で心臓まで貫通できる自信がねぇ。つかそもそも鳥の構造を俺はよく知らねぇ。あれだけでかけりゃ腹にぶち込めばいいってもんでもねぇだろうしな。

（で、首は無理か？）

華の行動順が俺より前ならば可能性もあったが、俺がターンの始めであるならばもはやどうにもできない。


——できない？　今、俺はできないと考えたか？


この、どこまでいってもクソみてぇな小胆を発揮しやがって……!!

「ああ、糞（くそ）。そんなこと考えてたら負けるだけじゃねぇか！　華!!　どうにかしてあいつの頭を下げさせろ!!」

俺の言葉を受けた華がはッ、としたように杖を持つ腕を上げた。

舌打ちが漏れる。華にしては勘が鈍い。大罪によって思考が鈍化でもしてんのか⁉

「クリティカルだ！　頭ァ下げさせろ！　華！」

「や、やってみます‼」

攻撃はシステムから攻撃を選択しない限りは行えない。だが、だ。華の魔法なんかは別だ。

華の持つ、スキルではなく自ら身につけたことで得た特殊ステータス『魔導練達者』。これはスキルによらず自ら魔法を扱えるようになった証。

（ただし、だ。俺たちはまだ戦闘中に意図して、手番を無視して魔法を使ったことはねぇ。必要がなかったからだ）

だが、戦闘中にコマンドを経由せず魔法を使うことはできる。

イベントエリアのツリー破壊。華はあれを攻撃コマンドを介さずに行った。行えたのだ。戦闘終了後とはいえ、あのとき、まだ戦闘エリアは解除されていなかった。その中で華は動けたのだ。

「やります。いきます忠次様‼」

華の魔法により、渦巻く風が孔雀王ルシファーの頭上に現れる。

懸念はある。これが『攻撃』とカウントされ、華が『オートカウンター』の餌食になる可能性だ。

もう華が『無敵』を張った前回ターンは終わっている。

華の特殊ステータス『新井忠次への信仰』で無敵ターンが伸びている俺は別だが、華もシャドウ栞も、ターンを経過したことで華の張った『無敵』の効果は切れている。

だからこの干渉でオートカウンターを食らえば華はこのターンで死亡する。華の現在HPは装備と料理による増強、さらに『エピソード』による強化もあって8880。HPが低めの魔法使いとはいえ、低レアの戦士を上回るHP量だ。さすがのLRレアリティだ。伊達ではない。

そしてそのうえで大罪耐性（中）とリーダースキルによるダメージ減衰があるのだ。これに加えて、ターン最後に全体回復を行うシャドウ栞の回復魔法があれば、各々10000ダメージを与えてくる（前回の検証で計測できた数値だ）孔雀王のオートカウンターと全体攻撃を『魔法使い』の華でも耐えられる。

（だが、華は孔雀王ルシファーの攻撃を三度耐えることはできねぇ!!）

計算の結果、華のHPで耐えられるのはオートカウンター一回と全体攻撃一回だけだ。オートカウンター二回は勘定には入っていないのだ。

そして、このターン。華の手番での攻撃は必定だった。必ずしなければいけない手順だった。でなければ俺たちは全滅する。『無敵』の切れている現在ターンに朱雀王三体と孔雀王ルシファーの攻撃をすべて喰らったら『無敵』のある俺はともかくシャドウ栞が死亡するからだ。

シャドウ栞が死ねば華を蘇生する手段はなくなる。俺も不死鳥による一回だけの蘇生はあるが、HPの回復が行えずに死ぬ。この戦いは俺たちの敗北で終わる。

ならば華の行動を制止すべきか？

（そうじゃねぇよな……）

ここは、やる一手だ。やる一手しかねぇんだ。俺たちは、俺たちの計算を上回らなければならねぇ。このクソみたいなシステムに反逆しなければならねぇ。

あのクソみてぇな孔雀王の、憎悪と殺意に満ちた視線で見られりゃ理解できる。


——俺たちは、見透かされている。


だから、努力すべき余地があるってのに、手を休めるのは賢い選択肢じゃねぇんだ。賢しさを装った臆病はクソみてぇな腑抜けのすることだ。

そもそもだ。ここで突っ込む理由なんざ一つしかねぇんだよ。


——鼠みてぇに縮こまるのは俺の傲慢が許せねぇと言っている。


それだけの話だ。

だから、華の魔法が展開した瞬間によぎったそれらの考えのすべてを脇に投げ捨てて、俺は剣を強く握り、駆け出していた。

「ぶっ殺す！　絶対にだ‼」

「風魔法！　頭を落として‼」

渦巻く風。逆巻く轟風。ヤロウの頭が下がるのを期待して、孔雀王の頭が俺の前に来るのに合わせて剣を振るってみるものの。

「華てめぇ！　下がらねぇじゃねぇか‼」

俺の斬撃は深く奴の腹をえぐっただけだった。奴の黒い羽毛に覆われた土手っ腹に俺の斬撃が叩き込まれる。糞が、敵ボスのくせにふかふかしてやがる。ムカつくぜ！

そしてオートカウンター。『妬心怪鬼』は今回も不発。『無敵』でダメージは入らねぇが「ぐぇぇッ⁉」剣みてぇな羽にぶっ飛ばされてアホみたいに元の位置に叩き返される。

やはり、だ。傲慢が精神の主軸である俺には、剣を振った瞬間にも嫉妬を維持する執念が足りない。だから俺の攻撃に対して発動するカウンターを無効化することが俺にはできねぇ。

嫉妬男子のときなら、成功できたんだがな……。これはジョブに心が引きずられてるってことか。

「す、すみません。相手が強すぎて、わたしには頭を下げさせるのは無理でした」

「ああ？　つまり、ピンピンしてやがるからだめだっていうのか……？」

確かに奴のＨＰバーは九割以上が残っている。あれが減れば奴は弱るか？


――弱るだろうな。


俺もＨＰバーの数値が減少すれば、弱る。いや、まぁその状態に至るために受けた苦痛で精神的に弱らされているという意味だが。

無論、死に慣れている、というより肉体のダメージを度外視して動ける華なんかはＨＰバーが減少したとて弱ることはない。こいつが弱るのは俺の反応か、大罪の影響を受けたときぐらいのものだ。神園華というのは、熱した鶏肉を手に載せながら、震え一つなく俺に差し出してくる真似すらできる精神的な超人だ。土俵が違う。

「クリティカルを意図的に与えるには、弱らせる必要があるってことか……」

あのころはあまり確認してはなかったが、確かに、機械的に動くゴブリンですら、ダメージを受ければ弱った演出ぐらいはしていたように思える。

『演出』……。つまり、そういうことか？

やはり、だ。観察すれば、考えれば、『始まりの洞窟』から出る手段はたくさんあった。

俺の無知蒙昧さが、俺を苦境に叩き落としたのだ。

（ま、ゴーレムは意図的にクリティカルを狙うのは難しかっただろうがな……）

生物じゃねぇあれに疲れるとか、そういう感情的なもんを期待するのはどうかと俺は思う。

思うが、それでも何かやりようはあったはずなのだ。

そして、幸いにも戦闘コマンド以外での攻撃は攻撃と認識されなかったのか。孔雀王ルシファーの『オートカウンター』は華へ発動せず、華の手番へと移る。

＊

「やります」

華が杖を持ち上げる。渦巻く大風。

『魔法使い』神園華。そのATKの値は脅威の10500だ。これに『四聖極杖スザク』＋1600、『朱雀王ごった煮鍋』＋1000、『号令：隷下突撃』＋1000が加わる。

そのうえで、エピソードによるステータス1・2倍効果が加われば脅威のATK16920だ。

この時点で俺の特攻重ねがけの通常攻撃のダメージ量を上回っているうえに、華には特殊ステータスによるダメージ増加がまだまだある。

『勇猛』1・2倍。『攻撃力低下（中）』0・7倍。『魔導練達者』1・5倍。『風魔法を極めし者』風属性攻撃1・5倍。『神ノ風』ATK2・5倍全体風魔法。

合計79947の全体攻撃。俺などまったく歯牙にもかけねぇLR魔法使いの究極の一撃。

（これが、通常攻撃ってんだから、まったく、嫌になるぜ）

嫉妬はある。あるが、傲慢もある。俺はこの女を支配下に置いているのだ。

隷属の証である隷下突撃が華のATKを上昇させている。俺の殺意を実現する兵器として神園華は存在している。これは華の攻撃であると同時に、俺の攻撃でもある。

「やれァァア！　華ァァァァッ！！！！」

俺の命令に従い華が杖を振り下ろす。神炎を孕（はら）んだ風の塊が敵陣を蹂躙する。

『神ノ風』による蹂躙が、一撃で朱雀王三体を消滅させる。華の攻撃が孔雀王ルシファーのHPバーを大きく削り取る。

そのうえで、杖のスキルによる追撃だ。『四聖極杖スザク』のスキル『不死鳥・魔』。ATK16920×『勇猛』1・2×『攻撃力低下（中）』0・7×『魔導練達者』1・5×『不死鳥・魔』

２・０＝４２６３８。杖の追加属性であるために神炎属性のスキルを華は得ることができず風属性よりも威力は下がるが、通常攻撃との合計は１２２５８５だ。約12万もの莫大な攻撃が孔雀王ルシファーに与えられる。

──『ギピィィィィィィィィィィ──の、れぇええええええええええええ!!』

「やっぱてめぇ、しゃべ──」

俺が驚愕を露にする前に『オートカウンター』が発動する。相手の怒りが強すぎるのか、俺が嫉妬男子じゃねぇからか『妬心怪鬼』による妨害が成功しねぇ！

「あ、ぐ、あああッ──!?」

後衛にいる華に突き刺さっていく刃の羽根。そのダメージ量は大罪耐性とリーダースキルによって軽減されている。

だが、華のＨＰの半分以上が削られる。大罪耐性（大）を二つ持っている俺と華は違う。このまじゃ華は死ぬ。まずい。やばい。そう思うか？　なぁ孔雀王。

だかい、だから。

だからシャドウ栞を俺たちは手番の最後に配置したんだよ。孔雀王。

『定型文』を呟いたシャドウ栞によって、華のＨＰが回復する。

当然、全回復ではない。シャドウ栞には攻撃力低下の影響がある。栞のスキルは状態異常を治療できるが、デバフの類いは解除できない。加えて料理バフもシャドウにはない。

それでも、ここを凌ぐことはできる。

「華、次のターンは『防御』しろよ」

「はい。わかっています」

頷く華に満足する。それでいい。ここは無理をする場面ではない。

（欲を言えば、『風神乱舞』を叩き込みたかったが……）

次の次のターンだな。それでも邪魔な朱雀王は殺した。俺たちが殺される可能性は減った。

『……おのれらぁぁ……矮小なる……許さぬ……ゆる、されぬ……』

「クソ鳥野郎が。会話しろ。会話」

囀る糞鳥を正面に置き、俺たちのターンは終わる。

そうして孔雀王の手番に移り、俺たちは漆黒の闇に包まれ、ぶっ飛ばされた。

＊

「ちぃ、丈夫だなあいつ」

だが結局のところ、ターン制なのだ。この世界の戦闘は。

大罪属性という邪魔な要素は入っているが、劇的なドラマなんぞあるわけがねぇ。ただの数値と数値の戦いだ。ＨＰをＡＴＫで削る。そういう戦いだ。冷静な計算と冷徹な判断が勝利を掴む。そういう世界だ。

「はぁ……はぁ……はぁ……ハァ……」

「華！　生きてるか‼」

「は、はい。なんとか……です」

もともと大罪への耐性のない華は息も切れ切れに杖に寄りかかっている。

超人たる華の精神だから保っている状態だった。ほかの誰であってもここまでついてこられることはなかっただろう。

（この世界に飛ばされて三ヵ月。いや、四ヵ月か……。ここまでの激戦。俺も初めてだな）

運ゲーでクリティカルが出ないように祈るゴーレム戦とはまったく違うレベルの戦いだ。意地と意地の削り合い。いや、傲慢と傲慢のせめぎあいか。


――戦いは50ターンを過ぎていた。


だが終わっていなかった。当初の検証などまったく当てにならなかった。

そもそもが華の通常攻撃で10万以上のダメージが出るのだ。

例え相手のＨＰが２００万あろうが、華を生存させるために合間に防御を挟もうが、必殺技も含めて華が全力の攻撃を孔雀王に叩き込み続ければ30ターンもあれば削りきるのはわかりきったことだった（むしろ途中で華が必殺技をクリティカルで叩き込み出したからダメージ量は増加し続けた）。

だが、孔雀王は三度変化をした。

巨大な孔雀から闇に隠れた目玉の化け物へ。

目玉の化け物から闇そのものへ。

そして闇を晴らした先にある、上半身ハダカで翼を大量に生やした面構えの良（い）い美青年（ルシファー）。

奴はボスにあるまじきことに、変化のたびに体力の回復を行い、状態異常を撒（ま）き散（ち）らし、大罪属性を含んだ波動を撒き散らした。

そして、シャドウ栞と華の精神を削りに削り続けた。

だが、俺たちは立っている。

事前準備の賜物（たまもの）。数値の勝利。そして意地の勝利って奴か。

『おぉ……おぉぉぉぉぉ……無礼だぞゴミめらが……大罪耐性だと……そんなものをなぜお前ら人間ごときが………』

「アホか。てめぇが言うなよ化け物。ってもこっちもギリギリなんだぜ？」

途中から『妬心怪鬼』でオートカウンターは防げるようになったものの、通常攻撃に含まれる大罪を喰らいすぎたせいか、ＨＰはフルにあるのに死にかけの表情でふらふら立っている華を背後に立たせながら俺は嗤（わら）う。

特殊ステータスとエピソードがなければそもそもが俺たちもここに立ててはいなかっただろう。

どう足掻（あが）いても初戦と同じ結果だ。いくらステータスがあろうが、１ターン目で何もできずに全滅するしかなくなる。

不死鳥・戦を持つ俺だけは生きていられるだろうが、いや、それでも無理か。ＨＰの低い俺は朱雀王三体の攻撃を喰らって殺されただろうし、スキルで蘇生したとしても大罪耐性がない以上は孔雀王に殺される。それだけだ。

（これが、華との鍛錬で得たものを使った結果って奴か……）

悔しそうに、苦しそうに片膝をついている美青年がぶつぶつと独り言を言っている。

愚痴るなよ。ま、俺たちに言っているわけではないようだがな。

『……人間どもめ……所詮絶滅するだけのゴミめらが……最高の人材を揃えて挑んできた大国の主力は全滅させた……小国は諦めた……だから、あとはお前たち日本だけだというのに……なぜこんな最後になって……いまだにすべての人間が第１エリアも突破できぬ無能どもにこの私が……』

「ああ？　大国？　わけわかんねぇ……何言ってんだお前は。華、何言ってるかわかるか？」

「……忠次様？　言っている？　え、と……つまり、先ほどからモンスターと会話を？」

「ち、本格的に頭回ってねぇか華は。それに奴の言葉が聞こえてないのか？　いや、そうか。『適性』か。そうか……しっかしまー時間もねぇしな……」

俺にあって、華にないもの。おそらくは、会話を可能にしているのは大罪への適性なんだろう。

ただ、俺の言葉にも華の反応は芳しくない。

大罪に脳を灼かれきっているのだろう。シャドウともども立っていることさえきつそうだ。

（っても、もう終わりだ）

『七罪傲慢・魔王ルシファー』のターンは終わっていた。奴のＨＰは残りわずかだった。

そして、俺たちのターンだ。シャドウ栞がフラフラしながらも機械的にリーダースキルによる回復を行う。設定された俺の手番が回ってくる。

そのうえで、俺には前ターンに華のかけた『無敵』がかかっている。

そもそもだ。『無敵』があろうがなかろうが複数の大罪耐性を持つ俺をオートカウンター一発では殺せない。だから、どう足掻いても、もはや魔王ルシファーに勝ち目はないのだ。

剣を片手に歩いて行く。大量の翼を生やした巨体の美青年が目の前にいる。

大罪の気配だ。濃密な傲慢が目の前で弱り、片膝をついている。

『……この我が人間などに敗れるとはな……天使(デバイス)どもと契約などすべきではなかったか……』

意味不明な呟き。

俺を見下す傲岸不遜な視線。

視線をステータスウィンドウに寄せる。残り三十秒もない。情報、もう少し絞れるなら絞りたかったが、無理か。

そもそも相手は『傲慢』だ。聞いたところで素直に話すわけがねぇしな。

(俺だって死に際に何か言えって言われても言う気にならんからな)

むしろ悪態をさんざんにつくだろう。方法がない以上、尋問など無意味だった。

だから俺は剣を突き出した。人間なら心臓がある部分。今までさんざんぶち込んできた、『七罪傲慢・魔王ルシファー』の弱点(ウィークポイント)。

クリティカルが発動し、モンスターのヒットポイントバーの数値が0になる。

魔王ルシファーは崩れ落ちる。

剣先が心臓をえぐり取り、モンスターの命が、消失していく。

気持ちが悪い。ほかのモンスターを殺したときとは違う、奇妙に存在する手応えだった。

「ん……んん？　いや待て……妙だぞッ!?」


——相手は死んでいるというのに、終わらない、い、い、い。


瞬間、死体が動いた。反応できねぇ速さだ。腕をがしりと掴まれる。

「は——？」

死んだはずの魔王ルシファーがまだ生きていた。俺の腕を掴んだ奴が囁いてくる。

『人間め。よくも我を殺したな。破滅しろ』

「て、てめぇッ!?」

奴の死体から剣を通して流れ込んでくる何か、い。クソが。助けを求めて背後を見る。華は異常に気づいていな——ちげぇ——あの女、濃い大罪の気配で倒れやがった。

「こ、この、腐れ魔王。死に際でなんつー悪あがきを!!」

奴の死体から、濃密な、それこそ大罪耐性を複数持つ俺ですら魂を焼き焦がされるほどの濃密な大罪が撒き散らされている。

「く、くそ、くそがぁ！！！」

絶叫。勘働きの良さのおかげか、さっさと気絶した華と違い、まともに大罪を受け止め、狂乱して消滅していくシャドウ栞。

それを後ろ目に見ながら俺はこの流れ込んでくる『傲慢』を受け止め続ける。

「おぉおおおおおぉおぉおおおおおおおお！！！」


——ざっけんなよ‼　この、クソがッッッ！！！！

「てめぇの『傲慢』！　俺の『傲慢』で‼　押しつぶす‼」

＊

ルシファーから流れ込んできたのは、奇妙な記憶だった。

脳味噌(のうみそ)に知識も流れ込んできているのか、自然と察する。

これは『最終戦』だ。最後の戦いだ。

俺の知らない場所での、知らない人々の戦いだった。

目の前には様々な人種で構成されたパーティーが存在していた。

レアリティは高そうで、武器も強そうで、輝いている人々のパーティーだった。

だが、それを記憶の中の『魔王』は指先一つで踏み潰していく。

『魔王ルシファー』。違う。含まれている。魔王ルシファーも。だからそれは、複数の異形、いや、魔王が絡み合った奇妙な、それでいて、濃密な『大罪』を宿した存在だった。

『破滅しろ』。その言葉の意味を噛み締めろとばかりに、それに敗北した人間は消滅していく。

次々と。様々な人種のパーティーが。延々と。死に続けていく。

リスポーンの表示は現れない。同じ人間が二度現れることはない。

たった一度の敗北で、生徒たちは、驚愕を顔に張り付けたまま消滅していく。

(これを見て、絶望しろってか?)

馬鹿な話だった。

これがなんであろうと俺には関係がなかった。

「この腐れ野郎が！　この記憶がなんなのかはわかんねぇがよぉ！　てめぇに！　勝ったのは、俺だろうが‼」


——俺は！　貴様に！　勝利した‼


俺の相手は最初から最後まで魔王ルシファー。てめぇだろうが！

この腐れた『魔王』なんか関係がねぇ！

俺はてめぇに勝ったんだ‼

俺の『傲慢』がてめぇの『傲慢』に勝つ理由など、その一点で十分だろうがよ‼

なぁ！　魔王よ！　魔王ルシファーよ‼

＊

『新井(あらい)忠次は特殊ステータス【傲慢の魔王(プライド)】を取得しました』

エピローグ／『是謂微明』

戦いは終わった。

目の前のウィンドウには、魔王ルシファーのドロップアイテムとゴールドが表示されている。

「あの幻は……なんだったんだ、ありゃ……」

最後に見せられたあれ。現実感がありすぎた。魔王ルシファーの悪あがきで作られた妄想ってわけじゃねぇんだろう。

舌打ちする。俺が一人で考えても答えはでねぇだろうな。

背後を見れば華は倒れていた。フレンドシャドウの姿もない。

これからまだ連戦があるかもわからないのだ。

剣を片手に警戒は緩めない。

華を蹴り起こそうと歩き出そうとして、頭に奇妙な声が響く。

——ご苦労様です。大罪初討伐パーティーに大罪討伐報酬を付与しますよー。

——ぱぱらぱーん。新井忠次は『願いの玉』を2つ入手しましたー。

——てんてけてーん。神園華は『願いの玉』を2つ入手しましたー。

「大罪討伐報酬」

いや、そうじゃねぇ。なんだ、この軽そうな、アホっぽそうな声は。

魔王ルシファーを倒した影響だろう。景色は深淵(しんえん)の闇から雪の積もる広場に戻っている。

華の元へと歩きながら俺は「なんだってんだ」と小さく呟(つぶや)いた。

「わけがわかんねぇ」

――願いの玉はなんでも願いが叶(かな)うアイテムですよー。なんでも願いが叶うんですよー。

「は、なんでもねぇ。元の世界にでも帰れるのかよ」

声の主の姿は見えない。ただ、騒々しい声だけが脳に響いてくる。

――そうですねー。それも『可能』ですねー。

倒れている華は気を失っているだけのように見える。

足先で肩を揺らせば「う……うぅ……」とうめき声を上げるだけだ。起きる気配はない。

「起きねぇか……で、可能と来たかよ。なら、元の世界に……」

戻る。はっきりと口にすることはできなかった。

『傲慢』。俺の傲慢が言っている。まだ戻るな、と。

(戻れば、ジューゴと決着をつけることはできねぇ、からな)

俺にはまだやるべきことがある。戻るのは、帰るのはその後だ。


——戻らないんですか？


「その前によ。てめぇはどこにいるんだ？　姿も見せねぇで声だけかけてくるだけか？　正直、不気味なだけだぜ」

「なるほどー。それはそうですねー」

ッ。耳元で声が聞こえ、振り返る。そこには淡く輝く白の一枚布で身を覆った、純白の翼を生やした白人の金髪美少女がいた。

(金髪……翼……て、天使⁉︎)

異常な存在だ。剣を構えようとし、『四聖極剣スザク』が手の中より消失していることに気づく。

「物騒なのはだめですよー！　はい、どうもどうもー！　イベント担当の天使アルミシリアです！」

「イベ……ント、担当だ？」

「はい。おめでとうございます。新井忠次様。神園華様。クリスマス限定イベント『降臨、傲慢の大罪ルシファー』初討伐です！　おめでとうございますう！　初ですよ！　初！」

「……待て。待て。待て……」

「実はこのエリアにたどり着けたのは日本サーバーが初めてなんですよねー。そして大罪魔王を倒せたのも日本サーバーが初めてです。これは快挙です。素晴らしいのです。世界初討伐おめでとうございます。新井忠次様」

「待て。待てよ」

「ランキング機能は実装してませんのでランキング報酬はありませんが、大罪討伐報酬として『願いの玉』をお渡ししますねー。はい。ぱちぱちぱちー」

「待ってくれ！！！！」

俺は大声を出した。天使アルミシリアはきょとんとした顔で俺を見る。

混乱していた。なんだこれは。なんだこれはなんだこれはなんだこれはなんだこれは。

「なんだ！　これは‼　なんだお前は！　なんなんだこの状況は‼」

あのクソったれな魔王が言っていたなら妄言と叩き伏せることもできた。記憶も捏造だと断じることもできた。

だが、だが、だが！　このシステムを操る謎の女は、なんだ。なんなんだこれはよぉ。

天使を自称する少女は俺を見ている。ロボットみたいな透徹した目だ。俺ら人間なんかどうでもいいという目だ。

「これは、ゲームかなにか、なのか？　俺たちは機械かなんかにでもくくりつけられてリアルな幻覚でも見せられてんのか？」

それは、華にも言わなかったことだ。それでも俺が、無意識にでも望んでいた希望だった。

このくそったれた状況が異世界召喚とやらではなくて、ただどっかの金持ちのクソ野郎に拉致されて高性能のゲームでもやらされてるんじゃねぇか。いつか警察かなにかが助けに来てくれるんじゃねーか、という希望。

「いいえ、ゲーム風にしてるだけでただの現実ですよ？　もちろん、私の言葉だけではお疑いになるでしょうが。まー、なんて言うんですか？　この世界は今回の催しのために作り出した特別な世界という奴(やつ)でしてね。結構凝ってるでしょー？」

なんだそれは、わけがわかんねぇよ。

俺の希望を否定する言葉を、この女は、なんでもないように言ってのける。

崩れ落ちる俺の肩へ素早く手を回し、何が楽しいのか、にこにこと上機嫌に自称天使(アルミシリア)は言う。

「ま。ま。ね。そう落ち込まないで。そんなときのための『願いの玉』です。特別報酬ですからねー。これで元の世界に戻ることができますよー」

思い出されるのは、ルシファーの死に際の言葉だった。

俺は、顔を下に向けながら、絞り出すように声を出して問いかけた。

「……元の世界は、どうなってやがるんだ？」

「滅んでますよ」

即答だった。

「は？」

「正確には滅ぶ直前で時間の止まった状態って奴でしょうか。我々天使は世界を滅ぼす悪魔たちと交渉をして、世界が滅ぶ直前で介入をしました。そう！　人間によって『魔王』が倒されれば悪魔たちは手を引く！　そういう契約を！」

選ばれし全世界の生徒が、魔王を倒すべくがんばってますよ！　九割失敗しましたが！　ちゃんかちゃんかと口で効果音を奏でながら、天使は言う。

「そういうわけです！　ね、新井忠次様！　大丈夫です！　がんばりましょう！　貴方みたいなクソザコレアリティでも傲慢の悪魔を倒せたのです！　魔王だって楽勝ですよ！　がんばって！　ね！　がんばって！」

座り込む俺。落ち込んだんじゃない。このクソ天使の言葉に『傲慢』が反応したのだ。

（クソ雑魚だとてめぇ。このクソ天使がァァァ。おっぱいでけぇ癖しやがってよぉ）

座り込んだからか、奴の一枚布の隙間からは肌色がたくさん見えた。

それをわかっているのかわかってねぇのか、このアマは俺の頭を撫でながら「がんばってー！　がんばってー！」と楽しそうに言ってくる。

はぁ、とため息をついた。いつものことだった。

世界が俺の望むようになったことなんて一度もなかった。

（いや、そうでもない、か……）

子供のころは、『傲慢』が俺の中にあった。俺は小さな暴君だった。ジューゴと二人で組んで、様々なことを成し遂げた。

そして、今もまた、だ。失せたはずの『傲慢』は俺の元に戻っている。

俺は『傲慢』で世界をねじ伏せる。それこそが俺が唯一、俺の望むように振る舞える方法だ。

こうして『傲慢の魔王』を倒した今ならば、理解できた。『七罪』とは、そのためのものなのだと。

天使は俺の頭を抱えながら嗤っていた。

可憐な女だ。そして胸の感触が最高に心地よくてむかついてくる。

だが、その目だ。まるで、矮小な存在を見るような目。クソが、どいつもこいつも気に食わねえ。畜生が。

「さて、何か『願い』はありますか？　本当は一人一個なところをですね！　あなたたちは二人パーティーで倒しましたからね！　特別に二つなんですよ！　すごいでしょ‼」

「そうだ、な。すごいすごい。すごいなぁ」

もっと喜んで！　ね！　と言ってくる天使を横目に、俺は少しだけ考え、その願いを口にするのだった。

俺の願いを聞いた天使アルミシリアは「グッド！」と言いながらにっこにこと嗤う。

＊

新井忠次は『隠しエリア【朱雀の養鶏場】』を入手しました。

新井忠次は『転移キー【七罪エリア】』を入手しました。

＊

「……ああ、もう、なんて無様……」

起きた華は顔を手で覆い嘆いていた。

そして現在地点が『朱雀の養鶏場』の休憩地点だと知ってから、気絶したことへ謝罪をしてくる。

「いや、謝罪はいい。むしろ起きてたら大罪の余波で永遠に死んでたかもしれないからな」

死亡。肉体ではない。精神の死亡だ。システムが与える状態異常ではなく、与えられた苦痛に耐えきれず魂が死ぬこと。

俺たちは不死ではない。ルシファーが死に際に見せた映像で俺はそれが存在することを知った。

「それはないです。死んだら忠次様に仕えられないではないですか」

華の即答に笑う。仕えるってなー、お前。今時誰も使わねぇよそんな言葉。

だが、そうだな。そうかもしれない。華という女は底知れないところがある。俺が心配せずともきっと生き残ったんだろう。

だからか。俺はこの女ならどう答えるか知りたくて、ルシファーの最後っ屁と天使の登場について、最初から最後まで包み隠さず話していった。

「なるほど。そんなことがあったのですね」

長い。長い俺の説明だ。だが、華の反応はそれだけだった。

取り乱すかもしれなかったってのに、何一つそういった反応はない。

せいぜいが天使のことをかわいかったと言ったときに眉を上げただけだ。

「おいおいおい。もしかしてよ、信じてないのか？」

「いえ、信じますよ。信じたうえで忠次様に言いますけれど。だから、どうしたのですか？」

絶句する俺の前で、華は堂々と言い切った。

「だから、どうしたのですか。世界が滅びたとしてそれがどうしたのですか」

「どう、って。あ？　まずくねぇか？」

だって、この世界をクリアしないと戻ったところで意味はなく。

クリアするには、世界各国の人間が何もできずに負けた『魔王』を倒さなくてはならないのだ。

だけれど華は笑って言う。


「ここに忠次様がいます」

それは、堂々としている言葉だった。

「わたしには、その一つで十分です」

華は、まるでそれが尊いことのように、暗い影が一つとしてない、満面の笑みを浮かべた。

は、とかすれたように、俺の口から音が漏れた。

「は、は、はっはははははははは。よりによって、それか。華。お前。この期に及んで。今更それかよ。それなんかよ。お前はよー」

大笑いだ。もはやただただ爆笑するしかない。ただ一人で深刻になっていた俺なんか気にせず、華はにこにこと満面に笑みを湛えている。

「そうです。わたしには、それだけですから。それだけで十分です」

「そうかよ。……そうだな。それなら、それでいい。もう何も言えねぇよ俺には」

——神園華は狂っている。

好意も信頼も、俺にはただただ重荷で、わけのわからねぇ不気味さの一種でしかなかった。だけれど、それが真性であるなら。心底のものであるなら。ここまで来てそれならば。それはそれで良しと思えてしまう。

(俺は所詮傲慢なだけの凡人だ。だから全部抱えてどうこうってのは無理だろうが……)

それでも、まぁ。華ぐらいぶっ飛んでるなら、おもしろい。

笑えるなら、俺はもう認めてやろうと思う。こいつのなんだかよくわかんねぇ狂気を。

俺が笑っちまえるほどに狂ってるなら、それでいいのだと。

そんな俺の横で華は「それで『願いの玉』ですか」とステータスを開いて玉を使用しようとしていた。

「ああ、なんでも叶えられるって話だからな。よく考えろよ」

はい。と華は頷き。

「では『米』と『小麦』をください」

と言った。

華の顕現させた『願いの玉』が消滅する。満足げに微笑む華は「見てください！　忠次様。念願のお米と小麦ですよ！」と俺にアイテムウィンドウを見せてくる。

「……は？　おま、え」

「忠次様。『無限の米』に『無限の小麦』です。食べ放題っ！　ですよっ!!」

なんで、そんなものを、という俺の顔を見て、華は笑っていう。

「だって、お鍋の後に、食べたがっていたじゃないですかお米とうどんを」

そんな言葉を聞けば俺は。

「く、は。おま、だから、だからさー。なー。はははははは。はっははははははははは!!」

腹の底から笑うしかなかった。

――神園華は狂っている。

だけれど、そんな華だからこそ、俺は――

『新井忠次はエピソード４【主従】を取得しました』
『神園華はエピソード２【主従】を取得しました』

＊

神園華は、大笑いする新井忠次を見ながら声を出さずに笑う。
（忠次様。なんでも叶う魔法の玉なんて使わなくとも、ですよ）
その視界の端にはウィンドウに表示された『主従』の二文字がある。
（願いは叶えられます。こうして、自分の手で）
それを愛おしそうに、愛おしそうに。
さながら絡みつく蛇がごとくに。

止流うず（しりゅう・うず）

1988年2月3日生まれ。山梨県出身。大学卒業後、専門学校などを経て「小説家になろう」へ作品の投稿をはじめる。2012年3月『新世界†英傑殺し』（アルファポリス）でデビュー。

レジェンドノベルス
LEGEND NOVELS

ソシャゲダンジョン 1 レア度Rの反逆

2018年12月5日　第1刷発行

［著者］　止流うず
［装画］　大熊まい
［装幀］　田中陽介（ベイブリッジ・スタジオ）

［発行者］　渡瀬昌彦
［発行所］　株式会社講談社
〒112-8001 東京都文京区音羽2-12-21
電話　［出版］03-5395-3433
［販売］03-5395-5817
［業務］03-5395-3615

［本文データ制作］　講談社デジタル製作
［印刷所］　凸版印刷株式会社
［製本所］　株式会社若林製本工場

N.D.C.913 318p 20cm ISBN 978-4-06-513592-1

レジェンドノベルス
LEGEND NOVELS